붉은꽃 나혜석

붉은 꽃 나혜석

초판 1쇄 인쇄 · 2015년 11월 30일
초판 1쇄 발행 · 2015년 12월 07일

지은이 · 정규웅
펴낸이 · 이춘원
펴낸곳 · 책이있는마을
기 획 · 강영길
편 집 · 이경미
디자인 · 디자인오투
마케팅 · 강영길
관 리 · 정영석

주   소 · 경기도 고양시 일산동구 장항2동 753 청원레이크빌 311호
전   화 · (031) 911-8017
팩   스 · (031) 911-8018
이메일 · bookvillagekr@hanmail.net
등록일 · 1997년 12월 26일
등록번호 · 제10-1532호

ISBN 978-89-5639-224-0 (03810)

이 도서의 국립중앙도서관 출판예정도서목록(CIP)은 서지정보유통지
원시스템 홈페이지(http://seoji.nl.go.kr)와 국가자료공동목록시스템
(http://www.nl.go.kr/kolisnet)에서 이용하실 수 있습니다.(CIP제어
번호: CIP2015010976)

정규웅 장편 소설

붉은 꽃 나혜석

책이있는마을

《나혜석 평전 – 내 무덤에 꽃 한 송이 꽂아주오》(중앙
M&B)를 펴낸 것은 12년 전인 2003년 12월이었다. 나혜석 기
념사업회(회장 유동준)로부터 청탁을 받은 것이 그해 정초였으
니 꼬박 일 년 동안 그 일에 매달렸던 셈이다.

그 얼마 전 중앙일보 논설위원을 마지막으로 언론계를 떠
나기까지 30여 년 동안 수많은 유형의 글을 써 왔으나 막상
일을 시작하고 보니 다소 막막하기도 했고, 불안하기도 했다.
무엇보다 '평전'이라는 장르가 지니는 제약성 때문이었다. 그
럼에도 기념사업회에서 건네받은 자료와 내가 구한 자료 등
많은 기록을 검토하면서 나는 차츰 나혜석이라는 인물에 대
해 적잖은 흥미와 매력을 느끼기 시작했다.

널리 알려졌다시피 '나혜석'이라는 이름에는 헤아릴 수 없
을 만큼 많은 수식어가 따라다닌다. '우리나라 최초의 여류 서

양화가' '최초의 여자 유학생' '시와 소설을 함께 쓴 여류 화가' '독립운동가' '최초의 여성해방론자' 따위가 그것이다. 하지만 그와 같은 화려한 '찬사'들은 '불륜녀'라는 딱 한마디 말로 여지없이 허물어진다.

하기야 요즘에도 남편과 자식이 있는 유부녀가 외간 남자와 속된말로 '바람을 피웠다'고 하면 여자의 편이 돼 줄 사람은 그리 많지 않을 것이다. 다만 나혜석이 겪었던 1930년대의 시대 배경과 요즘의 세태를 비교한다면 지금은 그런 일을 겪은 여성이라도 얼마든지 아픈 과거를 덮고 새로운 삶을 개척해 나갈 수 있다는 점이 다르다고나 할까.

나혜석은 그렇지 못했다. 스물네 살에 결혼하여 자식 넷을 낳고 평탄하게 예술과 집안 살림을 병행하던 그녀는 남편과 유럽을 여행하던 중 남편과 잠시 떨어져 있는 동안 파리에서 최린과 몇 차례 잠자리를 같이 한 것이 세간에 알려지기 시작하면서 걷잡을 수 없는 파멸의 구렁텅이로 빠져들게 되는 것이다. 그때 그녀의 나이 고작 서른넷이었다.

자식과 재산을 모두 빼앗기고 내쫓긴 나혜석은 자신이 가진 천부적인 예술가적 재능만을 무기로 홀로 서기 위해 몸부림쳤지만, 세상은 그녀에게 냉혹했다. 마침내 나혜석은 누더기 옷차림으로 거리를 떠돌다가 행려병자로 길에서 숨을 거두니 나이 쉰둘이었다. 가정(假定)은 부질없는 짓이지만 '만약' 세상이 그녀의 예술가적 재능만이라도 높이 사서 그녀의 재기에 최소한의 관심이라도 보였던들 그녀가 그처럼 끔찍한 최후를 맞았을까.

≪나혜석 평전≫을 집필하는 내내 내 머릿속을 떠나지 않았던 것은 그런 생각이었다. 하지만 막상 글 속에서는 내게 주어진 자료와 기록을 벗어난 섣부른 추측과 소설가적 상상력은 허용되지 않았다.

오랜 언론계 생활을 거치는 동안 '누가, 언제, 어디서, 왜, 어떻게…' 따위의 이른바 '육하원칙'에 길들여진 탓도 있겠지만 자칫하다가는 평전의 본질을 훼손시킬 우려도 없지 않기 때문이었다. 기록과 자료에만 의존하지 않는, 나혜석을 주인공으로 하는 픽션을 써보겠다고 생각한 것은 그때부터였다.

책이 출간된 뒤 나혜석 기념사업회의 유동준 회장은 한 일간지와의 인터뷰에서 "이제까지 나온 어떤 책보다도 나혜석의 진면목을 가장 분명하게 보여주었다."고 말했다. 나로서는 과분한 찬사였으나 미진함을 떨쳐버릴 수 없었다. 기록과 자료에 얽매어 나혜석의 감춰진 내면을 파헤치는 데는 성과를 거두지 못했다고 생각했기 때문이었다.

그 후 주위의 몇몇 분들로부터 나혜석의 이야기를 소설로 써보라는 권유를 몇 차례 받기는 했으나 선뜻 용기를 내지 못했다. 자료에만 의존하다가는 기왕의 평전의 흐름에서 크게 벗어나지 못할 것이 뻔했고, 픽션으로만 일관하다가는 나혜석의 진면목을 훼손하기 십상이었던 것이다. 그 양쪽을 절충하면 어떨까 생각한 것이 이 소설의 출발점이었다.

그러다가 두 사람을 생각해 내면서 소설 속의 이야기는 틀을 잡아가기 시작했다. 한 사람은 나혜석이 일본에 유학하던 시절의 실재 인물인 '사토 야타'라는 젊은 일본 화가다. 그는 나혜석을 극진히 사랑한 나머지 나혜석에게 권총을 들이대고 결혼을 강요했던 인물이다. 또 다른 한 사람은 지금 이 시대를 사는 한국의 젊은 여류화가 진여희, 그녀는 가공의 인물이다. 그녀는 1백 년이라는 시차를 뛰어넘어 나혜석의 또 다른 면모를 탐색하게 된다. 두 사람의 눈을 통해 나혜석의 모습은 새롭게 조명될 것이다.

정규웅

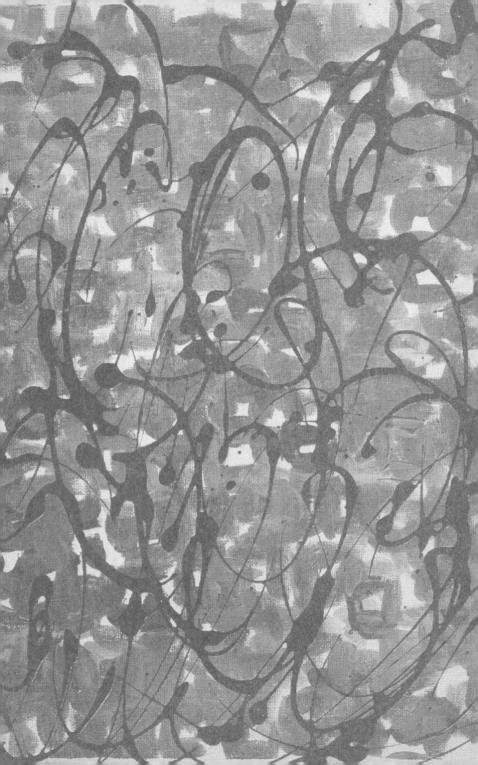

1

아르코에게

　　그날부터 매일 비는 쉬지 않고 내렸다. 가을의
차가운 비는 매일 바람과 함께 내 방의 창을 시끄럽게 두
드렸고 나는 당신과 함께한 날들의 숱한 기억들로 내내 불
면의 밤을 지내곤 했다. 언제나 까닭 없이 허기졌고 불면의
밤은 내 머릿속까지 비에 잠겨 들게 했다.
　어쩌면 당신을 몰랐던 날들이 내게는 더 행복하고 편안
했을지도 모르겠다. 모든 것을 팽개치고 하루하루를 되는
대로 살았던 패배의 시간이 내게는 훨씬 더 편안했던 것
같다.
　세상과 싸우는 일이 내겐 너무 버거웠다. 결국, 우리가
만든 덫에 우리 스스로 뛰어든 꼴이지만 우리는 애당초 그
덫에 저항할 힘을 갖추지 못한 것이다. 그래서 그 덫은 우

리가 만든 것이 아니라 저들이 만들었다고 둘러대곤 한다.

막연하게나마 그걸 깨달으면서도 나는 거대한 저들의 덫에 저항하는 어리석음을 저질렀고 그 대가로 타국 땅에 유배되어 와서 그나마 굶어 죽지 않고 잘 버텨 내는 것에 만족하고 있었다. 당신을 알기 전까지는. 그 무덥던 어느 여름날 이전까지는.

날은 덥고 에어컨은 고장이었다. 냉장고의 생수를 꺼내 마시면서 땀으로 끈적거리는 샌들을 벗어 던졌다. 의자에 앉았다. 손바닥만 한 선풍기를 켜고 두 발을 책상 위로 올려놓고 뒤로 기대앉았다. 샤워를 하고 싶었지만 온몸이 축 늘어져서 꼼짝도 하기 싫었다.

들어오면서 창틀에 던져 놓은 휴대전화가 진동하기 시작했다. 알고 있다. 빨리 일어나서 휴대전화를 받고 샤워하고 옷을 갈아입고 저녁 일을 하러 나가야 한다는 걸.

휴대전화를 받았다. 함께 일하는, 나보다 연하의 일본 청년이다.

"희짱, 어디 있어?"

귀여운 척은. 웃기는 놈.

"집."

"지금 나오면 내가 태워다 줄 거야."

"아직 씻지도 않았어. 먼저 가."

"기다려 줄까?"

"그러지 말고 먼저 가서 청소나 좀 해."

휴대전화를 책상 위에 집어 던지고 땀에 젖은 옷을 벗었다. 찬물에 샤워하고 머리를 감았다. 귀찮아도 머리에서 땀내가 날 지경이어서 시간을 좀 더 들이기로 했다. 그리고 머리가 채 마르기도 전에 화장하고 서둘러 집을 나섰다.

밤낮으로 돈을 벌어야 한다. 밤낮으로 돈이 필요하니까. 두 조 반. 방 안에 싱크대와 벽장이 있는 초라한 마룻바닥의 집. 베란다에 줄줄이 구두를 늘어놓고 살아야 하는 방이지만, 겨울이면 난방이 되지 않아서 전기장판에 의지하고 지내야 하는 방이지만, 유흥가에서 가깝다는 이유로 한 달이면 육만 엔을 받는다.

한때는 이런 낯선 도시에서의 궁핍함이 무서워서 영혼을 팔아먹으려 들었던 적도 있었다. 그러나 누구도 내 영혼 따위는 필요로 하지 않았다. 저들은 이것저것 생각하는 나를 귀찮아했다. 자기네처럼 사고하고 대화하는 나를 원하지 않았다.

그러니까 내게는 이제 몸뚱이밖에는 팔아먹을 게 없다는 뜻이 된다. 그걸 알고 나서는 미련 없이 한국 땅을 떠났다. 그리고 아는 사람이라고는 고등학교 동창생 하나밖에 없는 타국 땅에 와서 한국에서 오는 뜨내기 여행자들에게 술을 팔아서 먹고산다.

도쿄에서의 내 신분은 '스나쿠의 미세코'다. 스나쿠는 유흥가 뒷골목의 그저 그렇고 그런 스탠드바의 이름이고, 미세코는 나의 일본어 이름이다. 그러니까 누구도 왜 여기로 와 있느냐고 묻지 않아서 좋다. 가끔 궁금해서인지, 나와 동침을 위해서인지, 고국에서 온 아저씨들이 묻기는 한다.

"여기 어쩌다 와 있나?"

나는 대답한다.

"학교에 다니고 있어요."

꼭 다시 묻는다.

"바텐더는 아르바이트인가?"

나는 녹음기처럼 말한다.

"생활비가 비싸서요."

아저씨들은 대부분 더는 묻지 않고 이해한다는 듯이 고개를 끄덕인다. 가끔 만 엔짜리 지폐를 놓고 가기도 한다. 호의로 그러든지 내 웃음이 마음에 들어서든지.

그래, 몸뚱이라면 자신 있다. 난 아직 건강하고 내 미소에서는 빛이 난다. 내 웃음은 완벽하다. 매력적이고 뭇 사내들의 가슴을 뒤흔든다.

망상은 자신감을 불어넣어 준다.

지루하게 술에 얼음을 타 주고, 재떨이를 갈아 주고, 담뱃불을 붙여 주는 사이에 시간이 흐른다. 열 시가 넘어가면 피곤해지기 시작한다. 스나쿠는 손님이 집에 가지 않는 한 문을 닫지 않는다. 새벽이든 날이 밝든 계속해서 술을 따라 주고 재떨이를 갈아 준다.

"손님 많네?"

언제 들어왔는지 민서가 앞에 와서 앉는다. 바로 앞에 앉은 손님 옆에 천연덕스럽게 앉더니 백을 올려놓고 담배를 찾아 문다.

대꾸 없이 재떨이를 놓아 주었다.

"맥주 한 잔 줘."

"맥주?"

"그래, 맥주. 이제 독한 술 안 마시기로 했어. 출근해서 너무 힘들어."

"그럼 술을 끊어야지. 맥주면 뭐가 다르니?"

"맥주 한 잔 정도에 뭘……."

생맥주 한 잔을 앞에 놓아 주었다. 내 유일한 친구 민서. 신문사에서 파견 나와 있는 주재원. 지사라고 해야 주재원 셋에 현지인 둘이 전부인 작은 사무실에 목숨 걸고 일하는 ─ 스스로 표현대로라면 안 잘리려고 이빨로 물고 늘어지는 ─ 도쿄 특파원.

"내일 낮에 놀지?"

쓸데없이 지방에 취재 가는데 심심하니까 같이 가자고 하면 거절해야지.

"일주일에 하루 쉬는데 제대로 쉬겠어?"

"며칠 쉴 수도 있어."

"무슨?"

"취재비 줄게. 난 그런 일에 젬병이라서 말이야."

"돈을 준다고? 며칠 쉬어도 될 정도로?"

"글쎄. 그거야 내 능력 밖이지만."

"네 능력 밖이면서도 무조건 네 뜻에 따르라는 거야? 너무 하는 거 아니니?"

민서가 싱긋 웃었다. 무슨 일인지 궁금했지만 나는 잠시 손님을 향해 고개를 돌렸다. 손님을 너무 오래 혼자 내버려 두면 만 엔짜리 지폐가 날개를 달고 날아가 버릴는지도 모르니까.

"끝나면 전화해. 사무실에서 밤새울 거니까."

민서가 알아차리고 맥주를 반쯤 마신 상태로 그냥 일어나 버렸다.

습기 가득한 새벽 공기 탓에 거리는 안개인지 비인지 모를 수증기로 번들거렸다. 빛을 잃은 네온사인들 사이로 파랗게 땅거미가 물러나고 있었다.

그래도 스물네 시간을 쉬지 않고 돌아가는 아카사카의 도토루에는 여전히 젊은 손님들이 가득했다. 커피와 토스트를 시켜 놓고 시시덕거리는 연인들을 바라보면서 민서가 나타나기를 기다렸다.

민서는 가슴에 한 아름 책자와 봉투를 끌어안고 나타났다. 테이블 위에 책자와 봉투를 놓더니 커피를 마시면서 책자와 봉투를 가리켰다.

"열어 봐."

"뭔데 그래?"

"네 전공."

나는 책자부터 들췄다. 미술책이었다. 도판이 아니라 화가에 관해 이야기하는 책의 군데군데 눈에 익은 그림들이 들어가 있었다. 굳이 전공이 미술이 아니어도 누구나 알 만한 화가였다.

"나혜석은 왜?"

"요즘 뉴스에도 나오고 그랬는데 네 전공이면서 전혀 관심 없는 거야?"

나는 입을 꾹 다물고 책을 덮어버렸다.

"나 전공 바꾼 거 모르니?"

"미친년."

민서는 내 얼굴을 들여다보면서 송곳니를 내보였다.

"너 몰래 그림 그리는 거 내가 모를 줄 아니?"

"왜 이러는데?"

민서가 봉투에서 신문 기사들을 줄줄 꺼냈다.

"나혜석에 대해서 잘 아니?"

"우리나라 최초의 여성화가."

그게 전부다. 그림들을 본 적은 있다. 강렬하면서도 힘이 있고 그래서 여성의 그림이라고 보기 어려운 그림들이라는 느낌이 남아 있다. 그리고 미술사에서 배우기로는 말년이 불행했던 화가였다고 기억한다.

"이번에 긴자 마루이백화점에서 전시회가 열리고 있는 거 아니?"

몰랐다. 그 옛날 화가의 전시회가 갑자기 일본에서 왜 열리나? 일부러라도 안 가는 전시회 이야기를 꺼내는 민서의 속마음은 무얼까.

"이제까지 세상에 나타나지 않았던 나혜석의 새로운 작품들이 전시되어 있어."

민서가 신문 기사를 여기저기 펼치면서 가리켰다.

"기존에 나와 있는 작품들도 위작이 많다고 난리인데 새로운 작품들이 왕창 쏟아져 나왔다는 말이야. 덕분에 본사에서 이 작품들을 상세하게 취재하고 조사해 내라고 하는데, 우리 지사 안에 미술 전문가가 없어. 무슨 얘기인지 감이 잡히지 않니?"

"미술 전문가라고 해도 그림의 진위를 판단할 수 없을 텐데?"

"넌 알잖아."

민서가 손가락으로 내 가슴을 가리켰다.

"넌 한때 그런 일을 했잖아. 진짜인지 가짜인지에 대해서는 나름대로 잘 알지 않니?"

나는 멍하니 민서를 쳐다보았다. 친구라는 것이 어찌 저렇게도 태연히 남의 아픈 부분을 찌르나. 아무리 직업이 직업이라고 해도 심하잖아.

민서는 다시 책자와 신문 기사들을 끌어모았다.

"이거 없애지 마라. 내가 모은 게 아니라 나혜석 기념사업회에서 보내준 거다."

"도로 가져가면 되잖아?"

"이게 어디서 언니 말을 씹어 뱉고 지랄이야?"

민서가 카탈로그로 내 머리를 후려쳤다.

"가져가서 자세히 읽으라는 말이야. 짭짤하게 챙겨 줄 테니까 세밀하게 살펴보고 내일 이 언니랑 같이 전시회에 가자는 말이야."

나는 멀거니 민서를 바라보았다. 그러니까 이걸 가져가서 나혜석이 누군지 공부 좀 하고 전시회에 가서 그림들이 진짜인지 가짜인지 구분하라는 말이지? 그걸 전시회에 가서 둘러보기만 하면 가능하다고 생각하는 거야?

"논란이 일어나도 좋아. 가짜 같다느니 어쩌느니 해도 된다고. 알아듣겠어?"

"가짜인지 진짜인지 확실하지 않아도 그냥 멋대로 씨부렁거리라는 말이야?"

"그렇지. 이제 좀 돌아가네."

민서가 손가락을 들어 자기 머리 위에 동그라미를 그려 댔다. 한국 사회로 돌아가는 거, 이미 무수하게 겪어서 알 만하다만 그래도 참 낯설다.

"근데 너 저녁은 먹었냐?"

"일찍도 물어보네."

"가자. 언니가 열무 냉면 사 줄게."

민서는 내 커다란 핸드백에 책자와 신문들을 구겨 넣기 시작했다. 나는 멀거니 민서를 바라보았다. 피차 그다지 잘 되는 건 없는데도 언제나 씩씩하기 짝이 없는 친구. 본사 로 들어가면 잘릴 수도 있는 계약직이라서 절대 귀국 안 한다는 친구. 그래도 왠지 안 불쌍한 친구. 그래서 신기한 친구다.

커튼을 제대로 치지 않고 그냥 쓰러져 잔 듯했다. 햇빛에 눈이 부셔서 눈을 떴다. 주섬주섬 일어나서 커튼을 열어젖 히고 커피를 내린 다음 핸드백에서 민서가 준 신문 뭉치를 꺼내 하나씩 펼쳐 보았다.

대부분 기사는 전시회에 대해서 비우호적이었다. 나혜석 의 유작들은 그렇지 않아도 반 이상이 가짜라고들 하는데 거기다가 새로운 그림과 판화들까지 쏟아져 나왔다고 하니 당연히 화단이 시끄러울 수밖에 없다. 그나마 우호적으로 관심을 보이고 적극적으로 나선 것은 '나혜석 기념사업회'였다.

책자들을 들췄다. 평전도 있고 도판도 있었는데 자세히 읽을 시간도 없었지만 일일이 읽고 싶지는 않았다. 얼마쯤 알고 있기도 했지만 대충 훑어보니까 잘 나가다가 말년을 불행하게 보낸 신여성을 그리는 데 그치고 있었다.

'그런 인생이야 줄을 섰지.'

말년 잘 보내는 거야 저명한 여류 명사답게 부자 남편 만나 잘 먹고 잘 살면서 아들딸 잘 길러 내는 걸로 마감하는 것 아닌가. 암이라도 걸려서 단명하지 않으면 잘 살았다고 하겠지.

평전 읽는다고 전시된 작품의 진위를 알게 되는 것도 아니고 사실 진위는 세밀하게 조사를 해야 가능하지 기록으로 판단할 수 있는 것도 아니니까.

커피를 한 잔 더 마시려고 몸을 일으키는데 휴대전화가 울렸다. 휴대전화를 받으면서 커튼 사이를 보니 어느새 사위가 침침해졌다. 비가 내리려나. 초가을의 더위가 지겨웠는데 비라도 내리면 좋지.

"마루이백화점 앞으로 열한 시까지 가."

'와'가 아니라 '가'야?

"난 오늘 교토 간다."

"뭐? 그럼 나 혼자 가라는 거야?"

"문자로 전화번호 보내 줄게."

"누군데? 너희 기자야?"

"아냐. 가서 만나면 알아."

뭔가 미적지근해서 다시 물으려는데 민서는 매정하게 전화를 끊어 버렸다.

아카사카 역에 내려서야 이미 비가 내리기 시작한 걸 알았다. 비는 지상에서 내리지만, 지하도까지 질척거리고 사람마다 젖은 우산을 들고 들어서기 때문에 결국 지하도까지 스며들게 마련이다.

우산을 펼쳐 들고 아카사카의 부티크 거리를 걸었다. 마루이백화점 앞까지 걸어가서 비를 피해 현관 안으로 들어선 다음 민서가 보내 준 문자대로 전화를 걸었다.

전화벨이 바로 어깨 뒤에서 울렸다. 깜짝 놀라서 돌아보다가 나는 그만 그 자리에 석고상처럼 굳어 버렸다.

"나여서 놀랐어?"

그는 여전히 정갈한 머리칼에 적당히 깎인 얼굴 윤곽을 가지고 있었다. 흰 와이셔츠에 검은 양복도 변함이 없었다.

"선배가 왜……?"

나는 이렇게 초라한 모습으로 그와 마주하게 된 오늘의 이 짧은 시간을 저주하고 싶었다. 정현우인 줄 알면서도 나와 마주치게 한 민서가 나의 절친한 친구라는 사실도 하늘에 대고 저주하고 싶었다.

"내 일이 이런 일이잖니?"

현우는 커피 잔을 들고 나를 바라보며 차갑게 웃었다. 언제나 차갑게 느껴지는 반듯한 웃음. 한 번도 내 편을 들어서 이야기해 주지 않은 잔인한 솔로몬. 다시는 보고 싶지 않았던 남자.

"내 생각에는 진품일 확률이 거의 없어."

현우는 태블릿을 내 앞으로 내밀며 단정하듯 말했다.

"한국 전쟁 때 사라진 그림들, 수원에서 불에 타 사라져 버렸다는 그림들이 여기 전시회에 다 있는 거야. 이런 그림들을 일본 사람이 가지고 있다는 얘기 자체가 가능성이 전혀 없어."

그가 내민 태블릿에는 한 젊은 사내의 흑백 사진이 실려 있었다. 오랜 세월 탓에 사진의 색이 바래서 거의 세피아 컬러로 보였는데 복장은 더 오래된 듯 구식 양복 차림이었다.

"누군지 알겠어?"

"모르겠네요."

"사토 야타라는 사람, 화가야. 나혜석을 끔찍이도 사랑했던 남자."

"지금 이 사람이 전시회를 열었나요?"

현우가 황당한 표정으로 물끄러미 나를 쳐다보았다. 그

러더니 내 앞으로 이번에는 팸플릿을 내밀었다. 생각해 보니 민서는 내게 전시회 팸플릿은 준 적이 없었다. 그리고 나는 팸플릿을 달라고 하지도 않았다.

"전시회를 연 사람은 사토 리에. 사토 야타의 손녀야."

팸플릿 뒷면에는 할아버지와 손녀의 사진이 동그랗게 실려 있었다. 이제 갓 열 살이나 되었음 직한 나이 어린 손녀의 어깨에 손을 올려놓은 할아버지는 늙었어도 강인해 보였다.

팸플릿을 뒤집자 아무 그림도 사진도 없는 흰 바탕에 전시회의 이름만 덩그러니 박혀 있었다.

아르코에게(R-子に).

2

다비(茶毘)

　　나는 잠시 아르코가 누구일까 생각했지만 거기
맞춰서 떠오르는 게 없었다. 내 표정을 읽었는지 현우가 피
식 웃었다.

　"사토 야타가 어느 날 나혜석을 생각하고 쓴 짧은 수필의
제목이야."

　"그러니까 이 전시회도 같은 맥락으로 이해하면 되는 건
가?"

　"이제부터 우리가 알아보아야 할 이야기가 바로 그거야."

　"그림의 진위가 아니라?"

　현우는 또 피식 웃었다. 웃어도 할 수 없다. 준비 없이 온
건 사실이다. 그다지 자세하게 알고 싶지도 않았던 게 내
본심이었으니까.

"전시회 보고 나서 이야기할까?"

현우는 일어났지만, 나는 머릿속이 복잡했다. 이 남자가 왔다면 어째서 민서는 나까지 끌어들였을까. 나까지 가지 않아도 혼자 다 알아서 하고도 남을 사람인데.

"선배."

"응?"

"선배가 있는데 무슨 까닭으로 민서는 나까지 끌어들였을까?"

"난 기념사업회 사람이잖아. 내 주장을 세상 사람들이 믿겠어?"

"그러니까 난 객관성 확보를 위한 들러리라는 이야기군."

"여전하군."

현우는 내 질문에 대답도 없이 그냥 돌아서 카운터로 갔다. 그리고 커피값을 지불하면서 나오라고 손짓을 했다.

어쩌면 저 인간은 변함이 없을까. 입술을 깨물고 잠시 어떻게 할까 생각하는데 다시 재촉이 왔다.

"뭐해? 안 갈 거야? 이야기는 나중에 해."

그래, 나중에 이야기하자. 이대로 바보처럼 달아나기는 싫으니까. 나는 현우의 뒤를 따라 백화점으로 가서 그와 함께 전시장으로 올라가는 엘리베이터를 탔다.

전시장은 한산했다. 그저 백화점에 쇼핑을 나섰다가 잠

시 구경이나 하려고 들어선 듯한 주부 몇 명이 대충 훑어보고 지나갈 뿐이었다.

당연하다. 한국에서는 몰라도 일본에서야 떠들썩할 이유가 없는 전시회다. 현우는 그림들을 천천히 둘러보면서 아무 말이 없었다. 나는 나대로 그림들을 보면서 현우와 반대편으로 돌았다.

나 역시 아무 말도 하지 못했다. 더 정확하게 표현하자면 나는 그림들에 빠져서 아무 생각도 하지 못했다. 그림들은 이제까지 내가 알아 온 옛날 화가들의, 특히 여류 화가들의 그림이 아니었다. 그림이 엄청나게 뛰어나서가 아니었다. 색조나 구도가 완벽해서도 아니었다.

그림은 고통 그 자체였다.

그림을 그리는 사람은 그림을 보면 안다. 아니, 그림으로 고통을 받아 본 사람은 그림을 보면 안다. 그림에서 고통이 보인다. 아무리 힘 있게 붓을 잡고, 아무리 강렬한 색으로 밀어붙여도 고통이 밴 그림은 화려하게 살아나지 않는다. 그게 캔버스다.

"선배."

나는 돌아서며 현우를 찾았다.

"이 전시회 누가 열었다고 했죠?"

"사토 리에라는 여자."

현우도 돌아서며 아까보다 더 굳은 얼굴로 말했다.

"일단 만나 보자."

음? 이 면도칼 같은 남자도 느낀 게 있나?

"이 그림들 진짜 같다."

사토 리에는 생각보다 젊었다. 환갑쯤 되었을 줄 알았는데 의외로 사십 대 중반이나 후반 정도로 보였다. 단정하게 와후쿠를 입고 고전적인 흰 버선에 나무 게다를 신은 모습이 고집스러워 보였다.

"관심 가져 주셔서 감사합니다."

우리를 향해 부드럽게 웃었지만, 눈빛은 차가웠다. 무릎을 모으고 가지런히 맞잡은 두 손은 이후로 절대 움직이지 않을 것처럼 보였다.

"처음 만나 뵙지만, 선생님 존함은 알고 있었습니다."

현우가 말하자 리에가 고개를 끄덕였다.

"저도 알아요. 그쪽이 아니라 기념사업회를."

리에의 시선이 나에게로 옮겨왔다.

"진여희 씨."

"네?"

나는 나도 모르게 멈칫 놀라서 대답했다. 이 여자가 내 이름을 어떻게 알지?

"여희 씨는 알아요. 일본 오기 전까지만."

"어떻게……."

나는 뭐가 뭔지 몰라서 혼란스러웠다. 리에는 내 생각을 무시하고 자기 말을 이어갔다.

"작품이 진짜냐 가짜냐 하는 건 나한테 아주 무의미합니다. 팔 생각이 전혀 없으니까요."

리에의 얼굴에서 부드럽던 웃음기가 사라졌다.

"단 하나도. 절대로. 그러니까 신경들 쓰지 않아도 되지 않겠어요?"

"꼭 그림의 가치를 따지기 위해서 찾아온 것은 아닙니다. 우리는 나혜석 선생님의 그림을 보고 느끼고 세상에 알리고 싶을 뿐이니까요."

현우가 분명한 어조로 말했다. 그런데 리에는 오히려 의아하다는 표정을 지었다.

"왜요?"

"네?"

"왜 세상이 관심을 가질까요?"

현우가 당황해서 말문을 닫았다. 리에는 차갑게 현우를 바라보며 말했다.

"기념사업회를 보면서 항상 궁금했어요. 도대체 왜 나혜석을 기념할까. 왜 나혜석 거리까지 만들었을까. 왜 나혜석 전집에 평전까지 만들어 댈까."

"훌륭한 화가였기 때문에 그렇습니다. 달리 어떤 이유가 있겠습니까?"

"이제 와서?"

"고흐도 그랬습니다. 그 시대 사람들은 몰랐습니다. 그러나 세월이 흐르고서야 알게 되었지요. 고흐가 얼마나 훌륭한 화가였는지를."

"고흐야 스스로 자살을 선택했지만 나혜석은 그 시대 사람들이 죽였지요."

리에는 현우에게서 내게로 시선을 옮겼다.

"여희 씨는 참 잘했어요. 일본으로 달아났으니 이렇게 살아남았잖아요?"

나는 멍하니 리에를 바라보았다. 이 아줌마가 무슨 말을 지껄이는 거야? 아까부터 내 일에 대해서 아주 잘 안다는 듯이 말하고 있잖아. 어째서 이 아줌마가 내 일을 알고 있는 거지?

"난 평생을 갤러리에 몸담았어요. 내 손으로 그림을 그리지는 않았지만 수많은 화가의 그림을 보면서 살았지요."

"그러신 건 미처 몰랐습니다."

현우가 나섰다.

"이번 전시회 덕에 처음으로 여사님 이름을 알았습니다."

"당연하죠. 난 내 이름을 걸고 이렇게 전시회를 연 것도 처음일 뿐만 아니라 갤러리를 운영하지도 않았고 경매에 직접 참가한 적도 없었으니까요."

리에는 자리에서 일어났다.

"그만들 가보세요. 제 속을 알았으니까 이제 그림의 진위나 가치에 대해서 더 궁금할 것도 없지요?"

그녀의 눈과 입이 가늘게 웃었다.

"관심은 오로지 그것뿐이잖아요?"

비웃듯이.

전시회에 조금 더 머물렀다. 현우는 갖가지 자료들을 들고 열심히 그림을 보고 자기 기록을 훑어보았다. 내 존재를 무시하는 듯 홀로 분주했다. 평소 성격에서 나타나는 그대로였다. 마치 범죄수사에 나선 과학수사대원처럼 열심이었다.

그러거나 말거나 나는 그냥 멀거니 그림들을 보고 또 보면서 생각에 빠져 있었다. 눈은 그림을 바라보고 있었지만, 내 생각은 '사토 리에'에게로 향하고 있었다. 나를 알고 있고 마치 한국의 화단에 대해서도 훤히 알고 있다는 듯한 그 말투와 비웃음.

문득 뒤를 돌아보았다.

입구 옆면의 벽에 커다랗게 전시회 설명서가 걸려 있었다. 구식 투피스에 동그란 챙 모자를 쓰고 웃고 있는 한 여인의 흑백 사진이 새삼 눈에 들어왔다.

저 여인은 누구인가. 그리고 저 여인을 추모하는 사토 리에는 누구인가. 저 글자들은 무엇을 뜻하는가.

아르코에게ㅡ는 무슨 뜻인가.

현우와 마주 앉아서 맛없는 점심을 먹었다. 혓바닥이 굳은 듯이 입안에서 밥알이 제멋대로 놀았다. 현우는 현우대로 깊은 생각에 빠져서 말 한마디 없이 먹는 데만 열중했다.

식사를 끝내고 창밖의 부슬부슬 내리는 비를 바라보며 자꾸만 전시장 입구에서 본 그녀의 모습을 떠올렸다. 동그란 서양식 챙 모자를 쓴 흑백 사진 속의 여인. 그녀는 대체 어떤 인생을 살았을까. 어째서 일본인 화가의 손녀가 그녀의 그림들을 가지고 있다가 전시회를 열게 되었을까.

부슬부슬 내리던 빗줄기가 조금 더 강해졌다. 유리창에 부딪히고 흩어지는 물방울들을 유리창 안에서 만지려고 손가락을 뻗었다.

"만질 수 없어."

불현듯 들려오는 현우의 목소리에 문득 고개를 돌렸다. 현우가 건조하게 웃었다.

"넌 유리가 눈에 안 보이니?"

"무슨 뜻이야?"

"여기서 계속 살 생각이냐?"

"응. 몰라. 당분간은. 아마도."

나는 갈피를 잡지 못하고 있었는데 현우가 그걸 물었다. 언제까지 도쿄에 머물러 있을지. 대학원을 졸업하고 나면 이제 무엇을 할까. 박사 과정을 밟겠지. 박사가 되고 나면 그다음에는 분필 장사라도 해야 여기 더 머물 수 있겠지.

그렇게까지 있어야 할까?

"그림은 그리니?"

"선배."

나도 모르게 내 목소리에 힘이 들어가 있었다. 상대방 아픔을 모르는, 아니 무시하는 사람. 이런 사람을 '사이코패스'라고 하던가.

"그림은 그려라. 나혜석 씨도 눈이 제대로 보이지 않는 순간까지 그림을 그렸다. 손이 떨리더라도."

"그림이 좋았나 보지."

"넌 아니냐?"

"선배."

나는 손끝이 저려서 주먹을 쥐었다. 팔 전체에 피가 통하지 않는 느낌이다.

"그래, 대화 끝. 그만두자."

현우는 메모지와 자료 뭉치들을 흔들어 보이다가 내 앞으로 던졌다.

"넘겨줄게. 분석 기사 부지런히 써라. 일 끝내고 돈 받아야지."

사이코패스.

"진짜일 수가 없다. 말이 안 된다. 판화 두 점만 진짜로 보인다."

아까와는 말이 달라졌다.

"진짜 같다고 했잖아?"

"그렇게 보이기는 했지만 아무리 생각해도 역시 그럴 수 없어. 나혜석이 죽은 지 육십 년도 더 지났는데 그때의 작품들이 한국도 아닌 일본에 남아 있다? 아니야. 그냥 나혜석의 그림으로 보였을 뿐이지."

"그럴 가능성이 전혀 없다고 말하는 거야?"

"그래. 가능하지 않아."

현우는 예의 그 예리함을 담아 단정 짓듯 말했다.

비 내리는 긴자의 도심 풍경을 바라보고 서서 현우라는 남자는 작별 인사처럼 말했다.

"나 만나서 반갑지 않았겠다. 그래도 난 네가 보고 싶더라. 별 뜻은 없고 그냥 어찌 사나 보고 싶더라는 말이다."

싱긋 웃고 손을 들어 보였다.

"간다."

현우는 빗속을 우산도 없이 태연히 걸어갔다. 그의 어깨가 빗방울에 점점 젖어드는 뒷모습을 바라보면서 나는, 바보처럼 그의 비에 젖은 머리칼을 한번 만져 보고 싶었다. 그리고 작별하고 싶었다.

사랑한다고 말하던 남자. 함께 침대 속에서 아침을 맞이

한 적도 있는 남자. 그런 남자가 어느 날, 내 폐부에 메스를 들이댔다.

'이건 아니잖아.'

지금도 생생하게 들려오는 남자의 살얼음 같았던 목소리. 차가운 눈빛. 피부에서 얼음이 솟아나오는 듯한 소름이 돋았었지.

'이런 짓은 하면 안 되잖아?'

그 남자는 냉정하게 세상에 내 가슴속 비밀을 까발리고 한국 화단의 협잡질에 대해서 사정없는 화살을 쏘아댔다. 한국 화단의 어르신들은 그 모든 화살을 어리석고 가진 것 없는 내게로 돌렸다.

세상은 그 남자에게 박수갈채를 보내면서 내게는 돌을 던졌다. 나는 상처 받고 쓰러졌다. 그 남자는 상처도 받지 않았고 쓰러지지도 않았다. 당당하게 세상을 향해 소리쳤다.

'사랑하고는 별개의 문제다.'

세상은 나를 기자까지도 침대 속으로 끌어들여서 이용하는 출세에 눈이 먼 여자로 만들었다. 그리고 나는 달아나 버렸다. 어둠 속에 숨어서 숨을 죽이고 살면서 아무도 나를 찾아내지 못하기만을 바랐다.

남자는 달아나는 나를 말리려 들었다. 더 싸우라고 강요했다. 그러나 이미 나는 그 남자의 어깨에 기댈 자신감을 잃어버렸다. 그래서 그에게 의지해 세상과 싸울 투지도 함께 잃었다.

그런데 왜 이제 와서 새삼스럽게 그 남자의 머리칼이 만져 보고 싶어진 걸까.

오늘은 출근하고 싶지 않았다. 어쩌면 며칠 쉬어야 할지도 모르겠다. 기사도 기사지만, 무엇보다도 머릿속에 들어간 이상한 느낌을 정리해야만 했다.

저녁거리로 도시락과 맥주를 사 들고 들어가서 현우가 건네준 자료와 메모를 비교해 가며 밤이 깊도록 살피고 또 살폈다. 그리고 순전히 현우의 결론에 따라서 분석 기사를 쓰기 시작했다.

새벽녘, 기사를 쓰던 내 손이 잠시 멈추었다. 창가로 가서 창을 통해 비 내리는 어두운 거리를 바라보았다.

도시는 어둡고 스산했다. 비에 젖은 불빛들이 외롭게 흔들리고 있었다. 바람도 없이 비는 내리고 빗방울이 유리창을 때렸다.

빗방울에 손을 가져다 대다가 문득 현우의 차가운 눈빛을 기억해 냈다.

그래, 맞아. 유리가 있어서 만져지지 않아.

어쩌면 나혜석, 이 여자도 그랬을지 몰라. 나처럼 유리로 가로막혀 있는 줄 모르고 자꾸만 움켜잡으려고 들었는지도 몰라. 그러다가 마침내 유리가 깨져서 다친 건 아닐까.

그런데 사토 리에라는 일본 아줌마는 나에 대해서도 그렇게 느꼈던 걸까. 그 아줌마는 날 도대체 어떻게 안 거야?

　　창가에 기대서서 유리창에 이마를 대고 창밖의 불빛들을 멍하니 바라보았다. 참 외롭다. 저 불빛들. 나하고는 아무 상관도 없는 저 거리가 참 외로워 보인다.

　　담배가 피우고 싶다. 끊었는데.

　　지갑을 움켜쥐고 밖으로 나갔다. 우산을 두고 나왔다는 걸 알았지만 그냥 내처 달려나갔다. 비를 맞으면서 편의점까지 내달려서 처마 밑에서 잠시 숨을 돌렸다.

　　담배를 사고 돌아 나오다가 금박으로 포장된 근사한 초콜릿이 눈에 띄어서 하나 집어 들었다. 편의점 처마 아래서 담배를 피워 물고 초콜릿의 포장을 뜯었다. 값이 꽤 비쌌으니까 값만큼 맛이 있기를.

　　입에 넣고 씹었다. 달콤한 초콜릿 향이 입안에 퍼져나갔다. 갑자기 담배를 먼저 피워야 할지 초콜릿을 먼저 먹어야 할지 몰라서 우물거렸다.

　　빌어먹을.

　　울컥했다. 괜히 이러는 건 정신 건강에 안 좋아. 이렇게 새벽 시간에 말이야, 길바닥에 서서 비 맞으면서 초콜릿과 담배를 동시에 먹고 피우는 건 미친 여자잖아. 거기다가 눈물까지.

　　이러면 최악이지.

문득 나혜석의 흑백 사진이 생각났다. 눈빛이 강해 보이지만 표정은 슬퍼 보이던 그녀의 얼굴이 떠올랐다. 아무래도 다시 가봐야겠어.

집으로 달려 들어와서 옷을 갈아입었다. 무언가 챙겨야 할 건 없나 두리번대다가 그냥 지갑만 백에 챙겨 넣고 나섰다.

우산 대신 비옷을 입고 파랗게 동이 트는 거리로 나섰다. 전시회는 어제가 마지막이라고 했다. 그러니까 오늘 그림을 걷을 것이다. 백화점은 문을 열기 직전의 아침 시간에 그런 작업을 하니까.

일본 아줌마를 만나서 딱히 무얼 어째야 할지는 몰랐다. 그런 걸 결정할 수 있을 만큼 용의주도하지도 않고 기사를 충실하게 써야 한다는 생각도 없었다.

그저 만나야 한다는 생각뿐이었다.

너무 이른 시간이라 백화점은 당연히 닫혀 있었다. 뒤로 돌아가자 이제 막 출근하는 직원들이 눈에 들어왔다. 나는 직원들 틈에 끼어들어서 직원 통로를 통해 엘리베이터에 탔다. 누구도 사원증을 보자고는 하지 않았다. 다만 이상한 시선으로 비에 젖은 나를 슬쩍슬쩍 보고 지나쳤다.

내 모습이 이상한가? 엘리베이터 거울에 비친 내 모습은 지극히 정상이었다. 비옷을 입은 채였고 화장을 하지 않았지만, 내 모습이 괜히 밤을 새우고 이유 없이 길바닥을 헤매며 눈물을 찔찔 흘릴 여자로는 보이지 않을 것이다.

엘리베이터에서 내려 전시실로 달려갔다. 그런데 어찌 된 일인지 전시실은 이미 텅 비어 있었다. 갑자기 끈이 툭 끊어진 느낌이었다.

이 아줌마를 어디서 만나야 하지?

지바에서 세 칸짜리 사철로 갈아타고 도가네로 향했다. 백화점 관리인에게 사정사정해서 겨우 그림이 실려 간 곳을 알았는데, 그림이 간 곳은 도가네의 작은 사찰이었다.

그림이 실려 간 곳이라니 거기 가면 틀림없이 사토 리에가 있을 것이다. 그래서 도가네를 찾아 나섰는데 사실 도가네라는 지명은 들어 본 일이 없어서 전철 노선도를 보고서야 그런 곳이 있는 걸 알았다.

도가네 역에 내려서 택시를 탔다. 비는 그쳤지만 습기를 머금은 바람이 머리칼을 스쳤다. 사찰이 생각보다 멀리 있다면 오늘 택시비로 며칠 생활비를 날릴 판이지만 그렇다고 처음 온 지방의 낯선 도시에서 이름조차 생소한 사찰을 찾아 헤맬 자신은 없었다.

택시는 다행스럽게도 그다지 오래 달리지 않았다. 십 분 정도를 달리더니 시골 마을의 언덕 위에 있는 작은 사찰 앞에 섰다.

만일을 생각해서 택시 기사에게 명함을 하나 받아 챙기고 과감하게 사찰의 문을 밀고 들어갔다. 그랬다가 깜짝 놀라서 그 자리에 얼어붙어 버렸다.

사찰 안은 무슨 행사가 열리는 듯 스님들이 분주하게 움직이고 있었다. 사찰 한복판에 기름 먹였음 직한 장작들이 높이 쌓여 있고 그 위에 천으로 싼 그림처럼 보이는 캔버스들이 차곡차곡 쟁여 있었다.

그 앞에 모닥불이 피워져 있었고 스님들이 줄줄이 서서 목탁을 두드리며 불경을 읊고 있었다.

나는 사토 리에를 찾아서 두리번거렸다. 그때 손에 불이 붙은 막대 하나를 들고 스님들 사이에서 나서는 사토 리에를 발견했다.

다비식.

머릿속에 한 줄기 충격이 치고 지나가는 순간, 나는 앞뒤도 재지 않고 달려나가서 그림들과 리에 사이를 막아섰다.

"안 돼요."

내 돌출 행동에 스님들이 모두 놀라서 내 쪽으로 향했다. 그러나 리에는 나를 차분한 표정으로 바라보면서 아무 말도 하지 않았다.

"이게 무슨 무지한 짓이에요?"

리에는 혼잣말하듯 중얼거렸다.

"할아버지의 유언이에요."

"이 세상에 이렇게 터무니없는 일은 없어요. 어떻게 이런 무지한 짓을 할 수가 있어요?"

내가 언성을 높이자 리에는 다시 무표정하게 중얼거렸다.

"이 그림들 다 가짜예요."

"가짜로 전시회를 열었다고요?"

"하지만 할아버지는 평생 진짜로 알고 소장하고 계셨으니까요."

리에는 차가운 시선으로 스님들을 돌아보았다. 건장하고 젊은 스님 두 사람이 내 양팔을 끼고 부드럽지만 강하게 뒤로 끌어냈다.

나는 온몸이 덜덜 떨리는 것을 느꼈다. 저게 진짜라면, 만일 저게 전부 진짜라면 지금 저 사람들은 세상에 죄를 짓는 것이다. 가장 멍청하고 가장 패악한 짓을 저지르는 것이 아닌가.

그러나 나는 더 이상 어떤 행동도 할 수 없었다. 그저 몸을 떨면서 두 스님에게 팔을 붙잡힌 채 리에가 하는 미친 짓을 바라볼 수밖에 없었다.

리에는 나뭇단에 불을 붙였다. 독경 소리가 높아지고 커지면서 신비한 주술의 세계로 주변을 이끌었다. 불길이 물기를 머금은 바람을 이기고 치솟아 올랐다. 장작들과 함께 그림들이 순식간에 불길에 휩싸였다.

가짜일 거야.

나는 입술을 깨물고 정신을 차리려고 안간힘을 썼다. 발끝에서 머리끝까지 현기증이 몰려들어서 양팔을 잡은 스님들의 힘에 의지하지 않고는 몸을 지탱할 수조차 없었다.

회색 연기는 하늘로 뭉클뭉클 솟아올랐다. 간혹 테레빈유 냄새가 섞이면서 검은 연기가 흘러나왔다. 불꽃들이 사방으로 튀었다가 사라졌다.

가짜일 거야.

한기에 몸을 움츠리고 앉은 내 앞으로 리에가 따뜻한 차를 놓아 주었다. 나는 떨리는 손으로 뜨거운 찻잔을 들고 리에를 바라보았다.

리에는 차갑고 단호하던 아까와는 달리 부드러운 눈길로 나를 바라보았다.

"무서웠어요?"

"저 그림들이 만일 진짜라면……."

나는 목소리가 떨려서 말이 제대로 이어지지 않았다.

"나혜석을 잘 알아요?"

"잘은 모르지만……."

"그럼 그렇게 마음 쓸 것도 없지 않아요?"

"마음이 쓰여서 여기까지 온 거예요. 기사를 쓰려다가 이대로 쓰는 건 너무 아닌 것 같아서요."

나는 그제서야 몸도 마음도 풀려서 내 생각을 말할 수

있었다.

"잘 알지도 못하는 어떤 예술가에 대해서 함부로 재단하는 기분이 들어서요. 사토 리에라는 사람이 왜 이런 전시회를 열었는가에 대한 것만이라도 알고 싶어서요. 세상에 이 이야기를 내놓으려면 그래야 하는 거잖아요?"

"작품의 진위만 취재하려던 것 아닌가요?"

"그랬었죠. 그런데……,"

나는 딱히 설명할 길이 없었다. 내 심정을.

"밤에 잠이 오지 않았어요. 나혜석에 대해서 그냥 생각 없이 기록만 읽었는데 잠을 잘 수도 기사를 계속 쓸 수도 없었어요."

잠시 정적이 흘렀다. 리에는 부드러운 시선으로 나를 바라보면서 잠시 무언가를 생각하는 듯했다.

"왜 그랬어요?"

갑자기 물어왔다. 그건 내가 리에에게 할 질문인데.

"무슨 말씀이신지……, 모르겠어요."

"아니, 왜 자기 그림을 남한테 넘겼어요?"

질문은 엉뚱한 것이었다. 나는 당황해서 대답하지 못했다. 한국 화단에서는 종종 그래요. 제자의 작품이 선생의 작품으로 둔갑도 하고 그래요. 그게 밝혀지면 선생은 괜찮고 제자는 죽어나요. 그냥 감추고 살았으면 좋았을 것을. 잘난 내 남자가 터뜨려 버렸어요. 그래서 내 남자는 고소를 당하고 나는 달아났죠.

말하지 못했다.

"대답하기 어렵죠?"

리에가 웃었다.

"나도 그래요. 생각할 수도 말할 수도 없어요. 나는 그저 할아버지의 유언대로 했을 뿐이에요."

"할아버지 성함이 사토 야타 맞나요?"

"맞아요. 하지만 평생 결혼이라고는 하지 않으신 분이죠. 할아버지에겐 동생이 한 분 있었죠. 그 동생의 아들이었던 내 아버지가 그분의 양자로 들어갔어요. 그래서 나는 그분의 손녀가 된 것이었죠."

"나혜석에 대해서 읽다가 아주 잠깐 사토 야타 씨가 언급된 것을 보았어요."

"아주 잠깐……"

리에는 한숨을 내쉬면서 말을 이었다.

"하지만 평생 한 여자만을 사랑해서 결혼도 하지 않으셨던 분인걸요."

"나혜석을……?"

리에는 잠시 나를 물끄러미 바라보더니 슬그머니 일어나서 미닫이 안으로 들어갔다. 나는 마루에 앉아서 잠시 비바람에 떨어져 이리저리 흩어진 마당의 꽃잎들을 바라보았다. 화장실에라도 간 것일까 생각했다.

"여희 씨."

리에가 다시 들어오면서 나지막하게 나를 불렀다. 나는 깜짝 놀라서 리에를 바라보았다. 리에의 손에 작고 두툼한 책 한 권이 들려 있었다.

리에는 내 앞에 와서 다가앉더니 책을 내밀었다.

"할아버지의 유서예요. 유서치고는 참 두껍죠?"

나는 두꺼운 책자를 받아들고 겉표지를 보았다. 아주 달필로 쓰인 몇 글자가 눈에 들어왔다.

– 아르코에게

전시회 제목과 같은 제목이었다. 그리고 그 글자 아래로 작은 글자들이 촘촘히 쓰여 있었다.

– 리에. 너만은 읽어 주기를 바라고 남긴다. 읽은 다음에
  는 그림들과 함께 태워다오.

하지만 겉장을 들춰 보니 안의 글씨는 표지의 글씨와 완연하게 달랐다. 겉장과 함께 대부분 일본어로 되어 있었지만 군데군데 한글로 쓴 글들도 있었고 뒤쪽에 가서는 상당한 분량이 한글이었다.

글씨는 뭐랄까 현대적으로 가지런하고 예쁘게 씌어 있어

그 옛날 사토 씨의 글씨로 보이지는 않았다. 두툼한 노트도 옛날 것은 아닌 듯했다. 나는 노트와 리에를 번갈아 쳐다보았다.

"내가 할아버지의 이야기를 듣고 정리한 것이에요. 하지만 할아버지께서 말씀하신 것만 이 노트에 고스란히 담겨 있어요. 단언컨대 할아버지 말씀이 아닌 것은 단 한 군데도 없을 겁니다."

"그런데 아르코라는 것은 무슨 뜻입니까?"

"'아르'라는 것은 나혜석 씨의 성인 '나'의 영문 이니셜인 R을 나타낸 것이고, '코'는 중국 글자인 아들 '자(子)'의 일본식 발음입니다. 일본 사람들이 여자 이름에 흔히 쓰는 글자지요. 하루코, 하나코, 에이코, 히데코, 게이코, 교코, 미치코……."

"한국에도 '자' 자를 쓰는 여자이름이 많아요. 영자, 정자, 순자, 경자, 춘자, 혜자, 명자, 수자, 청자……."

우리는 모처럼 함께 소리 내어 웃었다. 하지만 한국의 그런 이름들은 일제시대의 잔재가 아니던가.

"할아버지는 나혜석 씨를 '아르코'라는 애칭으로 불렀던 것 같아요."

나는 웃음을 거두고 찬찬히 글을 읽기 시작했다.

3

번쩍이는 눈을 가진 여자

　　　1913년 겨울. 그 유래조차 잘 알지도 못하는 성
탄절이라는 새로운 명절을 며칠 앞둔 어느 날 나는 난생처
음으로 공산당 집회에 참석하였다. 사상적으로 공산당에
마음을 둔 것이 아니라 친한 친구 나카다의 부탁으로 그저
동행이 되어 주려고 갔다고 보면 옳겠다.

　나카다 역시 공산당원은 아니었는데 그는 아나키스트
에다가 프랑스에서부터 일어난 산업협동조합 운동에 관심
이 깊었다.

　"오늘 거기 가면 멋진 친구를 만나게 될 걸세."

　나카다는 마치 여자라도 만나는 듯이 들뜬 표정으로 말
했다. 그렇지만 나카다가 말하는 친구는 나도 역시 알 만
한 친구였다. 나카다는 나와는 달리 공업학교에 다니고 있

었지만, 워낙 유명한 운동가여서 우리 미술 학교에도 이미 이름이 많이 알려졌었다.

나경석. 그는 도쿄의 조선인 유학생들 사이에서 꽤 유명한 친구였다. 훤칠한 키에 다부진 몸집의 경석은 공산당 집회에 모인 누구보다도 눈길을 끌었다. 특히 그의 강렬한 눈빛과 강하고 단정적인 어투는 늘 좌중의 기를 죽이기에 충분했다.

"다들 혁명, 혁명 하는데 도대체 혁명으로 윗분들이 바뀐다고 해서 일반 민중의 입장에서 무엇이 바뀐다는 말입니까?"

공산당원들은 같은 학생들끼리라고 해도 보통 험악한 작자들이 아니어서 웬만한 인물이 아니면 그런 어조를 용납하지 않았다. 그러나 당시에 모여 있던 삼십여 명의 당원들은 어느 누구도 그의 말을 막지 못했다.

"주인이 바뀌어도 하인은 그냥 하인일 뿐이고 주인은 그냥 모양만 바뀐 주인일 뿐이 아닌가요?"

반론이 시끄럽게 튀어나왔다.

"다 주인이 될 수 있다."

"공산주의 세상에 어째서 주인과 하인이 존재하겠는가?"

경석과 당원들의 시끄러운 토론은 길어지고 나는 지겨워져서 슬그머니 자리를 떠버렸다. 밖으로 나와서 담배를 피워 물고 이제 막 내리기 시작하는 눈송이를 바라보았다. 나는 어느 사상도 마음에 든 적이 없다. 다만 나는 내 친구들이 좋았고 내 가족과 형제들이 좋았다. 그 이상의 민중이니, 민족이니, 천황이니, 하나도 귀하게 여겨지거나 애착이가지 않았다.

나의 소박한 희망이란 내가 마음 편하게 그림을 그릴 수있는 환경이 만들어지는 것, 그리고 친구들과 어울려 술을 마시고 배를 채울 수 있는 약간의 여유를 가졌으면 하는 것뿐이었다.

다행스럽게도 나는 잘나가는 높으신 정치가 집안에 태어난 덕에 아주 만족스럽지는 않았지만, 돈이 되지 않는 그림이나 그려대면서도 살아가는 데 크게 불편한 점은 없었다. 다만 화가가 되려는 나에 대한 부모와 가족들의 반대가 만만치 않아 내 장래는 희망적인 것만은 아니었다.

"야타."

집회장소를 나오면서 나카다가 손을 흔들었다. 그의 뒤로 유명한 경석이 모습을 나타냈다.

"인사들 하게. 이쪽은 나경석. 이쪽은 사토 야타."

경석과 서로 악수를 하였다.

우리는 첫눈이 내리는 골목을 내다보면서 뜨거운 청주를 마셨다. 서로 처음 만났지만 경석과 나는 금방 친해져서 오래된 친구처럼 말을 놓고 농담도 했다. 시간이 어느 정도 지나고 취기가 오르자 경석이 물었다.

"자네는 왜 도중에 나와 버렸나?"

"난 그런 토론이 질색일세. 사실 자네가 궁금해서 온 거지 집회가 궁금한 게 아니었네."

경석이 웃어 버렸다. 나카다가 옆에서 나 대신 거들었다.

"이 친구는 그림 외에는 도통 관심이 없는 친구라네. 집안에서도 아예 내놓은 자식이지."

"정치에 관심이 없다면서 내게는 관심이 있다는 게 신기하구먼."

"아, 그건 별개니까."

나는 손을 저으며 웃었다.

"난 내 그림 속에서 이 바깥세상을 그릴 때마다 항상 내가 좋아하는 것, 내 마음에 드는 것만을 옮긴다네. 그래서 내 그림 속에는 항상 산과 들, 꽃과 구름, 하늘이나 물 같은 것만 존재하지. 그 밖의 것들은 정말로 화폭에 옮겨 담기 싫다는 말일세."

"어어? 언젠가 자넨 친구들을 그리고 싶다고 했던 것 같은데. 그렇게 말하지 않았던가?"

나카다가 내 손을 찌를 듯이 젓가락을 휘둘렀다.

"그랬지. 하지만 그 또한 아까와 같은 집회를 할 때 모습이 아니라, 이렇게 모여 앉아서 웃고 떠드는 모습을 그리겠다는 말일세."

"주로 술 취한 모습이겠군."

경석이 웃으며 하는 말에 셋이 모두 킬킬 웃었다.

"맞는 말이야. 빌어먹을 세상이야 어찌 돌아가든 우리는 술이나 마시면 돼."

나카다가 더운술을 벌컥벌컥 단숨에 마시더니 허공에 대고 소리쳤다.

"술 만세! 천황 만세! 내 친구들 만세! 우리 집 개도 만세!"

순간, 술집의 사방 분위기가 갑자기 물을 끼얹은 듯 조용해졌다. 나는 무언가 잘못되었음을 알았다. 나카다가 많은 사람 앞에서 대놓고 천황을 욕한 꼴이 되어 버렸던 것이다.

한쪽 구석에 앉아 있던 사내 둘이 벌떡 자리를 박차고 일어났다. 보나 마나 특고 아니면 헌병이다. 요즘은 헌병 놈들이 사복을 입고 다닌다.

"튀어."

나카다의 한마디에 나는 후다닥 자리에서 일어나 문이 있는 쪽으로 달렸다. 사람들이 놀라는 사이에 그릇들이 깨지고 의자가 넘어갔다. 술집을 나서서 죽어라고 달렸다. 뒤를 돌아보니 나카다가 따라오다 말고 돌아서서 술집을 바라보고 있었다.

"뭐야?"

정신없이 달리다 보니 경석이 달아나지 못했던 것이다.

"망했다. 왜 안 나온 거야?"

나는 나카다와 함께 도로 술집으로 들어가는 수밖에 없었다. 술집 안은 사람들이 웅성거리는 사이로 뻣뻣하게 서서 사내들을 노려보는 경석과 위협적인 자세로 이제 막 주먹을 날릴 듯한 사내들 모습이 눈에 들어왔다.

"너희들, 학생이면서 천황 폐하를 모욕하나?"
사내는 확실하게 헌병이었다.

셋이 나란히 경찰서로 끌려가서 조사를 받았다. 경석은 그 뻣뻣함 때문에 우리 둘보다 더 맞았다. 얼굴 모양이 확실하게 변하도록 두들겨 맞은 다음, 반성문을 쓰는 차례가 되어서 다시 경석이 반성할 게 없다고 뻗대는 바람에 잠시 단체로 차디찬 유치장 안에 쪼그리고 앉아 있어야 했다.
나카다가 경석을 흘겨보면서 중얼거렸다.
"야, 반성문 백 장 쓰면 뭐가 어떠냐? 오늘 해뜨기 전에 꽁꽁 얼어서 죽겠구먼."
경석은 말없이 자기를 때린 헌병 놈만 노려보고 앉아 있었다. 헌병 놈이 다시 와서 때릴 것만 같아서 조마조마했다.
나는 처음으로 정말 경석이 마음에 들었다. 몇 대 얻어맞기 싫어서, 학교생활에 지장이 생길 것 같아 저들의 눈치를 보며 입을 닫고 지내는 비겁한 학우들이 얼마나 많은가. 하물며 나라를 빼앗긴 채로 눈치나 보면서 지내는 조선 유학생들은 또 얼마나 많은가.

그날 밤 우리 세 사람은 얼음 창고 같은 유치장 바닥에 앉아 밤을 새워야 했다. 경석의 얼굴에 가득 담긴 울분은 아침이 돼서도 풀리지 않았다.

그렇게 고생한 끝에 집에서 사람이 오고 나란히 풀려 나오면서 그제야 셋은 다시 킬킬 웃었다.

"어이, 나경석. 너하고 같이 다니다가는 제명에 못 죽겠다."

나카다가 경석의 뒤통수를 쥐어박았다. 나는 경석의 허리춤에 손을 찔러 넣었다.

"나 동상 걸린 것 같아. 손 좀 녹이세."

경석은 허리춤에 매달린 나를 돌아보고 희미하게 웃었다. 그의 얼굴에는 그제야 울분이 사라지고 다시 밝고 넉넉한 미소가 돌아왔다. 그리고 그 순간에 경석과 나는 둘도 없는 친구가 되었다.

우리는 틈만 나면 어울려 돌아다녔다. 특히 우리가 다닌 곳은 오스기 사카에 선생이 주도하는 무정부주의자들의 집회였다.

나는 경석과 같이 어울려 다니는 것도 좋았지만, 특히 집단적인 광기에 휩쓸려가는 일본에서 천황과 전체주의에 저항하는 사카에 선생의 사상에 매료된 바가 컸다.

서로 태어난 나라가 다르고 처해 있는 상황이 달랐지만, 경석과 나와 나카다는 서로를 너무 잘 이해했고 다 같이 무정부주의에 깊이 빠져 있었다.

특히 나와 나카다는 경석이 조선의 독립을 위해 벌이는 활동에 대해 이해하고 있었다. 내가 조선인이라도 당연히 그럴 것으로 생각하고 도우려 애를 쓰기도 했다.

그러나 일반적인 독립 운동가들과 우리는 지향점이 많이 달랐다. 우리가 원하는 '생디칼리슴'은 말하자면 아나키즘이었다.

우리는 무정부 상태의 자유로운 인간 세상을 그렸다. 자본주의 시스템에 젖어가는 근대인들이 듣기에는 꿈같은 소리일지 몰라도 우리에게는 진지하기 짝이 없는 젊은 날의 이상향이었다.

겨울이 지나고 신학기가 시작되는 시점이었다. 다들 신학기를 맞아 들뜬 기분이었지만 나는 새로운 그림에 몰두하느라 신학기라는 것도 잊고 있었다.

봄볕이 따뜻하고 햇살이 맑은 날이었다.

나는 시끄럽고 추악해져 가는 인간 세상을 외면하고 교외의 풍경들을 화폭에 담느라 세월 가는 줄 몰랐다. 경석은 잠시 귀국했고 나카다는 그 사이에 한 차례 경찰서 신세를 더 지기도 했다.

화구들을 싣고 집으로 돌아오는데, 집 앞에 나카다가 서성이고 있었다.

"어, 자네. 집에 들어가서 기다리지 않고 왜 문 앞에 서 있나?"

나카다가 이 층을 턱짓하며 싱긋 웃었다. 아, 아버지가 집에 계시는 모양이다. 아버지는 내가 경찰서에 끌려간 일이 있던 이후로 나카다와 경석을 불량한 친구로 분류해 놓고 있었다.

그래서 내게 젊은 날의 세상 경험도 좋기는 하지만 이제 그만 그들을 멀리하고 새로운 앞길을 찾으라고 강요했다. 게다가 화가가 되려는 내가 싫어서 자꾸만 정치 쪽이나 관리 쪽을 종용하고는 했다.

그림은 취미로 좋다.

예술은 그저 취미 정도로 치부해 버려라, 사내는 오직 나라를 위한 일을 해야 한다고 굳게 믿는 노인네다. 그렇다고는 해도 아들에 대한 당신의 뜻을 관철하기 위해 아들을 집에 가둬 놓고 억압된 삶을 강요하는 그런 꼭 막힌 아버지는 아니었다. 양면 작전이라고나 할까, 너도 역시 사내니까 어느 정도까지는 네 마음대로 행동해도 된다는 태도였고 그래서 친구들과의 교류도 지나치지만 않는다면 눈감아 주는 편이었다.

사실 경찰서에 잡혀갔다가 풀려났을 때도 그저 세상은 그런 거다, 라는 식으로 씩 웃어넘긴 아버지였다. 속마음이야 어떻든 아들이 무언가 줏대 있게 행동했다는 것이 마음에 들기는 했던 듯하다.

"들어가세."

내가 손목을 잡아끌자 나카다는 슬그머니 손목을 빼내면서 말했다.

"아니, 경석이가 오늘 도착하는데 같이 가지 않으려나 싶어서."

"어? 그런가?"

나는 화구들을 집에 들여놓고 다시 나와서 나카다를 차에 태웠다. 평소에는 외무성에 근무하는 동생이 주로 몰고 다니지만 가끔은 내가 그림을 그리러 나갈 때 사용하고는 했다.

"벌써 하숙집에 도착했으려나?"

"아마 그럴 걸세. 그저께 시모노세키에 도착했다고 했거든."

"이번에는 여동생도 데리고 온다더니."

그러고 보니 여동생이 화가가 되고 싶어 한다고 들었던 것 같다.

"아, 동양화를 하는구나."

"아니, 자네하고 같아. 서양화."

"어, 조선 여자가?"

"이 친구, 경석이 들으면 한소리 하겠구먼."

"방금 내가 한 말, 취소일세."

경석은 남녀평등을 주창하는 친구였다. 그리고 정말 여자친구들이나 동지들을 대할 때도 남녀의 구분을 두지 않았다.

그렇다고 해도 조선의 서양화가라니. 그것도 여자 서양화가라니. 역시 경석의 여동생이라 남다른 데가 있는 것인가.

경석의 하숙집에 도착하자, 역시 경석은 이미 도착해 있었다. 짐을 풀고 청소를 하던 경석에게 고향에서 가져온 술내놓으라고 윽박지르는데 경석이 일단 칸다에 갔다 와야 한다고 해서 다시 운전대를 잡았다.

"칸다에 누가 있길래?"

"코이치 선생님 댁에 가네."

"그 선생님 댁에는 왜 가는데?"

"거기 내 여동생이 있네."

"뭐라고? 자네 여동생이 거기는 왜?"

"일본 생활이 처음이니까 누군가가 돌봐 줄 필요가 있어서 말일세. 특별히 코이치 선생님께 부탁했네."

"그 집에 하숙이라도 한다는 말인가?"

"음. 사모님이 우리 조선말을 좀 하시니까 도움이 되지 않을까 해서 말일세."

"아, 가 보세. 가 봐."

우리는 가는 길에 선생님께 드릴 콩을 넣어서 구운 센베를 샀다. 코이치 선생은 나카다와 나는 잘 모르는 경석이의 중학교 시절의 선생님이어서 우리는 밖에서 기다리고 경석 혼자 집으로 들어갔다.

나카다는 차에서 꾸벅꾸벅 졸고 있고 나는 차에 기대어서서 무료하게 목조 주택들로 이어진 복잡한 골목길 풍경을 구경하고 있는데, 불쑥 경석이 나왔다.

그리고 경석을 따라 나오는 한 여학생을 본 순간, 나는 심장이 멈추는 듯한 충격을 받았다.

"인사들 나누지? 내 동생일세."

"어어~~."

나는 멍청이처럼 뜻 모를 신음을 내뱉으면서 그녀를 바라보았다. 보기 전에는 소박한 조선의 여학생을 상상했다. 그냥 선입견으로 약간은 촌스럽고 수줍어하는 모습을 상상했다.

완전한 착각이었다. 서양식 옷차림새에 검정 에나멜 구두를 단정하게 신고 머리를 짧게 땋아 내린 그녀는 더없이 단아하고 세련되어 보였다.

"혜석이라고 합니다."

"사, 사토입니다. 사토 야타."

나는 그녀의 눈을 똑바로 바라보다가 다시 한 번 당황했다. 그녀의 눈은 너무 번쩍여서 눈동자에서 빛이 나오는 듯한 착각을 불러일으켰다.

그 빛은 나를 옴짝달싹 못하게 만들어서 저절로 말을 더듬고 말았다. 나뿐 아니라 누구라도 그녀 앞에 서서 그녀의 시선에 잡히면 그럴 수밖에 없을 거라고 생각했다.

그녀는 번쩍이는 눈빛을 가진 여자였다.

"제 화실로 놀러 오십시오. 그러면 여러 가지 도구를 나누어 쓸 수 있을 것입니다."

나는 술자리에 앉자마자 그녀가 내 화실로 올 구실을 만드느라 진땀을 뺐다. 경석과 나카다는 연거푸 술잔을 들이켜며 인류의 미래, 사회의 장래에 대해 열띤 토론을 벌이고 있었다. 그러나 그들의 이야기는 한마디도 내 귀에 들리지 않았다. 제발이지 두 사람은 이제 어디론가 증발해 버렸으면 소원이 없겠다는 생각이 들 정도였다. 내 눈은 오직 나혜석을 향해 고정돼 있었다.

"그리고 다른 특별한 재료가 필요하시면 저한테 말씀하세요. 제가 도쿄의 화구상들은 꽉 잡고 있습니다."

"네. 부탁할 일이 있으면 염치 불구하고 부탁하겠습니다."

말투는 정중하면서도 어딘가 좀 거리를 두는 것처럼 느껴졌다. 그래서 조바심에 더욱 매달리다시피 애원하는 꼴이 돼 버렸다.

"조선에서부터 화구를 전부 싣고 오셨나요?"

"화구라야 별것은 없습니다. 변변한 그림을 그린 것도 아니어서요."

혜석과 소곤소곤 대화를 나누는데 나카다가 갑자기 끼어들었다.

"아, 정말 우리 혜석 씨 글 잘 읽었습니다. 화가보다는 문필가가 어떨까 싶었어요."

뭐? 나는 나카다와 혜석을 번갈아 쳐다보았다. 글을 읽다니. 나카다가 그녀의 글을 읽었다는 말인가.

"그저……, 학교에서 발표한 글입니다. 신문에 실릴 줄은 몰랐어요. 부끄럽습니다."

"일본어였나?"

나는 바보 멍청이처럼 물었다.

그럴 리가 없지 않은가 말이다. 혜석이 일본어를 잘한다고는 해도 조선의 여학교에 다니는 여학생답게 당연히 조선말로 글을 썼을 것이다.

그리고 나카다는 조선말을 한다.

"조선말이었네."

나카다는 웃으며 말했다. 나는 나카다가 얄미워서 욕이라도 튀어나올 지경이었다. 오늘부터라도 당장 조선말을 배워야겠다.

"아, 어서 조선말을 배워서 저도 꼭 읽어야겠습니다."

내 말에 나카다가 신기하다는 듯 다시 말했다.

"공부라면 지겹게 싫어하는 자네가 웬일로……?"

"공부가 싫은 게 아닐세. 난 그림을 그리느라 바쁜 거지."

경석이 끼어들었다.

"그림에는 국적이 없지."

"맞아. 맞아."

나는 경석이가 오늘 먹고 마시는 모든 술과 요리 값을 낼 의향이 있었다. 애초부터 그럴 의향이 있었는데 ─그녀가 있으니까, 그녀 오빠니까─ 거기다가 말까지 이처럼 예쁘게 해 주니 집에 가서 먹을 것까지 싸 주고 싶은 심정이었다.

"그리고 전시회가 자주 열리니까 시간 되실 때 함께 가면 좋겠습니다."

"아, 도쿄에 오면 제일 하고 싶었던 일이에요."

와하하하~. 나는 친구들을 둘러보면서 정말 바보처럼 웃었다.

공부와는 담을 쌓고 지내 온 나는 그날 이후로 열심히 조선말을 배우기 시작했다. 가끔 그녀를 만나고 싶었지만 이제 막 도쿄 여자미술학교 서양화부에서 유학 생활을 시작한 그녀는 신학기 내내 학교생활에만 전념하는 듯해서 쉽게 기회를 가지지 못했다.

게다가 내 앞에는 더 심한 난제가 가로막고 있었다. 집 안에서 내가 동생처럼 외무성으로 들어가기를 강요해서 매일 들볶이는 나날이었다.

"아버지, 일단 학교에 다니는 동안은 그림에만 전념하고 싶습니다."

"학업을 게을리하라는 말은 아니다. 들어 보니 조선말을 열심히 배운다던데 거기에 무슨 특별한 이유라도 있는 것이냐?"

"언제고 필요할 것 같아서 배우는 겁니다."

"혹시 전에 함께 어울렸던 그 조선 친구 때문은 아니냐? 어쩐지 그 친구는 좋아 보이지 않는다. 멀리하는 게 좋을 게야."

"제 친구들 문제는 제가 알아서 하겠습니다."

"자꾸 그렇게 나온다면 네 친구들이 해를 입을 수도 있다. 명심해라."

아버지의 말씀은 곧 협박이었다. 여러 모로 경석은 경찰의 주목을 받고 있었다. 경석만이 아니라 나카다처럼 오스기 사카에를 추종하는 모든 학생들이 경찰의 주목을 받고 있다는 걸 알고 있었다.

나 역시 거기에 포함이 되어야 했지만 나는 그런 일들보다는 그림에 열중했고 특히 친구들과는 달리 우리 집안이 권력층과 줄이 닿아 있어서 일단 제외된 것으로 보였다.

그리고 그런 부분이 오히려 친구들과 나 사이에 일정한 거리를 두게 했다. 친구들이 자기네들과 처지가 다른 나를 알게 모르게 멀리한 까닭이었다.

때로는 그것이 친구들 사이에서 나를 외톨이로 만드는 소외감으로 작용하기도 했지만 적어도 그림을 그릴 때만은 자유라든가 해방감 같은 그런 홀가분함을 만끽하고 있었다. 그런데 나혜석을 처음 만나면서부터 나는 크게 흔들리고 있었다.

이상한 일이었다. 그동안의 나는 여성에 대해 둔감한 편이었다. 학교의 여학생 친구들은 말할 것도 없고 일가친척의 여성들조차도 나를 '돌부처'라고 손가락질할 정도였다. 그러나 나혜석을 처음 만난 순간부터 그녀는 내 가슴속에 뚜렷하게 각인되었다.

화필도 제대로 손에 잡히지 않았다. 담담해지려고 애를 쓰면 쓸수록 영상화된 나혜석의 모습은 무겁게 내 영혼과 육신을 짓눌러 왔다. 늘 보고 싶었고 늘 그리웠다.

하지만 방법이 없었다. 겨우 한 번 보았을 뿐인 남자가 불쑥 그녀를 찾아가는 것도 될 일이 아니었다. 그림은 물론 아무 일도 손에 잡히지 않았고, 가슴속은 알 수 없는 설렘으로 쿵쾅거리고 있었다. 이러다가 내가 쓸모없는 바보가 돼 버리는 것이 아닌지 괴로워하고 있을 때 기회는 엉뚱한 곳에서 싹을 틔웠다.

어느 초여름날 동갑내기 외사촌인 시모무라가 찾아왔다. 이런저런 이야기 끝에 그는 음악 학교에 다니는 어떤 여성과 사랑에 빠졌노라고 고백했다. 상대가 코이치 선생의 딸인 나미에라는 이야기를 듣고 나는 내심 뛸 듯이 기뻤다. 게다가 나미에는 나혜석과 둘도 없는 친구라니 금상첨화가 아닌가!

나는 짐짓 시침을 떼고 시모무라를 치켜세웠다.

"그 선생님 딸이 굉장한 미녀라고 소문이 자자하던데 자네가 그 나미에를 독차지했단 말이지. 자네 실력이 대단하군. 놀랍네, 놀라워"

"알 만한 사람은 아는데 자네만 모르고 있었단 말이지? 하긴 자넨 여자에 대해 별로 관심이 없으니까."

시모무라는 자랑스럽게 어깨를 으쓱해 보였다. 내 머릿속은 빠르게 회전하고 있었다. 그야말로 나혜석을 만날 수 있는 천재일우였다. 나는 정색을 하고 시모무라의 두 손을 마주 잡았다.

"부탁이 있네. 나미에의 친구인 나혜석은 내 친한 친구의 동생인데 나와 함께 그 여학생들을 보러 가 주지 않겠나?"

"무슨 일로?"

시모무라는 호기심 반 의혹 반의 시선으로 나를 쳐다보았다.

"내가 사실은……"

나는 어렵게 말꼬리를 이었다. 물론 나혜석에 대해 내 마음속 깊은 곳까지 꺼내 보이지는 못했다. 내 감정이 먼저 전해졌다가는 행여 혜석이 지레 겁을 먹고 만나 주지 않을까 두려웠기 때문이었다. 그저 친구 동생인데 호감을 느낀 정도라고만 말했다.

시모무라가 내 손아귀에 잡혀 있던 두 손을 슬그머니 빼어내며 조심스럽게 말했다.

"자네가 여성에게 관심을 보인다는 것 자체가 놀랄 만한 일이기는 하네만. 그런데……, 자네가 만일 그 여학생을 마음에 두고 있다면……, 말리고 싶은걸?"

"어째서?"

"그 여학생은 이미 도쿄의 조선인 유학생들 사이에서 유명한 여학생이 아닌가? 내로라하는 조선인 유학생들이 벌떼처럼 달라붙어서 그녀의 눈에 들려고 노력하는 판에 일본인인 자네가 끼어들 수나 있을까? 게다가 혜석의 오빠는 민족주의자 같았는데?"

시모무라의 말에 나는 강하게 반발했다.

"누가 그녀를 좋아하든 그게 무슨 상관인가? 그리고 조선인이나 일본인이나 다 같은 사람이 아닌가? 남녀 간에 그런 건 문제가 되지 않는다고 생각하네. 그리고 그녀의 오빠는 나와 아주 친한 사이라네. 그 친구는 조선민족동맹에서 활동하지만 무턱대고 일본인을 배척하지는 않네. 그 친구가 가장 따르는 사람은 조선인이 아니라 바로 일본인인 오스기 사카에 선생일세."

"어엇? 사촌! 이제 보니 보통 심각한 일이 아닌 것 같군."

나는 내심을 들켜 버린 것 같아 입을 다물었다. 그래도 이런 절호의 기회를 그냥 날려 버릴 수는 없어서 다시 한 번 간곡하게 부탁했다.

"함께 자연스럽게 만날 기회나 좀 만들어 주게. 그녀들에게는 아무 말 말고."

"좋아. 내가 사촌을 위해서 사랑의 큐피드 화살이 되어 주지."

시모무라는 마침내 거드름을 피우며 승낙했다.

열병(熱病)에 들다

　　여름이었다. 내 인생에서 두 번 오지 못할 아름
답고 빛나는 칠월이었다. 이제 막 시작되는 여름의 햇살을
맞으면서 나는 여름 내내 그녀와 함께 산과 들과 강을 돌아
다녔다.

　어느 때는 동행이 넷도 되었다가 어느 때는 셋이 되기도
했지만, 그녀와 단둘이 교외로 나가서 그림을 그리게 되었
던 그날은 칠월이 이제 막 끝나가는 날이었다.

　처음에는 신사를 그리자고 나섰는데 그날 마침 신사에
서는 큰 행사가 벌어지고 있어서 포기하고 닛코 방향으로
차를 몰고 나갔다.

　내 옆에는 그녀가 앉았고 뒷좌석에는 화구가 잔뜩 실려
있었다. 닛코로 나가는 길에 아무 곳에서나 차를 세우고 그

림을 그리자고 했지만, 도중에 그녀가 닛코의 호수를 보고 싶다고 해서 더 장거리가 되었다.

그건 신나는 일이었다.

닛코로 가는 내내 크고 시원스러운 그녀의 눈은 연신 창밖의 풍경들에 팔려 있었고, 나는 그녀의 옆모습에 팔려 있었다.

그녀는 흰 블라우스에 물방울무늬가 그려진 치마를 받쳐 입고 있었다. 흰 양말에 갈색 단화를 신고 있던 그녀는 도중에 양말을 벗고 두 다리를 올려서 무릎을 두 손으로 감싸 안고 맨발을 까딱거렸다.

가끔 부쩍 늘어난 검문소에서 차를 세우면 헌병들이 다가와 우리를 훑어봤지만, 특별히 뭘 묻거나 신분증을 요구하지는 않았다.

"왜 저렇게 난리들이죠?"

"싸우고 싶어서 안달이 나서겠지요."

"전쟁은 벌써 끝나지 않았나요?"

"전쟁하고 싶어서 안달이 나 있으니 또 새로운 전쟁을 만들 겁니다."

"오빠는 오빠대로 세상과 전쟁을 치르고 싶어서 안달이 나 있어요."

혜석이 말하고 혼자 쿡쿡 웃었다. 무언가 내가 모르는 나경석에 대해 생각하는 것 같았다.

"혜석 씨 오빠에 대해서는 저도 좀 압니다. 결코 누구와 싸우자고 드는 건 아닐 겁니다."

"그건 저도 알아요."

혜석이 한숨 쉬듯 말했다.

"오빠는 이 세상에 대해 분노하고 있어요. 하지만 오빠는 심약한 사람이에요. 오빠가 원하는 것은 싸움이 아니라 세상을 뒤바꿔 놓겠다는 개혁의 의지예요. 그것을 위해 싸워야 한다면 싸움에 나설는지도 모르지만요. 싸움이라면……, 어쩌면 정말 세상과 싸우고 싶어 하는 건 나일지도 모르겠어요."

"혜석 씨가 왜 세상과 싸우고 싶으십니까? 혜석 씨는 화가일 따름인데."

"화가로서가 아니라 여성으로서 싸우고 싶어요. 여성에 대한 이 세상의 편견과 싸우고 싶다는 겁니다."

나는 그녀의 말을 어느 정도 이해하고 있었다. 완벽하지는 못했지만 이미 조선말을 꽤 익혔고, 조선에서 신문에까지 발표된 그녀의 글을 읽었기 때문이다. 그렇게 보니까 그녀는 눈빛만큼이나 사나운 여자가 아닌가 하는 생각이 들기도 했다.

나는 짐짓 말머리를 돌렸다.

"너무 앉아 있으니까 갑갑하지 않나요?"

"생각보다 머네요."

"내려서 잠시 뭐라도 좀 먹을까요?"

"여기 뭘 파는 곳이 있을까요?"

"이 부근은 제가 훤히 압니다. 그림 그리려고 자주 왔었거든요."

아타미의 해안도로였다. 도로를 따라가서 바닷가에 자리한 작은 마을로 들어섰다. 해안가에서는 마을 아이들이 벌거벗고 해수욕을 즐기고 있었고, 멀리 낚싯대를 드리운 노인들의 모습도 보였다.

문득 그녀가 생선회를 먹는지 궁금해졌다. 조선 사람들은 회를 먹지 않는다고 했던가. 그렇지만 뭐든 거리낌이 없는 그녀는 일본에 와서 몇 달을 살았으니 회 정도는 먹지 않을까 싶었다.

"혹시 생선회를 드십니까?"

"먹어보지 않았어요."

"아, 그럼 구이를 주문하지요."

어차피 마을에 식당이라고는 하나였다. 생선을 회로도 먹을 수 있고 구이로도 먹을 수 있는 작은 식당이다. 마을 사람들만 상대해서 차림 판은 간단하지만 정성껏 만들어서 내놓는 곳이었다.

들어가서 앉으니, 혜석이 다시 말을 바꾸었다.

"각자 시켜서 먹기로 해요."

"각자라니요?"

"생선회와 구이를 각자 시켜서 먹으면 되잖아요?"

"아, 그럽시다."

조선 사람치고는 참 신기하다는 생각이 들었다.

조선 사람들은 한 가지 음식을 주문해서 함께 먹는 걸 즐긴다. 조선인 친구들과 어울려 식사할 때 눈여겨보면 대개 그랬다. 이따금 좋아하는 음식이 달라 충돌할 때도 있지만 가장 강력한 주장에 동조하거나 다수결에 따라 한 가지 음식을 주문해 함께 먹는 게 보통이다.

나는 생선회를, 혜석은 구이를 시켜 놓고 청주를 곁들여 같이 먹고 마시기 시작했다. 내가 하는 대로 혜석이 슬쩍 생선회를 집더니 간장에 찍어서 입에 집어넣었다. 혜석은 한동안 생선회의 맛을 음미하는 듯 우물거리더니 피식 웃었다.

"그냥 간장 맛이네요."

"비린내를 기대했다면 회에서는 그다지 비린내가 나지 않습니다."

"고등어 다다키를 먹어보았는데 비린내가 심해서 별로였어요."

"고등어는 생강과 같이 먹어야 합니다."

"아, 고등어 초밥처럼 말이지요?"

"혜석 씨는 일본 음식을 잘 드시네요."

"전 어느 나라 음식이든 잘 먹을 수 있어요. 어떤 음식이

든 다 좋아하는 건 아니지만, 그렇다고 해서 가리지도 않아요."

우리는 별로 중요하지 않은 일상적인 대화를 나누면서 술을 마셨다.

"그렇게 마시고 운전 잘하실 수 있겠어요?"

혜석이 연거푸 잔을 비우는 나를 바라보며 걱정스럽게 말했다.

"못합니다. 못하게 되면 뭐 좀 자다가 가면……."

나는 말하다가 아차 싶었다. 듣기에 따라서는 오해를 불러일으킬 수도 있는 말이었다. 이런 실언을 하다니……, 마음속으로 자책하며 슬쩍 혜석의 눈치를 보았다. 그런데 혜석은 뜻밖에도 아무렇지도 않다는 듯이 고개를 끄덕이고 있었다.

"그러세요. 그 정도 여유야 가지고 살아야죠."

나는 그 말에 용기를 얻어 거푸 술을 마셨다. 어지간히 취기가 오르니 나는 더욱 대범해져서 슬그머니 혜석의 손을 잡았다. 다행스럽게 혜석은 손을 뿌리치지 않았다. 오히려 술에 취해 비틀거리는 나의 중심을 잡아주는 꼴이었다.

우린 바닷가로 나가 모래밭에 나란히 앉았다. 혜석은 뭔가 상념에 빠져 있었고, 나는 담배를 피워 물고 먼바다를 바라보며 시간을 보냈다.

분위기를 바꿀 필요가 있었다. 나는 미술에 관해서 이야

기하기 시작했다. 혜석은 주로 듣는 편이었으나 꽤 흥미를
갖는 것 같았다. 오라버니 경석이 참여하는 단체에 관해서
도 이야기했다. 경석의 열혈적인 기질에 비하면 나는 관망
파라고 이야기하자 혜석의 얼굴에 야릇한 미소가 스쳐 지
나갔다. 문득 혜석이 얼굴을 돌려 내 얼굴을 쳐다보며 웃
었다.

"조선말을 꽤 잘하시네요. 공부를 많이 하신 모양이죠?"

"열심히 하느라고 했지만 아직 멀었습니다. 워낙 공부와
는 담을 쌓고 살았거든요."

"아니, 그 정도 실력이면 집중력도 있으신 편이에요. 사토
씨는 무엇이든 잘하실 수 있을 거예요."

나에게 용기를 주는 말이었다. 내심 흐뭇했다. 내 고민을
털어놓았다.

"아버지랑 집안에서는 제가 관료가 되기를 간절하게 바라
고 계십니다. 하지만 전 원래 공부를 하기 싫어해서 애당초
관료가 되기는 틀린 놈입니다. 아직도 집안에서는 압박이
심하지만, 저는 그림 이외에는 아무것도 관심이 없거든요."

혜석이 내 얼굴을 요모조모 뜯어보며 말했다.

"아무리 부모님이라고 해도 자식의 장래를 당신네 뜻대
로 이끌고 가려는 것은 무리라고 생각해요. 어렸을 적에야
그럴 수도 있겠지만 성인이 된 후라면 자신의 장래는 자기
가 책임지게 해야 할 것이 아니겠어요? 조언 정도야 해 줄

수 있겠지만요."

나는 혜석이 생각보다 훨씬 개방적인 여성이라고 판단했다. 그런 그녀가 더욱 사랑스러웠다. 나는 그녀의 팔에 슬그머니 내 팔을 둘렀다. 그녀의 팔과 내 팔이 서로 닿는 느낌이 아주 좋았다. 나는 말을 돌렸다.

"하지만 조선말은 정말 열심히 공부했습니다. 이렇게 혜석 씨와 조선말로 대화를 나누고 싶어서입니다."

혜석의 표정이 순간 경직되는 것 같았다. 나를 쏘아보는 눈빛에 뭐랄까, 경계심 같은 것이 담겨 있었다. 그러나 그 눈빛은 처음 보는 눈빛은 아니었다. 자주 볼 수 있는 표정은 아니었지만 처음 만났을 때도 순간적으로 그런 눈빛이 스쳐 지나갔고, 이따금 알게 모르게 떠올랐다가 사라지곤 하는 그런 눈빛이었다. 그러니까 그것은 습관적일 뿐 그녀의 눈빛에서 내가 느꼈던 경계심은 착각일는지도 모른다. 분위기를 바꿀 필요가 있었다. 나는 좀 더 진지하게 말을 이었다.

"어느 나라의 말을 배운다는 것은, 다시 말하면 그 나라의 말뿐만 아니라 문화와 정신도 같이 배우는 것이라고 생각합니다. 혜석 씨가 태어난 나라인 조선을 많이 알고 싶었고, 그렇게 해서 혜석 씨에 대해서도 좀 더 많이 알게 되지 않을까 싶어서 열심히 공부했습니다."

내가 너무 진지했나? 혜석의 표정은 쉽사리 풀리지 않았다. 혜석은 시큰둥하게 반응했다.

"그래서 뭘 얼마나 아시게 됐는데요?"

"생각보다 조선은 다양한 문화를 가졌더군요. 그냥 유교의 나라인 줄만 알았는데."

그제야 혜석의 표정이 다소 풀리면서 미소가 스쳐 지나갔다. 하지만 그렇게 해서 당신이 조선에 대해서, 그리고 나에 대해서 얼마나 알게 되었는가, 반신반의하는 표정이었다.

"조선이 유교의 나라인 것은 맞아요. 그리고…… 다양한 문화적 전통을 지녔다고 볼 수도 있지만 정치적, 경제적으로 늘 유약했다는 점이 문제였지요. 그래서 역사적으로 끊임없이 외세의 침략에 시달리고 고통을 겪었잖아요? 지금만 해도……."

혜석은 갑자기 말끝을 얼버무리면서 다시 날카로운 눈초리로 나를 쏘아보았다. 아마도 이야기에 몰두하느라 내가 일본 사람이라는 사실을 잠시 잊은 것 같았다. 오히려 내가 당황했다.

"일시적인 것으로 생각해야겠지요."

당황 속에서 튀어나온 말이었지만 그것은 내 신념이기도 했다. 일시적이다. 모든 역사는 한때 어떤 시스템으로 정해져 굳어졌다가 다시 바뀌고는 한다. 어느 쪽이 좋았다고는 단정적으로 말할 수 없다. 지나고 보면 좋기도 하고 나쁘기도 할 것이다.

혜석이 눈꼬리를 다시 치켜세웠다.

"일시적이라고요? 가령 여성 문제만 가지고 생각해 보죠. 조선이라는 나라가 얼마나 오래 여성을 핍박하며 지내왔는지 자세히 알면 놀라실 거예요."

일본의 조선 침략에서 갑자기 화살을 여성 문제로 돌린 것은 아마도 내가 일본 사람이라는 것을 다시 의식해서였을 것이다.

"점점 나아지고 있을 텐데요."

내가 웃음기를 머금고 이야기하자 혜석이 다시 용기를 얻은 것 같았다.

"나아질 리가 없잖아요? 일본이 밀고 들어왔으니."

"그 말씀은 일본도 그런 면에서는 다를 것이 없다는 뜻인가요?"

내 질문에 혜석은 정색을 하면서 나를 몰아세웠다.

"그럼 다르다는 말씀인가요?"

"적어도 막부 시대와는 다르다는 이야기죠."

"조선은 막부 시대 정도가 아니에요. 달라졌다고 하지만 겉만 그래요."

혜석은 불만으로 가득 차 있었다. 조선말을 배우면서 조선에 대해서 상당히 알게 됐지만, 그날 그녀가 이야기해 주는 사실들은 정말로 일본의 막부 시대 이상이었다.

집 안에 다시 집이 있고, 여자들은 온통 가리고서만 밖에 나갈 수 있고, 여자는 사유 재산도 가지지 못할 뿐만 아니라 자식을 낳지 못하면 쫓겨나고, 관직에 나가지도 못한다는 것이다.

교육도 많이 받지 못하게 하고 그저 남편을 뒷바라지하는 정도만 배우게 했다고 한다. 그런 면들이 마치 회교도들의 많은 나라를 연상하게 했다. 가 본 적은 없지만 많은 회교 국가에서 그렇게 한다고 배웠다.

"어쨌든 조선에 대해서 배우다 보니 조선에 가 보고 싶다는 생각이 들고는 합니다."

나는 화제를 돌리려 애썼다.

"가 보세요. 지금은 여기와 비슷해서 그다지 새로울 게 없지만."

"어떻게 하면 조선에 갈 길이 열릴까 생각 중입니다. 아버지의 뜻대로 관리가 되면 의외로 쉽게 길이 열리지 않을까 싶기도 하지만 그건 내키지 않고……."

"그건 정말 마음에 들지 않네요."

혜석은 한숨을 쉬며 저녁노을로 붉게 물들어 가는 먼 수평선을 바라보았다. 그러다가 갑자기 어투가 냉랭해졌다.

"사토 씨는 참 좋으신 분 같아요. 하지만 일본은 우리 조선을 집어삼켰잖아요? 그런데 조선을 착취하는 관리가 되어서 간다고요?"

"아니, 그런 게 아니라 외교관이나 그런 걸 생각하는 겁니다.”

“외교관은 관리와 뭐가 다른데요? 아, 조선에 와 있는 여러 나라 외국 사절들과 노닥거리는 외교관? 멋있기는 하겠네요.”

나는 비꼬는 듯한 그녀의 말투에 당황했다. 그녀의 가슴 속에 오빠와 같은 저항심이 있다고는 생각 못 했었는데, 그녀 역시 조선에서 온 유학생으로 울분이 있다는 걸 그때 알았다. 혜석과 이야기를 나눌 때는 말 하나하나에 신경을 써야 한다.

물론 나는 정치에 관심이 없고 국제 정세나 일본과 조선 사이의 문제도 그저 그러려니 생각했다. 그보다는 일본 자체의 문제가 더 심각하게 느껴졌다.

일본은 천황을 신으로 떠받들면서 온 국민을 천황의 종으로 만드는 데 여념이 없었다.

천황에게 충성하지 않으면 그건 일본 국민이 아니다. 국민의 의무는 천황에게 충성하는 것이다. 그래서 국민이라는 말이 신민이라는 말로 변해 버렸다. 막부 시대의 다이묘와 쇼군 아래에 백성들이 있었듯이 천황과 군벌들 아래로 국민들이 편입되어 버렸다.

“혜석 씨의 이야기를 듣고 보니 역시 그림이나 그려야겠습니다.”

화제를 그림 이야기로 돌리니 비로소 혜석의 얼굴도 다

시 밝아졌다.

"저도 모든 걸 잊고 그림이나 그리려고 해요."

혜석은 웃고 있었지만 그 웃음에는 어딘가 공허함이 묻어 있었다.

"그림을 그리는 것만이 이 우울한 세상에서 나를 버티게 해 주는 것 같아요."

"글도 잘 쓰시잖아요?"

"그건 그냥 속풀이에 불과해요."

혜석은 심드렁하게 말했다.

"내가 정말 원하는 건 오직 하나 그림뿐이에요."

바다에 별이 떴다. 해안에 산들바람이 불고, 파도가 일렁이는 위로 고깃배들이 흔들렸다. 플라타너스들도 바람에 흔들렸다.

우리는 식당 위층에 있는 작은 숙소를 얻어서 창을 열고 나란히 엎드렸다. 나무로 된 벽이 낮아서 다다미 위에 엎드려서도 얼마든지 하늘의 별과 경계가 아스라이 사라져버린 수평선을 바라볼 수 있었다.

혜석은 이부자리 위에 모포를 덮고 엎드려서 턱을 받치고 두 다리를 허공에 까딱대면서 곡조 모를 콧노래를 흥얼거렸다.

나는 그녀만을 바라보고 싶었지만, 그러면 혜석이 불편

해할까 봐 바깥 풍경에만 시선을 고정한 채였다. 혜석이 혼잣말처럼 중얼거렸다.

"저 풍경 보고 계시죠?"

"음?"

"그리고 싶어요."

나는 그때 혜석의 모습을 영원토록 가슴속 깊이 담아두려는 듯 혜석을 뚫어지게 쳐다보았다. 반듯한 그녀의 옆모습이 눈에 들어왔다. 새까만 단발머리와 흰 뺨, 그리고 언제 보아도 빨려 들어갈 것만 같은 까맣고 빛나는 눈동자.

"눈으로도 그려지고 머리로도 그려지는데, 손으로는 그려지지 않아요."

그녀는 내 쪽으로 고개를 돌리며 무표정하게 말했다.

"사토 씨는 그런 것 같지 않던데요?"

혜석은 이제껏 내 그림에 대해 구체적으로 평을 하거나 감상을 이야기한 적이 거의 없었다. 그러니 긴장할 수밖에. 나는 더듬더듬 물었다.

"어떤 면이……, 그렇지 않다는 겁니까?"

"그림……, 볼 때마다 느꼈어요. 사토 씨의 그림에는 사토 씨의 마음이 담겨 있는 것 같았어요. 기술적인 면이야 잘 모르겠지만 울림이랄까 감동이랄까 그런 걸 느끼게 되거든요."

나는 혜석의 갑작스러운 칭찬에 계속해서 바보처럼 말을

더듬었다.

"뜻밖에 혜석 씨의 칭찬을 듣게 되니 몸 둘 바를 모르겠네요. 사실 저는 제 그림에 대해 이러쿵저러쿵 이야기하는 데 대해 별로 신경을 쓰지 않는 편입니다. 이런저런 이론에 귀를 기울이다 보면 마음도 흔들리고 그림의 방향도 갈피를 잡을 수 없게 될 테니까요. 하지만 혜석 씨의 칭찬은 정말 기분이 좋습니다. 가, 감사합니다."

혜석이 진지한 표정으로 내 말을 받았다.

"그림에는 어떤 특정한 이론이 끼어들어 갈 게 아닌 듯해요. 그저 한 장의 그림이 모든 걸 말해 주는 게 아닐까요? 그런데 저는 아직 멀었다는 생각만 들어요."

혜석은 나에게서 시선을 거두고 창밖의 어두운 하늘을 바라보았다.

"그렇지 않아요. 혜석 씨 그림은 선과 색감이 강하고 전체적으로 힘이 느껴집니다. 죽을 때까지 그림을 그린다면 이제 시작일 뿐이지 않습니까? 나는 혜석 씨가 그림에는 천부적인 재능을 타고났다고 생각합니다. 그 재능을 살려 나가자면 계속 깎고 다듬어야겠지요."

혜석은 가느다란 한숨을 내쉬며 창밖을 향했던 몸을 돌려 똑바로 누웠다. 그리고 얇은 모포로 온몸을 덮고 나서 가슴에 깍지 낀 두 손을 얹으면서 두 눈을 감았다. 혼잣말하듯 웅얼거렸다.

"우린 결국 닛코에 가지 못했네요."

"내일이라도 가면 됩니다."

"그만 돌아가야겠어요."

"아, 그럼 아침에 일찍 출발하지요."

그녀는 곧 새근새근 잠이 들었다. 나는 그녀의 모습을 바라보면서 모로 누워서 잠들지 못했다. 잠이 오지도 않았을 뿐만 아니라 피곤하지도 않았다. 바로 옆에서 고른 숨소리를 내며 잠이 든 그녀를 바라보는 것만으로 숨이 멎을 지경이었다.

나는 화가다. 그래서 더 그랬을지도 모른다. 화가는 아름다움에 대한 집착이 강할 수밖에 없다. 그 아름다움이라는 것이 지극히 개인적이겠지만, 내게 혜석은 미의 여신이나 다름이 없었다. 강인한 눈빛을 가진, 반듯하고 완벽한 모습으로 내 앞에 나타난 여신. 그녀는 사랑과 아름다움의 여신 아프로디테였다. 아, 나의 아프로디테! 나는 그녀의 창백한 이마에 조심스럽게 나의 메마른 입술을 얹었다.

그러나 혜석과 나 사이에는 건너기 힘든 수많은 강이 가로놓여 있었다. 우리의 앞날은 과연 어떻게 될는지. 이런저런 어지러운 상념으로 도쿄로 돌아오는 길은 내내 우울했다.

함몰(陷沒)

가을이 왔다. 나는 혜석을 만나려 엄청나게 애를 썼지만 혜석은 좀처럼 내게 접근할 틈을 내주지 않았다. 학교 공부도 공부지만 혜석은 조선 유학생들과 어울려서 글을 쓰고, 잡지를 만들고, 함께 토론하는 데에 온통 정신을 쏟는 듯했다.

나는 그런 상황 속에서 혜석의 주변만 맴돌 수밖에 없다는 사실이 괴로웠다. 온 사방에 그녀의 글이 실리기 시작했고, 나는 이제 제법 익숙해진 조선의 글을 읽을 수 있는 것이 그나마 위안이었다. 나는 일본인으로서 그들 속에 끼어들 여지가 없었다. 당연히 조선 유학생이 아닌 나를 그들은 받아주지 않았다.

경석이라도 만나고 싶었지만, 경석은 오스기 선생과 긴밀하게 엮여 있어서 사사로운 교류는 아예 끊어버리고 있었다. 오스기 선생의 활동이 천황의 신성불가침에 저항하는 것이어서 선생의 주변 인물들은 모두가 비밀리에 활동하고 있었기 때문이었다.

주변의 상황도 내게는 불리하게 바뀌고 있었다. 우선 사랑에 빠져 있던 사촌 시모무라와 나미에가 결별하는 수순에 이르렀다. 그것은 나와 혜석을 이어 주던 긴밀한 연결고리 하나가 끊어졌음을 의미했다. 게다가 혜석은 그동안 기거하던 나미에의 집에서 나와 학교 기숙사로 거처를 옮겨버린 것이다.

덕분에 내가 혜석을 만날 길은 오직 하나, 그녀의 학교 기숙사로 찾아가는 방법뿐이었다. 여학교 기숙사의 규칙이 매우 까다롭다는 건 세상이 다 아는 일이 아닌가. 성인 남자가 불쑥 여학교 기숙사를 찾아간다는 것이 통상적인 일은 분명 아니지만, 그녀를 보지 못한 지 석 달이 다 되어가자 나는 더는 참을 길이 없었다.

집안에서는 내 앞길을 놓고 매일 이런저런 논의들이 끊이질 않았다. 정치하는 아버지는 이미 동생을 자신의 영역에 끌어들였지만 거기 만족하지 못하고 기회 있을 때마다 나를 몰아세웠다.

그러나 나에게 나혜석의 이름이 지워진 미래란 의미 없는 것이었다. 명예나 출세는 말할 것도 없고, 심지어는 그림조차도. 그렇게 나혜석에게 함몰되어 있었다. 아니 이미 깊이 병들어 있었다.

거리에 갈색 낙엽이 흩날리기 시작하는 구월의 어느 날, 급기야 나는 견디지 못하고 혜석을 찾아 나섰다. 그녀를 다른 곳에서 볼 수는 없고, 오로지 학교로 찾아가 만나는 수밖에 없었다.

교정은 수업이 끝난 뒤여서 한적하고 조용했으나 스산한 분위기였다. 나는 학교 수위실로 가서 당당하게 면회를 신청했다. 수위가 누구냐고 물었을 때, 일본인임에도 나는 당당하게 친척 오빠라고 했다.

수위는 당연히 믿지 않았다. 의심의 눈초리를 보내면서 전화 수화기를 집어 들었다. 나는 태연히 교정을 여기저기 둘러보는 척했지만, 수위의 통화 내용을 귀 기울여 듣고 있었다.

수위가 나를 슬쩍 보더니 수화기를 내밀었다. 나는 얼른 수화기를 잡고 보란 듯이 조선말을 했다. 전화를 받은 사람은 기숙사의 조선인 여학생인 듯했다. 잘되었구나 싶어서 진짜 혜석의 오빠처럼 굴었다.

경계심을 풀지 않던 수위의 시선이 편안해졌다.

혜석은 낙엽이 날리는 교정을 성큼성큼 걸어왔다. 주름

치마에 맨다리로 단화를 대충 접어 신고 걸어오는 그녀의 모습을 바라보며 나는 가슴이 뛰어서 약간 현기증이 일어날 지경이었다.

저 모습을 보려고 내가 그토록 가슴앓이했던가. 지난 석 달의 시간이 눈앞을 스치면서 서러움에 눈물이 왈칵 솟구칠 뻔했다.

그러나 혜석은 너무 차가운 얼굴로 나를 바라보았다.

"무슨 일이셔요?"

"정말 보고 싶어서 오빠라고 거짓말을 했습니다."

내가 어리광을 부리듯이 말하자 혜석의 얼굴이 더욱 굳어졌다.

"전갈을 보낼 수도 있었잖아요? 여학교에 이런 식으로 찾아오는 건 안 되는 거 아실 텐데요."

"전갈을 도대체 어디로 보내겠습니까?"

나는 울컥하는 마음에 언성을 높였다.

"방법이 없었습니다. 학교로 여러 번 편지도 보냈지만 검열에 걸려 전달되지도 않았겠죠. 그래서 혜석 씨가 나타날 만한 곳을 여기저기 기웃거려 보기도 했습니다. 그런데 나는 일본인이라서 어디에서도 환영해 주지 않았어요. 혜석 씨를 만나려고 한다고만 말하면 이상한 시선으로 바라보더군요. 혜석 씨는 아예 저를 피해서 다니는 것처럼 얼굴조차 볼 기회가 없었습니다. 그러니 내가 무엇을 어떻게 할 수 있었겠습니까?"

　나는 그녀에게 지나간 내 시간에 대해서 어떤 보상이라
도 바라는 심정으로 마구 쏟아냈다. 나는 울먹이는 목소리
로 마치 어린아이가 투정부리듯 말했다.

　"혜석 씨를 볼 수 있게만 해 준다면 지금이라도 나는 조
선인이 되고 싶은 사람입니다."

　"조선이라는 나라가 있어야 조선인이 되죠."

　혜석은 냉정한 시선으로 나를 바라보며 말했다. 나는 순
간적으로 말문이 막혀서 멍하니 그녀를 바라보았다.

　"모르고 계셨어요? 조선이라는 나라는 이제 이 세상에
없어요."

　그녀는 차갑게 말하고 돌아섰다.

　"그러니까 그냥 계속 일본인으로 사세요."

　혜석의 차가운 시선과 말투는 다분히 자조적이었으나 날
카로운 비수가 되어 내 가슴을 아프게 찔렀다. 이렇게 허
무하게 끝내야 한단 말인가? 나는 마치 천길만길 낭떠러지
의 벼랑 끝에 서 있는 듯한 절망감을 느꼈다. 그러나 그 증
오의 대상이 사토 야타, 나 개인이 아니라 일본이라는 것은
그나마 다행이었다.

　그녀는 아무 내색도 하지 않고 일본과 조선의 병합을 견
뎌 내고 있었지만, 가슴속에 통분을 품은 것은 다른 조선
인 유학생과 다를 바가 없었다. 그런 그녀를 이해하지 못했

던 것은 신중하지 못한 내 잘못이었다. 식민지 백성인 다른 조선인 유학생들의 입장은 이해하면서도 혜석은 그림과 문학 외에는 별로 관심이 없을 테니까 그런 걱정은 하지 않아도 될 것으로 지레짐작했던 듯싶었다.

그래서 어린아이가 보채듯 마음 놓고 그녀에게 사랑을 갈구한 것은 아니었을까? 더구나 혜석이 일본에 유학을 온 것은 일본이 조선을 합병한 지도 십 년 가까운 세월이 흐른 뒤였다. 일본의 조선 합병을 막연하게나마 기정사실로 받아들일 만한 시간이라고 생각했다. 특히 그녀가 오빠 나경석처럼 아나키즘의 신봉자가 아닐 것이라는 믿음은 그런 내 생각을 뒷받침하고 있었다.

그래, 더 이상 혜석에게 매달리는 것은 그녀를 괴롭히는 일일 뿐만 아니라 나 자신을 쓸모없는 인간으로 만드는 짓이다. 잊어야 한다, 잊어야 한다, 잊어야 한다.

나는 혜석을 잊기 위해 그림에 몰두하려 했다. 그러나 혜석의 모습은 망령처럼 어디서나 나를 쫓아다녔다. 그 망령을 머릿속에서 쫓아내기 위해 술을 마셨다. 날마다 술에 취한 채 그림을 그렸다. 그녀의 모습을 지우듯이 캔버스에 물감을 묻혔다.

그전에는 주로 풍경화를 그렸지만, 그 무렵 술에 취해서 그리는 그림은 대개 인물화였다. 물론 다른 사람의 모습들이지만 그 모습들에는 늘 혜석의 모습이 겹치곤 했다. 나는 거의 무의식 상태에서 내내 가슴속으로 그녀를 그리고 있었다. 누구를 그리든 그림 속 인물의 눈빛은 그녀의 눈빛을 가졌다.

그렇게 가을이 지나갔다.

가을 내내 나는 줄기차게 술을 마셨고, 술을 마시면서 그림을 그렸다. 그림을 그리기 위해 술을 마시는지 술을 마시기 위해 그림을 그리는지 모를 지경까지 이르렀지만, 나는 그런 기이한 삶으로부터 좀처럼 헤어나지 못하고 있었다.

겨울이 오고, 나는 연말의 들뜬 주변 분위기 속에서 혼자만 우울하게 술과 그림에 빠져 지냈다. 집 뒤뜰에 있는 창고처럼 생긴 작은 내 작업실은 나 혼자만의 공간이었다. 거기서 먹거나 배설하는 일을 제외하고는 움직이지 않았다.

그러던 어느 날, 작업실에서조차도 도저히 배겨날 수가 없는 일이 생겨 버렸다. 동생이 알려 주기를, 아버지가 나라의 내로라하는 고위층 정치꾼들을 집에 초대했다는 것이었다. 추운 겨울임에도 뒤뜰에서 눈을 맞으며 파티를 연다는 얘기다. 먹고 마시고 떠들며 눈을 즐긴다나 뭐라나.

가끔 파티가 열리는 뒤뜰은 내 작업실에서 빤히 바라다 보이는 지척이었다. 나는 재빠르게 달아났다. 말 그대로의 '탈출'이었다. 작업복에 코트 하나를 걸치고 무작정 거리로 나와 버렸다.

거리에는 눈이 내리고 있었다. 외국 사람들이 밀려들어 오고, 그에 따라 서양 문물이 곳곳에 침투하면서 생활양식도 변화했다. 전통적인 일본의 연말 분위기는 간데없이 서양식 파티들이 줄을 이었고, 거리는 서양 사람들이 신으로 믿는 성인 예수가 태어난 날을 기념하는 분위기로 가득 찼다.

나는 그런 분위기가 아이러니하다고 생각했다.

당시의 일본은 다른 종교를 박해하기 시작했고 천황을 신으로 떠받들어야 한다고 줄기차게 강요하는 판국이었는데, 어째서 또 예수 탄생일에는 즐겁게 파티를 하라고 풀어놓는 것일까.

혹시 외국의 그런 신들처럼 천황도 외국에서까지 신으로 떠받들어 주기를 바라는 것은 아닐까. 그래서 조선을 침략하고 만주를 침략하고 더 나아가서 온 아시아를 침략하고 싶어 하는 것은 아닐까.

아마도 그렇게 해서 마침내 모든 세상이 천황을 떠받들게 하고 싶은 편집증적인 광기가 일본을 지배하기 시작한 것인지도 모른다. 그러나 따지고 보면 그건 천황 탓은 아닐 터다. 천황을 꼭두각시로 세워 놓고 자기의 광기 어린 정복욕을 채우느라 바쁜 군벌들을 탓해야겠지.

그러고 보니 들떠서 돌아다니는 군중들 사이에는 군인들이 꽤 많았다. 이제는 군인들 세상이라는 듯이 군인들이 장교복을 입고도 함부로 와후쿠 차림의 여자들을 끌어안고 시시덕거리며 지나갔다.

꼴 보기 싫은 놈들.

나는 시부야의 대로를 벗어나서 작은 골목길로 접어들었다. 하라주쿠 거리까지 쭉 이어지는 언덕길은 큰 거리와 달리 작은 선술집들과 잡화 가게들이 즐비한 곳이다.

이 거리에도 젊은이들이 많이 나와서 배회하고 있었지만, 적어도 꼴 보기 싫은 상류층 정치꾼이나 군인들이 보이지 않아서 다행스러웠다.

학생들이 많아 보이는 꼬치 집으로 들어갔다. 구석진 자리로 가서 벽을 등지고 앉아 뜨거운 청주를 주문했다. 손님이 많아서인지 꼬치는 그다지 정성스럽게 구워져 나오지 않았지만, 청주는 잔뜩 얼어붙은 몸을 녹이기에는 안성맞춤이었다. 주변의 소란 속에서 혼자 조용히 술을 마시는 것도 그런대로 괜찮았다.

그때, 내 눈에 언뜻 나혜석 그녀가 비쳤다.

나혜석이 어떤 남자 하나와 팔짱을 끼고 내 앞을 스치듯 지나갔다.

나는 환영이라도 본 것만 같아서 눈을 껌뻑이며 보고 또 봤는데, 역시 혜석이 틀림없었다. 그녀는 사내와 다정하게 맞은편 자리에 가서 앉았다. 그들은 마주 앉지 않고 나란히 앉았다. 내 자리에서는 두 사람의 옆모습이 비스듬히 보였지만, 두 사람에게는 구석에 처박힌 내가 잘 보이지 않을 것 같았다.

말소리는 들리지 않았지만, 두 사람이 정답게 속삭이고 있었다. 사내는 어디선가 본 듯도 한데 도무지 생각이 나지 않았다. 하지만 혜석의 남자친구로 보기에는 그렇게 멋져 보이지도 대단해 보이지도 않았다. 미남형도 아닐뿐더러 차림새도 보통 이하의, 남루하다 싶을 정도의 차림새여서 한눈에 보기에도 별로 내세울 것이 없어 보이는 그저 그런 사내 같았다.

혜석은 간간이 키득대고 웃었다. 사내의 손이 그녀의 머리칼을 쓰다듬었을 때 나는 온몸이 부르르 떨리는 것 같은 충격을 느꼈다. 나도 모르게 자리에서 일어나 그들의 자리를 향해 달려갈 뻔했다. 이러다가는 무슨 실수를 저지를지도 모른다는 위기의식이 나를 억제했다.

일어나는 대신 청주를 거푸 들이켰다.

두 사람의 행동을 더 보고 싶지 않았다. 그저 다가가서 점잖게 아는 체라도 하고 싶었지만, 조금 남은 자존심이 그것도 허용하지 않았다. 그저 안절부절못하면서 두 사람을 지켜보기만 할 뿐이었다.

그때 문 쪽이 왁자지껄 시끄러워지면서 다시 한 무리가 술집으로 들이닥쳤다. 나도 익히 아는 한국 유학생들이었다. 그들은 우르르 혜석과 사내가 있는 곳으로 몰려가서 둘러앉더니 두 사람에게 농을 걸었다.

"둘이만 살짝 빠져나간 걸 모를 줄 알았나?"

"특고는 따돌려도 우리는 못 따돌리지."

나는 그들 중 누구라도 알아볼까 두려워서 그만 자리를 뜰까 생각했다.

이렇게 혼자 구석에 있다가 그들 눈에 띄면 꼴이 너무 우스워질 것 같았다. 그들 모두가 한때 내가 혜석을 찾아다녔던 사실을 알기 때문이었다.

그런데 나머지 술을 털어 넣고 나가려고 막 술잔을 드는 순간, 누군가가 내 앞에 와서 섰다. 나는 흠칫 고개를 들고 앞에 선 인물을 바라보았다.

"사토 씨."

혜석이 술기운에 발그레해진 얼굴 가득 웃음을 머금고 눈을 크게 뜨고 나를 내려다보고 있었다. 나는 아무 대꾸도 못 하고 멍하니 혜석을 올려다보았다.

"여기서 혼자 뭐해요?"

"아, 집에서 그림을 그리고 있었는데 집에 손님들이 몰려드는 바람에……."

나는 못된 일 하다가 들킨 사람처럼 말을 더듬었다. 혜석이 내 팔을 잡아끌었다.

"우리 자리로 가서 같이 마셔요."

"아, 아니. 난……."

"다 알 만한 친구들이잖아요. 우리 오빠와도 친구인 분들이에요."

내가 마지못해 혜석에게 이끌려 술자리로 가자 모두가 의아해서 쳐다보았다. 몇몇은 이 삼각관계의 결말이 어떻게 나려나 호기심 가득한 눈초리를 보내기도 했다.

"오빠 친구예요. 다들 아시죠? 화장실 갔다 오는데 보니까 혼자 술을 들고 계시잖아요?"

속마음이야 껄끄럽기 짝이 없었지만 모두와 반가운 척 인사를 나누었다. 그중 혜석과 처음 함께 들어왔던 사내와만 첫인사를 나누었다.

"최승구라고 합니다."

"사토 야타입니다."

서로 악수를 하고 혜석이 마련해 준 그녀의 옆자리에 앉았다. 그러니까 결국 혜석을 가운데 두고 나와 최승구라는 사내가 좌우에 앉은 꼴이 되었다. 최승구라는 이름은 얼핏 들어본 것 같기도 했다.

대화는 조선말로 이어졌지만, 그런 것은 이제 문제가 되지 않았다. 혜석이 나를 경석의 친구라고 소개해서인지 다들 일본인인 나를 경계하지 않고 편하게 대화를 나누었다.

사상적인 이야기도 농담처럼 오갔고, 일본인 내가 듣기에 따라서는 다소 불편한 이야기도 있었지만, 그들이나 나나 별반 거슬릴 것이 없었다. 다만 내가 대화에 집중할 수 없었던 까닭은 옆에 앉아서 술과 안주를 권하는 등 나를 요모조모 챙겨 주는 혜석이 자꾸만 신경이 쓰였기 때문이었다.

이런저런 화제를 통해서 최승구가 게이오 대학에서 문학을 공부하는 시인이라는 것을 알게 되었다. 어떤 친구는 연극에 대한 그의 열정을 높이 치켜세우기도 했다. 화제가 최승구 쪽으로 옮겨가면서 그의 천재성을 부각하는 쪽으로 분위기가 흘러가자 나는 질투심으로 속이 부글부글 끓어오르기 시작했다. 더구나 혜석이 그에게 보통 이상의 호감을 느끼고 있다는 사실을 알기에 이르러서는 내가 앉아 있는 자리가 바로 가시방석이었다.

나로서는 도저히 참기 어려운 일이었다. 혜석이 나를 왜 그 자리로 이끌었는지 원망스럽기도 했다. 혹시 나를 단념시키려 일부러 그 자리에 합석하도록 하지 않았을까 싶기도 했다.

하지만 혜석은 계속 나를 혼란에 빠져들게 하고 있었다. 혜석이 또다시 나를 화제의 중심에 끌어넣었을 때 나는 갈피를 잡을 수가 없었다. 여름에 여기저기 돌아다니며 그림을 그리기도 했고 놀러 다니기도 했다는 등, 심지어는 어느 날엔 함께 닛코를 향해 가다가 늦어지는 바람에 바닷가에서 술만 마시고 이튿날 돌아왔다는 이야기까지 했다.

나는 종잡을 수 없는 그녀의 태도에 몸 둘 바를 몰라 했고, 최승구는 옆자리 친구와 다른 이야기로 열을 올리고 있었다. 몇몇 친구들은 혜석과 나를 번갈아 쳐다보며 의미심장한 미소를 흘리고 있었다.

나는 처지가 난처해져서 자리를 뜨려 했지만 나 혼자 불쑥 일어나 나가 버리는 것은 술자리의 분위기를 깨는 일이었다. 아니, 그것은 혜석과의 종말을 의미하는 일이었다. 아직도 미련이 남아 있단 말인가, 자문했다. 미련이 남았든 아니든 혜석을 남겨 두고 혼자 가 버리는 것은 도리가 아니었다. 변명 같지만 그건 사실이었다.

밤은 꽤 깊어서 술자리도 거의 끝나가고 있었다. 혜석이 다소 붉어진 얼굴로 내 쪽을 향해 말했다. 그 많은 사람 가운데 하필이면 나에게?

"이젠 집에 가야겠어요."

"기숙사에 이 시간에 들어가면 혼나지 않아요?"

나는 별생각 없이 물었는데 혜석이 의외라는 듯 나를 똑바로 바라보며 눈을 크게 떴다.

"모르셨어요? 저 이제 기숙사에서 나와 혼자 밖에서 지내고 있어요."

알려주지 않았으니 모를 수밖에……. 그럼 나는 그동안 허깨비를 쫓아 기숙사 근처를 배회했단 말인가. 나는 야속하다는 표정으로 혜석을 쳐다보았다.

"아, 그런가요?"

"사토 씨 혹시 차 가지고 왔으면 나 좀 바래다주지 않을래요?"

"아, 차는 가지고 오지는 않았지만 부를 수는 있습니다."

나는 말 잘 듣는 강아지처럼 벌떡 일어나서 쏜살같이 전화기가 있는 카운터로 달려갔다. 주인에게서 수화기를 건네받고 발전기를 돌리는 내 손이 떨리고 있었다. 교환원에게 우리 집을 연결하라고 하면서 혹시 파티가 아직 끝나지 않아 아무도 전화를 받지 않으면 어쩌나 두려웠다. 다행히 전화는 쉽게 연결되었고, 집에 있던 동생이 전화를 받았다. 동생은 이미 파티가 끝났지만, 술에 취해서 스스로 차를 몰고 갈 수는 없고 누군가를 대신 보내겠다고 했다.

나는 먼저 최승구에게 악수를 청하고 다른 일행의 배웅을 받으면서 혜석과 함께 술집을 나왔다. 아버지의 힘으로 이런 상황에서 혜석을 도울 수 있게 된 것이 내심 흐뭇하기는 했지만, 관리가 되라는 아버지의 성화를 생각하면 씁쓸하기도 했다.

"최승구라는 사람, 시인이고 연극도 한다면서요?"

혜석의 집에 도착해서 나는 슬쩍 사내에 관해서 물었다.

"네. 대본도 쓰고 연출도 하고 그래요."

"아주 친해 보이더군요."

혜석이 슬며시 웃었다.

"나는 좋아하지만, 그분도 나를 좋아하는지는 모르겠어요."

"아, 그래요?"

나는 들릴 듯 말 듯 한숨을 내쉬었다. 그녀는 좋아하는데 그 사람은 어떤지 모르겠다고 하면……, 그건 섭섭하기는 하지만 아직 둘 사이에 어떤 밀접한 관계는 없다는 이야기가 아닐까?

혜석은 차에서 내려 집으로 들어가면서 내 얼굴을 가만히 바라보더니 뜻 모를 미소를 띠고 말했다.

"사토 씨, 그동안 저에게 잘해 주셔서 참 고마웠어요."

집에 돌아와 잠자리에 누웠지만, 술기운이 아직 가시지 않았는데도 잠은 오지 않았다. 혜석이 마지막에 던진 한마디 인사가 내 머릿속을 헤집고 다녀서 도무지 잠을 이룰 수가 없었다.

그동안 참 고마웠어요.

무슨 뜻인가. 이제는 다시 만나지 않겠다는 말인가. 함께 있던 최승구라는 사내에게 마음이 있으니 다가오지 말라는 뜻인가.

날이 밝도록 한숨도 자지 못하고 엎치락뒤치락하다가 잠을 청하기 위해 다시 작업실에 숨겨 놓았던 술을 꺼내 마셨다. 하지만 술을 마시면 마실수록 잠은 오지 않았고 가슴만 두근거렸다. 끓어오르는 열기에 벌떡 일어나 앉았다. 한 겨울인데도 창을 활짝 열고 있어야 했다.

견딜 수 없다.

그녀와 함께 살 수 없다면 차라리 죽는 게 낫겠다. 그녀와 함께 하루를 보내고, 그녀와 함께 잠들고 깨어날 수 없다면 내 인생에 무슨 의미가 있을까.

아무리 담담해지려고 노력해도 그녀가 다른 사내와 있는 모습을 상상하게 되면서 미칠 것만 같은 질투심에 가슴이 덜덜 떨렸다.

어느새 날은 어슴푸레 밝아오고 있었다. 일어나서 정원을 가로질러 걸었다. 아직 눈발은 잦아들지 않고 있었다. 눈을 맞으면서 잠시 서 있었다. 지난밤의 파티로 인해 피곤했던지 집 안에는 아무도 깨어 있지 않았다. 식구들은 물론 일하는 사람들도 모두 잠에서 깨어나지 않은 듯 집 안은 고요했다.

약간 현기증이 일어서 비틀비틀 현관 안으로 들어섰다. 발소리를 죽이며 아버지의 서재로 다가가서 책상 서랍을 열었다. 물론 잠겨 있었다. 나는 온힘을 다해 서랍 손잡이를 끌어당겼다. 서랍은 자물쇠가 망가지는 소리를 내며 스르르 열렸다. 그 안에는 전에 몇 번 만져 본 적이 있는 권총이 들어 있었다. 나는 조심스럽게 권총을 꺼내 들었다. 그때까지만 해도 그 권총으로 어떻게 하겠다는 목적의식 같은 것은 없었다.

나는 권총을 가슴에 품고 다시 정원을 가로질렀다. 문을 나서서 차에 올라타 시동을 걸었다. 그리고 지난밤 데려다 준 혜석의 하숙집을 향해 달렸다.

집 앞에 차를 세워 놓고 문을 두드렸다. 집주인 아주머니가 나오더니 눈이 휘둥그레졌다. 나는 집 안에 들어서서 그녀의 방을 찾아 두리번거렸다. 이 커다란 집의 어디에 사는지 몰랐는데, 주인아주머니의 고함에 놀랐는지 뒷마당 쪽에서 불쑥 그녀가 나타났다.

나는 그녀의 팔을 부여잡고 주인아주머니의 시선을 피해 뒷마당으로 들어갔다. 그녀는 뒷마당으로 미닫이가 나 있는 작은 방에 사는 것 같았다.

"왜 이래요?"

혜석이 두 눈을 치켜세우고 사납게 물었다.

"도대체 이게 무슨 짓입니까?"

나는 혜석을 벽에 밀어붙이면서 소리쳤다.

"도저히 참을 수 없어서 왔습니다."

"뭐가 참을 수 없어요?"

"난 이제 도저히 혜석 씨 없이 살 수가 없습니다!"

혜석이 차가운 시선으로 나를 바라보았다. 나는 그녀의 두 팔을 꼭 붙잡고 있었는데, 그녀가 나를 노려보면서 가라앉은 목소리로 말했다.

"이 팔부터 놓으세요."

나는 멈칫 팔을 놓고 그녀에게서 떨어졌다.

"우리가 뭔가 이루어지려면 나도 사토 씨 없이 살 수 없을 정도가 돼야 하는 거잖아요?"

"그렇지 않아도 됩니다. 당신은 그저 내 곁에 있어 주기만 하시오. 내가 평생 당신을 사랑하고 당신을 떠받들겠습니다."

나는 이제 더는 주저할 게 없었다.

"싫어요. 그런 일방적인 사랑이 이 세상에 어디 있습니까?"

그녀는 조금의 망설임도 없이 냉정하게 말했다. 나는 품속에서 권총을 꺼내 들었다. 그녀가 약간 멈칫 놀라며 한걸음 뒤로 물러섰다. 나는 권총을 내 머리에 겨누고 소리쳤다.

"아니면 이 자리에서 죽어버리겠소."

혜석의 눈에서 파란 불꽃이 일렁였다.

"사토 씨가 겨우 이런 사람이었어요? 차라리 나를 쏘세요."

그녀의 냉정한 어조는 비수가 되어 내 심장에 꽂히는 것 같았다. 조금도 위축되거나 흥분하는 기색이 없었고, 겁을 내는 것 같지도 않았다. 표정도 눈빛도 냉랭하기 그지없었다.

나는 온몸의 피가 머리로 솟구치는 것을 느꼈다. 주저

하지 않고 내 관자놀이에 대고 방아쇠를 당겼다. 철컥. 하지만 어찌 된 일인지 총알은 발사되지 않았다. 다시 방아쇠를 당겼지만 여전히 총알은 나가지 않았다. 내가 만졌을 때마다 아버지의 권총에는 언제나 총알이 들어 있었는데, 이상한 일이었다.

"이제 그만 돌아가세요."

혜석은 타이르듯 말하고 그냥 고개를 돌려 버렸다.

나는 권총을 바닥에 떨어뜨렸다. 그리고 비척비척 돌아서 앞마당으로 나오다가 이제 막 들어서는 경찰들과 마주쳤다. 주인아주머니의 신고를 받고 달려온 듯했다.

경찰들이 내 손에 권총이 없는 걸 알고 냅다 달려들어서 유도선수가 하듯 내 몸을 메어쳤다. 나는 어떤 반응도 보이지 않고 그냥 그들이 하는 대로 내버려 두었다. 둔탁한 충격이 왔지만 크게 아프지는 않았다. 내 몸은 그 순간 마비되어 있었다.

외교관인 동생이 나타났다. 나를 보더니 자신이 입고 있던 코트를 벗어서 내게 걸쳐 주었다. 그제야 나는 내가 코트를 입지 않았다는 걸 알았다. 동생은 한동안 경찰과 실랑이 끝에 나를 데려가도 좋다는 허락을 받은 모양이었다.

"형. 갑시다."

동생은 내 팔을 잡아 일으켰다. 그러다가 내 목에 멍이

든 것을 보고 인상을 찌푸렸다.

"누가 이런 거야?"

동생은 경찰들을 돌아보았다. 경찰들이 움찔했다. 파출소 안은 몇 명의 경찰들이 있었지만 모두가 긴장해서인지 대꾸 없이 바라만 보았다.

"우리 아버지 권총은 어디 있소?"

경찰 하나가 눈치를 보며 권총을 내밀었다. 동생은 권력자답게 거만한 표정으로 권총을 받아들더니 나를 돌아보았다.

"많이 맞았어?"

"기억이 없다."

동생이 다시 경찰들을 돌아보았다.

"문제 삼지 않겠소. 대신 입조심들 하시오."

동생에게 이끌려서 파출소를 나왔다. 거리에는 아직도 눈발이 날리고 있었다. 아침나절인데도 거리는 우중충하고 을씨년스러웠다.

죽기 좋은 날이었는데. 세월이 지난 지금 생각해도 죽기에 아주 좋은 날이었는데.

6

경성에서

　　나는 더는 그림을 그릴 수가 없었다. 아무리 생각해도 바보 같은 짓이었고 미친 짓이었다. 한심하기 짝이 없는 작자가 되어서 이제는 정말 그녀와 얼굴도 마주할 수 없게 되었다.

　나는 자책에 빠져서 몇 달이고 술이나 마시면서 시간을 죽였다. 어느 때는 집안끼리 알고 지내는 부유한 집안 친구들과 어울려 유곽을 드나들기도 하고, 친구들 소개로 여학생들을 만나기도 했다.

　그렇게 아무리 시간을 보내도 그날의 일은 내 머릿속에서 지워지지 않았다. 그날 차라리 죽어버렸으면 어땠을까 싶은 고통의 시간이 나를 조금씩 무너져 내리게 했다.

　나는 고통스러운 시간을 보내다가 그냥 어디든 떠나버려

야겠다고 생각했다.

내가 떠나는 것에 대해서는 가족 모두가 찬성이었다. 동생은 내가 떠나는 데에 필요한 모든 것을 주선해 주었다. 그래서 나는 나라에서 보내는 문화전파단원 따위의 이상한 직책으로 어느 나라든 갈 수 있었다.

나는 내가 공부한 조선으로 가고 싶었다. 혜석은 도쿄에 있을 테지만 나는 그녀가 나고 자란 조선에 가 보고 싶었다. 꼭 나혜석이라는 여자 때문이라기보다 조선에 관심이 많이 생겼다.

내가 조선말을 잘하는 덕분에 일은 수월하게 풀려서 나는 곧바로 떠났다. 화구를 챙겨서 갔다. 붓을 놓은 지 꽤 되었지만, 그래도 아직 그림에 대한 미련은 버리지 못한 상태였다. 조선을 그려보고 싶었다.

내가 처음 조선에 발을 내디딘 것은 1915년 여름이었다. 혜석을 마지막으로 만난 후 여섯 달 지난 팔월의 중순에 나는 부산에 도착했다.

부산에서 경성으로 가는 기차를 타고 하룻밤을 꼬박 달린 후에, 나중에 경성역이라 불리게 되는 남대문역에 도착했다.

조선에 대한 첫인상은– 화가의 내 시선으로 보자면– 모든 것이 둥근 나라였다. 산도 들도 강줄기도 둥그런 모양이었다. 그러나 무엇보다도 나를 매료시킨 것은 너무 높은 산도 없고 너무 넓은 평야도 없는 알맞은 나라라는 느낌이었다.

그런 모습들이 나에게 변화를 가져다주었을까? 나는 여섯 달 만에 처음으로 그림을 그리고 싶어졌다. 기차에서 스치고 지나가는 풍경들은 매우 아름다웠다. 특히 강가나 산 아래 자리한 시골 마을의 풍경은 당장에라도 기차에서 내려 구경을 하고 싶을 정도였다.

작고 아담한 초가집들과 돌담들이 멀리 아스라하게 보였다. 여름의 싱그러운 초록빛과 어우러져서 나를 편안히 쉬고 싶게 만들었다.

조선의 집들은 아무리 커다란 집도 절대로 주변의 지형을 망가뜨리지 않았다. 검은 기와로 된 집들이나 짚더미를 얹은 초가집들이나 모두가 자연과 적당히 어울리게 지어져 있었다.

그러나 경성에 도착해서는 그런 풍취를 느끼지 못했다. 경성은 일본을 복제하려고 애쓰는 도시로 보였다. 조선의 전통적인 건물들 사이에 괴상한 모습으로 불쑥불쑥 일본의 건물들이 들어섰다.

그렇다고 해서 완전히 일본의 건물도 아니다. 조선풍도 아니고 일본풍도 아닌, 국적 불명이라고 해야 맞을 건물들이 여기저기 급하게 끼어들어서 풍경을 망친 듯한 모습이었다. 손대기 전 가지고 있던 조선의 '한양이라는 도시의 원래 모습'이 보고 싶었다.

러일 전쟁이 끝난 지 오래되었지만, 거리마다 군인들이 많아서 아직도 전쟁 중인 듯한 느낌이었다. 유럽에서 일어난 전쟁을 기회로 일본은 조선의 북쪽에 있는 산동 반도와 시베리아를 노리고 있었다는 걸 한참이 지난 후에야 알았다.

문화전파단원이라는 이상한 이름의 외교관 신분으로 왔지만 나는 그런 정치나 외교, 특히 전쟁에는 문외한이었다. 총독부에서 가끔 이런저런 파티에 얼굴을 내밀라고 하면 그저 나가서 술이나 마시고 오면 그뿐이었다.

나는 경성에서 달아나고 싶었다. 어디든 고즈넉한 곳으로 달아나서 그림이나 그리고 싶었다. 조선의 모습을 지금 그리지 않으면 외국 문물이 구석구석 밀려들어 다 망가진 다음 어찌 그릴 것인가.

멋진 궁궐 앞에 석조 건물을 지어서 지금의 자리에서도 충분한 총독부를 옮긴다고 공사 중이니, 미적 감각이라고는 없는 군인들이 한심했다.

나는 그때 조선의 전통적인 수묵화의 기법을 내 그림에 접목해서 그림을 그리기 시작했다.

그림은 내게 얼마간 혜석을 잊게 해 주었다. 가슴 한쪽에는 여전히 싸한 아픔이 자리하고 있었지만, 새로운 조선의 강산을 그림으로 그려내는 일에 빠져서 지내는 동안은 그녀로 인한 고통을 잊을 수 있었다.

그렇게 겨울이 오고 새해를 맞이하면서 나는 경성에서 그린 그림을 가지고 전시회를 열 수 있었다. 일본인으로서는 최초의 전시회였다. 경성의 풍경이라는 점에서 더욱 의미가 있었다. 떠들썩하게 열리지는 않았지만, 그래서 더욱 나는 만족했다.

집안에서는 내가 조선에서 비공식 외교관이면서 화가로 활동한다는 데에 만족했다. 총독부의 동화 정책에 내가 화답한다고 여겼던 것 같다.

그래서인지 여기저기서 꽤 그림에 관심을 가지고 미리 사겠다고 리본을 붙여주는 관리들이 여럿 있었다. 덕분에 그런대로 만족스러운 전시회가 돼 가고 있었다. 전시회가 거의 끝나갈 무렵이었다.

어느 날 밤, 나는 내 인생에서 다시 전환점에 맞닥뜨리고 만다.

"혜석?"

전시회장의 문을 닫으려는 저녁 시간, 낮게 스며드는 붉은색 석양을 등지고 긴 그림자를 만들며 서 있는 한 여성을 발견했다. 환영일까.

여자는 짧은 단발머리를 했고, 긴 검정 치마를 입었으며, 발목까지 치렁치렁한 겨울 코트를 단단히 여며 입은 모습이었다. 목이 긴 검정 장화에는 거리에서 맞았을 눈이 군데군데 묻어 있었다.

"혜석 씨?"

찬찬히 그림을 보기 시작하던 그녀가 돌아섰다.

"오랜만이네요. 사토 씨."

혜석은 아무 일도 없다는 듯이 나를 쳐다보면서 웃었다. 나는 가슴이 너무 세게 뛰어서 혹시 그녀가 벌렁거리는 내 가슴을 보고 있지나 않은지 두려울 지경이었다.

"어, 어떻게 여기 있어요? 학교는?"

"중단하고 들어왔어요."

아, 나는 뭐라고 더 할 말이 없어서 그저 멀거니 그녀를 바라보기만 했다. 혜석은 그림들을 하나씩 음미하듯 구경하면서 천천히 전시장 안을 돌아다녔다.

그리고 내게로 돌아서더니 멍하니 서 있는 나를 바라보며 내 태도에는 아랑곳없이 태연하게 물었다.

"문 언제 닫아요?"

나는 바보처럼 경직되어서 대답했다.

"지금 닫습니다."

독한 술을 시켜 놓고 창가에 마주 앉았다. 차가운 밤바

람이 벌거벗은 나무들을 잡아 흔드는 황량한 거리를 내다
보면서 둘은 잠시 침묵했다. 시간이 얼마간 흐른 뒤 먼저
입을 연 것은 혜석이었다. 시선은 창밖에 둔 채였다.

"사랑해도 외롭기는 마찬가지라는 걸 배웠어요."

잠시 뜸을 들이다가 다시 혼잣말처럼 중얼거렸다.

"누군가를 사랑해도 그 누군가가 의지가 되어 주지는 않
더군요."

나는 아무 대꾸도 하지 않았다. 그냥 그녀가 말하게 두는
게 좋을 것 같았다.

"조선에서 여자로 살아간다는 건 태어나면서부터 몸종
으로 신분이 정해져 있는 것과 같아요."

독한 술을 거침없이 마시고 입을 손등으로 닦으면서 혜
석은 공허한 웃음을 흘렸다.

"그러니까 조선의 남자들은 태어나면서부터 나라 안에
반 정도의 몸종을 거느리고 태어난다고나 할까요?"

나도 술을 마셨다. 독한 위스키가 가슴을 타고 위장까지
흘러내리는 것을 느꼈다. 나는 물끄러미 혜석을 바라보았
다. 저 여성을 저토록 분노케 하는 것은 무엇일까?

"결국 여자는 남자를 사랑하는 한 남자들에게 휘둘릴
수밖에 없다는 이야깁니다."

혜석의 얼굴이 붉게 물들어가고 있었다. 술기운 탓만은
아닌 것 같았다. 이 여성은 남자를 왜 저런 시각으로만 보

는 것일까? 나는 술기운을 빌려 한마디 거들었다.

"혜석 씨는 남성을 너무 부정적으로만 보시는 것 같군요. 그렇지 않은 남자들도 많이 있을 겁니다. 시야를 좀 넓게 보시면 말입니다."

"그런가요? 어째서 누구는 다르다고 생각하세요? 그 누군가 달라지려 해도 세상은 달라지게 내버려 두지 않을 텐데요?"

나는 그녀가 안쓰러웠다. 일본에서 마지막 만나던 날 나는 최승구를 바라보는 혜석의 눈빛을 기억하고 있었다. 그녀는 분명 최승구를 사랑하고 있었다. 그러나 그 무렵 내귀에 들리는 바로는 그녀가 사랑하는 남자는 가정이 있는 남자였다. 최승구는 이미 아내도 있고 자식도 있었다. 그렇다면 그동안 최승구와는 무슨 일이 있었던 것일까?

"최승구 씨를 따라서 귀국한 겁니까?"

"하하."

혜석은 어이없다는 듯이 웃었다.

"내가 그렇게 보여요? 사랑하는 남자 따라서 다 포기하고 귀국할 만큼?"

"아니면 어째서……."

"아버지가 그만 귀국해서 시집갈 준비나 하라고 난리를 치셔서 돌아왔어요. 더는 학비를 대 주지 않겠다고 협박을 하셔서요."

"학비라면……?"

나는 침을 꿀꺽 삼켰다. 하지만 또다시 바보 같은 짓을 되풀이해서는 안 된다…….

"아, 아닙니다."

나는 손을 홰홰 내저었다. 혜석이 나를 날카롭게 쏘아보면서 소리 없이 웃더니 다시 독주를 벌컥 들이켰다.

"사토 씨도 조건 없이 남녀가 친구가 될 수 있다고 생각하지는 않으시지요? 사토 씨가 저를 사랑한다면 저도 사토 씨만큼 사랑해야 친구가 될 수 있는 거죠. 그렇지 않나요? 그게 남자들이 늘 여성에게 내세우는 거니까. 여자는 반드시 내 소유가 되어야만 한다는 것……."

"어째서 그렇게까지……."

"그렇잖아요? 아무런 조건 없이 그냥은 절대로 내 편이 되어 주지 않겠죠? 일본 사람들이라고 해서 다르지 않을 텐데요?"

나는 그녀의 말에 포함된 정확한 뜻을 몰라서 그저 멍하니 그녀를 바라보고만 있었다.

"서로 사랑하지 않으면, 결혼하지 않으면, 살을 섞지 않으면……."

"저는 그런 조건 없이도 사랑할 수 있습니다. 설혹 혜석 씨가 저를 사랑하지 않는다 해도……."

나는 그녀의 말을 끊었다. 권총을 들고 찾아간 적은 있었지만, 그렇다고 해서 반드시 그녀를 소유하겠다는 욕정에 불탔던 건 아니다. 설명할 수 없지만, 그렇지는 않았다고 장담할 수 있다. 나는 한마디 덧붙였다.

"나는 혜석 씨의 몸을 탐한 적이 없습니다."

혜석이 살며시 웃었다.

"그게 중요한 건 아니잖아요."

그리고 테이블 위로 손을 뻗어서 내 손을 잡았다. 그녀의 손은 따뜻했다. 아니, 다소 뜨거웠다.

"그럼 사토 씨는 정말 내 친구가 돼 주실 수 있는 거죠?"

"남자는 믿을 수가 없으니까 혜석 씨와 동성의 여자친구가 돼 달라는 겁니까?"

"아니, 내가 사토 씨의 남자친구가 되고 싶어. 아니, 그런 게 아니야. 그냥 내 남자친구로, 연인이 아니고도 남자친구로 있을 수 있다면 좋겠어."

어느새 그녀의 말투가 바뀌고 있었다. 나는 그녀가 너무 손을 꽉 쥐어서 움찔 놀랐다. 그리고 그녀의 빛나는 눈동자를 보는 순간, 그녀가 진심으로 친구를 원한다는 걸 알았다.

"나, 너무 힘들어."

그녀의 눈에서 눈물이 쏟아질 것만 같았다. 그러나 그녀는 울지 않았다. 다만 입을 꼭 앙다문 표정이 그렇게 느껴지게 했을 뿐이다.

눈물을 흘리거나 소리 지르지 않아도, 일그러진 표정이 되지 않아도 아픔을 느끼게 하는 표정이 있다. 혜석은 그렇게 강하게 고통을 억누르면서 차가운 표정으로 나를 바라보았다.

나는 말없이 그녀의 손을 마주 쥐었다.

꼭 내 소유가 아니어도 좋다. 들녘의 꽃을 꺾어다가 내 방 안의 화병에 꽂아야만 하는 건 아니다. 그녀를 만나고 그녀와 대화하고 그녀의 눈을 바라보는 시간이 내게 주어진다면 더 무엇을 바라겠는가.

나는 그녀가 내게 의지하는 게 무엇보다 반가워서 다른 조건은 거들떠볼 필요가 없었다. 일본에서 그녀를 잊지 못해 방황하던 시절, 나는 먼발치에서라도 그녀를 바라볼 수만 있다면 행복할 것 같았었다. 하지만 이제는 그녀의 친구가 되어 언제라도 그녀를 만나고 싶을 때 만날 수 있게 되었으니 이건 하늘과 땅 차이가 아니겠는가. 설혹 혜석이 나를 사랑하지 않더라도 나로서는 일차적인 목표를 달성한 것이다.

한심한 노릇이기는 하지만 정말 그렇게라도 그녀의 지척에 있을 수 있다면, 그녀와 친구가 되어서 지낼 수 있다면 나는 그렇게라도 해야 한다고 생각했다. 그게 오히려 더 괴로운 일일 수도 있지만 그러나 내가 그녀를 사랑하는 마음은 괴로움으로 인해서 식어버릴 정도는 아니었다.

그런데 그녀는 내게 전혀 생각지도 않은 말을 했다.

"그리고 오늘 같은 날은 저를 위로라도 해 줘요."

나는 멈칫 놀라서 그녀를 바라보았는데, 그녀는 태연히 내 눈을 마주 보며 손을 내밀어 내 뺨을 쓰다듬었다.

"겁내지 마요. 한 번 잤다고 해서 마누라처럼 굴지 않을 거니까."

사람들 눈이 많은 숙소로 가기는 조금 이상해서 결국 내 작업실로 돌아갔다. 하지만 작업실에 들어서자 그녀의 고귀한 몸을 쉬게 하기에는 너무 초라하다는 느낌이 들었다. 택시를 타고 인천으로 갈까, 아니면 배짱 좋게 반도호텔로 갈까.

"여긴 도저히 안 되겠어."

나는 지저분한 내 간이침상을 정리하다가 돌아서서 혜석에게 말했지만, 그 순간에 이미 혜석은 옷을 벗고 있었다. 그리고 놀라서 바라보는 내 품으로 달려들면서 말했다.

"안 되는 게 한두 가지겠어요? 난 조선 여인이라서 안 되고, 당신은 일본사람이어서 안 되고, 우리는 결혼할 게 아니니까 안 되고."

그녀의 강렬한 눈빛이 나를 빨아들였다. 나는 홀린 듯이 그녀의 눈동자만을 바라보며 그녀가 내 옷을 거칠게 벗기도록 내버려두었다.

그녀는 내 옷을 다 벗기고 침대로 밀어 넘어뜨리더니 스스로 마지막 속옷도 마저 벗어버렸다. 그러고는 내 위로 엎드리더니 내 가슴에 얼굴을 파묻었다.

혜석이 힘들어하는구나. 그렇게 생각했다. 어느 모로 보아도 욕정이 일어서는 아닌 듯했다. 남자가 없어서도 아닐 것이다. 서양화가 나혜석이라고 하면 세상의 뭇 사내들이 너도나도 군침을 흘리지 않겠는가. 겉으로는 점잖은 신사인 척하면서 시침을 떼겠지만.

나는 그녀의 등을 쓰다듬으면서 잠시 마음을 진정시켰다. 대담하고 강하게 보이는 그녀였지만, 내 가슴에 얼굴을 묻고 숨을 죽이고 있는 혜석은 소리 없이 떨고 있는 한 마리 작은 새에 불과했다.

산다는 게 꼭 싸운다는 건 아니야. 그녀가 철없는 어린애처럼 버둥대는 게 안쓰러웠다. 그냥 나처럼 흐르는 대로 살아가는 것도 나쁘지 않은데. 피차 굶어서 죽을 리는 없으니까. 그 정도 복은 가지고 태어났으니까 말이야.

나는 혜석의 얼굴을 들어 눈을 들여다보고 입을 맞추었다. 그녀를 옆으로 눕히고, 깊고 길게 입을 맞추었다. 어깨에 입을 맞추고 목덜미에 입을 맞추었다. 빗장뼈를 이빨로 간질였다.

아, 그녀가 두 다리에 힘을 주었다.

나는 그녀의 허리를 끌어당기고 천천히 그녀의 몸 안으로

헤엄쳐 들어갔다. 여자라면 유곽에서 몇 푼 던져주고 많이
도 탐해 보았다. 학창시절에도 그랬고, 혜석 이전의 여자를
만나면서도 그랬고, 혜석을 알고도 여전히 그 짓을 했다.

내게 그건 그냥 배설이었다. 취미생활이라고 해도 무방
하고 한 잔의 술이나 근사한 한 상의 회석요리라고 해도 좋
은 짓이었다.

그러나 지금 이 순간은 달랐다. 나는 그녀의 젖무덤 사
이에서 마치 내가 어릴 적 엄마 품에서 안식하듯 나른함을
느꼈고 그녀의 두 허벅지 근육 사이에서 몸을 움직일 때면
내 몸 안에서 물고기가 살아 팔딱거리는 듯한 격동을 느꼈
다. 너무나 오랜만에 내가 살아서 움직이는 걸 깨달았다.
그래, 쾌감으로 전신의 땀구멍이 다 열리는 걸 알겠다.

아아, 이 느낌.

나는 내가 살아 있음에 감사하고 그녀가 살아 있음에 감
사했다.

혜석이 사랑한 남자

그날 이후로 혜석이 내게 원하는 것에 대해서 많은 생각을 했다. 그녀가 원하는 것은 바로 '내 편'이었다.

유교의 풍습이 짙게 깔린 조선에서 여자로 태어나 조선 최초로 서양화가가 되려는 그녀는 당연히 외로울 것이다. 특히 여자라고 해서 사내들에게 눌리기 싫어하는 저돌적인 그녀로서는 앞길을 헤쳐나가기가 여간 힘든 게 아니었을 것이다.

그래서 어떤 상황에서도 변하지 않을 '내 편'이 필요했을 것이 분명하다. 후원자라고 해도 좋다. 그녀는 마음으로라도 후원해 주는 사람이 필요했을 것이다.

나로서는 그녀의 연인이 아니라도 좋았다. 기꺼이 그녀의 둘도 없는 친구가 되어 주기로 했다. 그녀의 후원자가 되어 주고, 그녀의 이정표가 되어 주기로 했다.

얼마 후 혜석은 다시 일본으로 가서 공부를 계속하기를 바랐다. 나는 혜석에게 경제적으로 다소나마 도움을 주고 싶었지만 혜석의 성격상 받아들이지 않을 것이었다. 결국 혜석은 먼저 귀국해서 사업 준비를 하고 있던 오빠 경석의 도움으로 다시 일본으로 떠나갔다.

나는 그녀를 따라 도쿄로 가야 하나 말아야 하나 오래 고민했다.

그녀가 사랑하는 사람은 따로 있다. 그러나 이루어지기 힘든 사랑이다. 나로서는 잠자리를 같이하기는 했지만 그녀의 사랑을 얻지 못했고, 그녀에게 나의 존재란 그저 친구일 따름이다. 그녀를 따라서 다시 도쿄로 돌아가는 건 그녀에게나 나에게나 결코 바람직하지 않다고 결론을 내렸다.

나는 그냥 경성에 머물기로 했다. 무엇보다도 사랑을 위해서 그림을 포기하지 않는 그녀처럼 나도 그렇게 하고 싶은 마음이 컸다.

나로서도 제대로 할 줄 알고, 하고 싶은 것은 그림이었다. 그림 외에는 아무것도 흥미가 없었다. 내가 조선에 관심을 가지는 것도 역시 그림 때문이었다.

나는 화가로서 늘 새로운 대상을 필요로 했다. 그런 면에서는 조선만이 특별한 것은 아니었다. 어느 나라든 내가 살아보지 않고 아직 보지 못한 낯선 풍경들에 끌리는 것도 순전히 그림의 대상으로서였다.

그래서 나는 경성에 머물지 않고 이곳저곳을 쉬지 않고 돌아다녔다. 지도에도 없는 작은 바닷가 마을들을 돌아다니고, 이름 모를 산골에서 며칠씩 머물기도 했다. 마을의 어느 노루목이든 주막이라고 불리는 여관들이 있었다. 그런 곳에서는 적은 돈으로도 충분히 먹고 잘 수 있어서 어디든 불편하지 않게 돌아다녔다.

그렇게 해가 바뀌도록 돌아다니고 있던 어느 날, 경성에서 연락이 왔다. 전보 한 통이 와 있다는 전갈이었다.

전보의 발신자는 나혜석이었고, 수신자는 나였으며, 내용은 아주 간단했다. 전화 요망.

경성에서 전화가 오거나 하면 주재소에서 알려 주고 나는 경성으로 전화를 걸 수 있었다. 하지만 벽지인지라 도쿄에까지 전화가 연결될 수는 없었다. 부산에서 얼마 안 떨어진 어촌에 있었으므로 금방 나갈 수 있겠거니 했는데 산간 벽지인지라 차편이 금방 마련되지 않았다.

나는 초조하게 하루 반나절을 기다린 후 겨우 마련된 차편으로 부산까지 갈 수 있었다. 군용 트럭이었는데 헌병들은 관리라고 하지만 민간인에 가까운 나를 그다지 호의적으로 대하지는 않았다.

"이 시국에 그림이나 그리고 다니시네요. 좋으시겠습니다."

'그림이나'라니. 웃기는 놈. 나는 운전병과 장교 옆에 끼어 탄 주제여서 아무 말도 하지 않았지만 -그나마 트럭 짐칸에 타라고 하지 않았으니까- 자꾸만 말을 붙이는 통에 짜증이 솟구치는 걸 참느라 애를 먹었다.

부산에 도착해서 우체국으로 달려가 전화를 걸었다. 집주인 여자가 그다지 내키지 않는 말투로 기다리라고 하더니, 혜석의 반가운 목소리가 들렸다.

"어디 있어?"

"부산."

"아, 정말 잘되었네. 북쪽 멀리 있으면 어쩌나 했는데."

"음?"

"이달 말쯤이면 부산에 도착할 거야."

"아, 그래?"

"그런데 지금 내가 뱃삯이 좀 필요해."

혜석으로서는 첫 부탁이었다. 까닭이 궁금했으나 내심 흐뭇했다.

"뱃삯을 보내 줄까?"

"여유가 있으면 그렇게 좀 해 줘."

"그러지. 전신환으로 보내면 며칠 내에 받을 거야. 그런데 아주 오는 거야?"

"잠시 들르는 거야. 만나서 이야기해 줄게."

나는 전화를 끊고 그 자리에서 곧장 전신환으로 혜석에

게 돈을 보냈다. 우선 있는 대로 보냈지만, 그럭저럭 여비는
되겠지 싶었다. 그리고 다시 짐을 챙겨 온 다음 부산에서
보름이나 허송세월을 하면서 그녀를 기다렸다.

"고마워."

짧은 머리에 흰 저고리와 검정 치마를 입은 그녀는 조선
에서 흔히 볼 수 있는 그런 여학생 차림이었다. 어째서 갑자
기 이렇게 입었는지 알 수 없었다. 짐도 별로 없어서 그저
가방 하나가 전부였다.

"피곤하겠다."

"괜찮아. 그보다 배가 고파."

"가자."

나는 혜석의 가방을 받아들고 가까운 식당을 찾아 걸었
다. 배가 고프다고 말하는 것으로 보아서 그녀는 여비가 넉
넉하지 못했던 것 같았다. 이렇게 아무 준비도 없이 배를
탄 이유를 모르겠지만, 식당에서 요리를 시키고 그녀가 배
를 채우도록 기다렸다.

그녀는 말없이 식사를 마치더니 창밖을 바라보며 슬픈
표정으로 말했다.

"그 사람이 아파."

나는 그 사람이 누군지 알았다.

"너무 아파서 오래 살 수 없을 것 같아."

혜석은 한숨처럼 말했다. 누구에겐가 최승구의 건강이 좋지 않다는 이야기를 들었던 것 같은데 그 정도로 아픈 줄은 몰랐다. 아직 한창 젊은 나이인데 어쩌다 그렇게 되었을까.

"술 마실래?"

"조금만. 많이 마시면 힘들 것 같아."

나는 술을 시키고도 잠시 말을 걸지 않고 그냥 그녀가 생각하도록 술만 마셨다. 그녀도 한동안 봄볕이 서쪽으로 낮게 기울어가는 창밖 풍경을 내다보면서 술을 마셨다. 조금 마신다더니 꽤 마시는 것 같았다.

"그 사람……, 많이 아픈가 봐. 아주 많이. 아니면 나한테 보고 싶다고 할 사람이 아니야."

이해하기 어려운 말이다. 그토록 서로 사랑한다면 어째서 보고 싶다고 말할 수 없나. 이유가 무어냐고 묻지는 않았다.

"나 만나고 나서 그 사람은 부인하고 심하게 부딪치기 시작했어."

그녀는 창밖을 노려보면서 혼잣말이라도 하듯, 머릿속을 정리라도 하듯 이야기를 시작했다.

그 사람은 내 첫사랑이야. 이렇게 말하는 걸 들으면 누구나 심하게 반발하겠지만, 사실이니까 그렇게 말할 수밖에 없어.

처음 만나서부터 그냥 나도 모르는 사이에 사랑하게 되고 말았어. 사랑이라는 게 원래 그런 거잖아. 왜 사랑하게 되었는지, 어쩌다 그런 기회가 왔는지, 무엇에 끌렸는지 도무지 알 수 없는 거야.

그 사람은 시를 잘 썼지만 내가 그 사람을 사랑하게 되니까 그 사람의 시를 사랑하게 된 거지, 그 사람의 시로 인해서 그 사람을 사랑하게 된 건 아니야.

물론 그 사람이 쓰고 연출하는 연극도 애정을 가졌지만 그 역시 순전히 그 사람을 사랑해서였던 것 같아.

그 사람에게 아내가 있다는 걸 알았지만 실망하지도 않았어. 아내가 있든 없든, 그런 걸 따질 만큼 내 사랑이 옅지도 않았거든.

불륜이니 어쩌니 하겠지만 누군가를 사랑한다는 게 윤리에 어긋난다고는 단 한 번도 생각해 본 적 없어. 그건 그 사람을 만나기 전에도 그랬으니까 그 부분만은 그 사람 때문이 아니야.

학지광 편집회의에서 그 사람을 처음 만나던 날, 나는 그 사람으로 인해서 그날 하루를 완벽하게 망쳐버렸지 뭐야. 나도 글이라고 써서 가져갔는데, 돌아오면서 보니까 내 글은 꺼내지도 못한 채 그대로 내 가방 속에 처박혀 있었을 정도니까.

그런데 나중에 보니까 그 사람도 날 처음 본 그 날 상당히 흥분했었나 봐. 나중에 그러더라. 둘이 대화할 기회를 잡지 못해서 미치는 줄 알았다고.

그 사람이 아나키스트인 건 알지? 그 사람은 경석 오빠와 그런 면에서 서로 친하고 잘 통하는 사이였지만, 그래서 오빠가 소개해 준 사람이었지만, 난 그럼에도 경석 오빠 앞에서는 감히 그 사람에 대해서 말도 꺼내지 못했어. 그 사람은 이미 가정이 있는 사람이니까.

그런데 말이야, 어떤 사람을 정말 사랑하면 그 사람을 위해서 뭐든 다 감수할 수 있을 것 같아. 세상의 시선이라든가 손가락질 정도는 무서울 게 없지. 하지만 해결될 수 없는 건 바로 그 사람의 집안이야.

심각한 상태의 시작은, 그 사람이 부인과 이혼하겠다고 선언한 때부터였어. 그 사람이 내린 결정이어서 나는 까맣게 몰랐지.

그 사람은 집안의 큰일로 잠시 고향에 갔다가 그 자리에서 그만 아버지께 그 말을 해 버린 거야. 억지로 어려서 한 결혼 생활은 못 하겠다고. 사랑하는 사람이 있으니 이혼하고 결혼하게 해 달라고 했다는 거야.

집안은 그 일로 한바탕 난리가 났고, 첩으로는 들여도 이혼은 있을 수 없는 일이라고 아버지는 노발대발하셨겠지. 결국 그 일로 상태는 더 나빠졌어.

그 사람 아버지는 학비와 생활비를 단번에 끊어 버렸어. 공부고 뭐고 그냥 돌아오라는 이야기였지. 조선 유학생이 고향 집에서 보내 주는 돈이 없으면 무슨 수로 도쿄에서 버틸 수가 있었겠어?

처음에는 주변의 도움으로 버텨 봤지만 결국은 고향으로 가야만 했어. 생활고에 시달리고 이혼도 뜻대로 되지 않으면서 그 사람은 힘들어하기 시작했고 그때부터 그 사람이 조금씩 아프기 시작했거든.

처음으로 각혈하던 날, 그 사람은 내게 고향으로 돌아가서 몸을 추스르고 다시 오겠다면서 갔는데 그 후로 영영 집을 나서지 못했어.

처음에는 매일같이 편지가 오가고 했는데, 근래 들어선 편지도 뜸하더니 전번 달에는 이제 소식을 전하지 못할 수도 있다고 했어.

그런데 그 사람 동생이 그 사람 대신 편지를 보내기 시작했어. 꼭 한 번만 고흥으로 좀 와 달라고 간곡하게 써서 보낸 거야.

그 사람은 소식이 없고, 그 사람 동생은 아픈 형님에게 한 번만 왔다 가 달라고 하니 무슨 일이 있을 것 같아서 참을 수가 없었어. 그래서 부랴부랴 오게 된 거야.

혜석의 이야기는 그것이 전부였다. 그러니까 결국 그 사람, 최승구는 고향으로 간 후에 다시는 도쿄로 돌아오지 못했다는 것이다.

아파서인지 혜석을 만나지 못하게 해서인지, 아니면 관리로 있다는 아버지가 아나키즘에 빠진 아들이 문제를 일으킬까 미리 단속한 것인지는 알 수 없는 일이었다.

"그래서 최승구 씨 집에 가보려는 거야?"

"응. 그래서 우리 집엔 연락도 없이 슬쩍 왔다 가려니까 여비가 없어서 연락한 거야. 어쨌든 고마워."

"최승구 씨 집이 어딘데?"

"고흥."

혜석은 편지 봉투를 내밀었다. 봉투에 적힌 주소는 고흥이었다.

"어떻게 가려는데?"

"잘은 모르지만, 전라도니까 일단 광주로 가서 송정리까지는 기차가 있다고 했어. 거기서 다시 차편을 구하면 어떻게 되겠지."

나는 고흥이 어딘지 잠시 가늠해 보았다.

부산에서는 광주를 가려면 먼저 대전으로 가야 한다. 그리고 대전에서 광주행으로 갈아타고 내려가서 거기서 고흥으로 찾아가야 한다. 쉽지 않은 길이다. 고흥군이라면 차편이 아예 없을 수도 있다. 고흥군에 간 적은 있지만, 그때 나는 관용차를 구해서 타고 갔었다.

"호남선은 화물차 위주여서 사람 타는 열차라고는 볼 수가 없어."

"왜 화물차 위주지?"

"곡창 지대니까. 그래서 간 게 호남선이거든."

일본은 조선에서 부지런히 물자를 실어 나르고 있었다. 곡창 지대에서 수탈한 식량을 부산을 통해서 일본으로 보냈다. 아직 다른 항구로 연결된 노선이 없다. 그 때문에 부산에서 교통편이 있기 마련이었다.

"잘은 모르지만 부산에서 직접 갈 방법이 있기는 있을 거야."

"그럴까? 길도 제대로 뚫려 있나 모르는데?"

"다 가는 길이 있겠지."

"어떤 차가 그런 길로 다닐까?"

"트럭."

"트럭?"

"내가 알아볼게."

혜석은 활짝 웃었다. 처음으로 그녀에게서 어린애 같은 웃음을 보았다. 언제나 세상과 싸우느라 전투적이고 강인함만 보이던 그녀의 해맑은 웃음이었다.

절대 잊히지 않을.

트럭은 예상대로 있었고, 나는 그녀를 트럭에 혼자 태워서 보냈다. 그리고 그녀가 돌아오기를 초조하게 기다렸다. 잘 도착했다는 전화 한 통 없었다. 마땅히 전화할 곳이 없었겠지 싶어서 돌아온 트럭에 몰아보니 무사히 간 것은 확인되었다. 그리고 한 달도 더 지난 후에 혜석은 초췌한 모습으로 돌아왔다.

"어떻게 하지?"

혜석은 근심이 가득한 얼굴로 젓가락을 만지작거렸다.

"너무 심해져서 손을 쓸 수가 없어 보였어. 그런데 더 돌봐 주고 싶었지만 가족이 온다고 해서……."

후우……. 혜석의 긴 한숨이 내 가슴에까지 전달되어서 답답했다.

"상태가 너무 안 좋아서 가족들이 오게 된 거야. 그러니까……."

"실컷 울어."

혜석이 고개를 들어 나를 바라보았다. 계속 그렇게 강한 척하지 말고 울어. 가끔은 펑펑 울어야 속이 풀리는 거야. 허구한 날 전쟁터에라도 나선 사람처럼 살 수는 없는 거야.

"난 안 울잖아."

혜석은 울음을 멈추고 밥을 먹기 시작했다. 씩씩하게 밥을 먹는 그녀가 안쓰러웠다.

"곧장 도쿄로 가야지?"

"그래야지. 아버지 나 여기 와 있는 거 알면 난리 날 텐데."

"표 미리 끊어놓아야겠다. 오가는 횟수가 날마다 늘어나는데도 배편이 모자란다고 하던데."

혜석이 밥을 먹다가 숟가락을 손에 쥔 채 나를 빤히 건너다보았다.

"왜?"

"고마워."

"싱겁기는."

나는 웃어버리고 말았다. 한때는 권총을 들고 쫓아갔던 여자. 하룻밤으로 내 인생을 다시 살려 놓은 여자. 그 하루로 인해 뭐든 다 해 줄 수 있는 여자. 그만한 가치가 있는 여자. 아파서 누워 있는 사내, 그 최승구가 부러웠다.

이제는 함께 자지 않았다. 내가 얻어 놓은 집은 방 하나에 마루 하나, 그리고 조그만 부엌 하나의 초라한 집이었다. 그래서 혜석을 방에 재우고 나는 마루에 누워서 잠을 청했다.

새벽녘이었다.

어디선가 울음소리가 들려와서 잠이 깼다. 방에서 혜석이 울고 있었다. 사람이 얼마나 서러우면 저렇게 울 수 있을까 싶을 정도로 그녀의 흐느낌은 내 가슴을 후벼 팠다.

나는 그녀의 울음소리를 들으면서 나도 모르게 담배를

피워 물었다. 별도 없는 캄캄한 하늘의 어둠을 바라보면서 쓰디쓴 담배 연기를 빨아들였다.

다른 남자 때문에 운다는 현실은 느껴지지 않았다. 그 울음은 내 가슴으로 깊고 깊게 들어와서 나도 함께 울게 했다. 나는 저 서러움을 안다. 고열의 혼수상태에서도 내내 혜석이만 찾았다는, 혜석의 이름만 불렀다는 그 남자의 심정을 알 것 같았고, 그 남자를 사랑하는 혜석의 심정도 나는 내 사랑처럼 고귀하고 서럽고 슬펐다.

누군가를 사랑한다는 것. 누군가에게 사랑받는다는 것. 혹은 사랑받지 못한다는 것.

모든 사랑은 꽃처럼 슬프다. 어느 날 활짝 피어났을 때나 세월이 다해서 힘을 잃고 떨어져 내리거나, 꽃은 꽃이어서 슬프듯이 사랑은 꽃처럼 슬프다.

새벽안개가 마당으로 밀려들고 마루문에 이슬이 맺히도록 혜석의 흐느낌은 그치지 않았다. 나는 그녀의 울음소리를 들으면서 파랗게 밝아오는 아침을 하염없이 바라보았다.

우리는 참 슬픈 인생이구나.

그날 오후에 혜석은 도쿄로 돌아갔다.

서양화를 그리는 여자

경성의 신문들이 앞다투어 그녀의 소식을 실었다. 그녀는 조선에서 가장 먼저 서양화를 그리는 여자였다. 그녀의 글이 신문에 실리고, 그녀의 귀국 소식을 무슨 개선 장군이라도 맞이하는 듯이 다루었다.

그렇게 관심이 집중되었지만, 혜석은 가슴이 벅차지도 흥분되지도 않는 것 같았다. 사실 혜석이 귀국한 것은 공부를 마쳤기 때문은 아니었다. 아버지께서 갑자기 별세하시는 바람에 돌아온 것이었다. 아버지의 뜻에 따라 공부를 계속할 수도, 공부를 그만둘 수도 있는 처지였지만 이제는 상황이 바뀐 것이다.

가장으로서 집안을 도맡게 된 사람은 당연히 오빠 경석이었다. 경석은 예전처럼 사상에 빠져서 헤매는 학생이 아니었다. 그에게 혜석은 여전히 사랑스러운 동생이지만 혜석에 대한 가장의 책임과 의무는 그전과는 다를 수밖에 없었다.

경석에게는 원래 위로 형이 있었지만, 아들 없는 큰집에 양자로 가 버리는 바람에 경석이 집안의 가장이 된 것이었다. 그래도 경석은 아나키스트였던 경력이 무색하게 매사를 꼼꼼하게 처리하고 사업 수완도 발휘하면서 집안을 잘 이끌어 가는 듯했다.

본래 대대로 고위 관리직을 유지해 온 집안이었던 관계로 나씨 집안에는 재산이 꽤 많았다. 혜석이 어렸을 적에 다녔던 소학교도 사촌 오빠의 소유였다.

경석이 집안일을 도맡게 되면서 그는 서서히 다른 사람이 돼 가고 있었다. 무엇보다 달라진 것은 혜석에 대한 태도였다. 혜석이 어렸을 때나 도쿄에서 공부하고 있을 때까지만 해도 경석은 정신적으로나 물질적으로 가장 강력한 후원자였다. 하지만 아버지의 별세 이후 경석은 혜석에게 아녀자로서의 본분을 강요하기 시작했다. 그것은 혜석의 자유를 억압하는 형태로 나타났다.

어쩌다 수원에 내려가서 혜석을 만나거나 혹은 경성으로 온 혜석을 만나면 그녀는 항상 오빠가 점점 돌아가신 아버지를 닮아 간다고 투덜대곤 했다. 그것은 숨이 막히고 속이 상하는 일이라고도 했다.

"역시 조선 남자들은 다 똑같다는 걸 알았어. 배웠든 배우지 못했든, 이상이 어떻든 사상이 어떻든, 사회주의자든 무정부주의자든, 여자에 대해서는 딱 한 가지 관념만을 가지고 있거든."

"어떤?"

"여자는 남자의 부속물이라는 관념."

나는 그냥 웃어 버렸다.

도쿄 유학 시절부터 그녀는 언제나 남자들의 인기를 독차지하면서 지냈다. 조선의 유학생 중에서 그럴싸한 인물들은 경쟁하듯 그녀 주변을 맴돌았다. 그 경쟁 대열에서 빠지면 큰 손해라도 보기나 하는 듯이.

그녀는 화가였지만 글깨나 쓴다는 유학생조차도 하나같이 모두 그녀에게 빠져서 허우적거렸다. 물론 그녀는 화가면서도 조선의 어느 여자보다도 더 글을 잘 썼고, 그것은 서로의 상승작용을 하고 있었다.

"심사들이 괘씸하잖아."

괘씸하기는 하지.

조선이나 일본이나 그런 면은 같다. 일본이라고 해서 다를 것이 없다. 아무리 서양 문물을 들여와서 겉모습은 서양식으로 바뀌었다고 해도 여자를 경시하는 풍조는 막부 시대로부터 전혀 바뀌지 않았다.

"혼사 이야기 많이 나오나 보지?"

"돌아가신 아버지와 다를 것이 없어. 그림이나 그리면서 늙을 거냐고 성화가 시작되었지."

"최승구 그 사람……."

내가 어렵게 입을 열자 혜석은 눈을 내리깔고 한숨을 내
쉬었다.

"그 사람 이야기는 입에 담지도 못해. 오빠가 소개해 줘
서 알게 된 사람인데, 이제 와선 그걸 후회하는 기색이 역
력해."

할 말이 없었다. 나 역시 혜석보다 경석을 먼저 알게 되
지 않았는가. 모르긴 해도 경석은 남녀 간의 교제를 하라
고 이 사람 저 사람 소개하지는 않았을 것이다. 여동생의
공부나 미래를 위해서 자기 눈에 괜찮다고 느껴지는 학생
들을 소개했겠지.

하지만 경석의 생각이 아주 틀린 것은 아닌지도 모른다.
그저 훌륭한 교육을 받고 돌아와 훌륭한 집안으로 시집을
가서 훌륭한 집안의 자랑거리가 되는 걸 바란 것은 아닐까.
아니면 그저 화가에다가 신여성이 되어서 학생들을 가르치
는 학교의 선생 정도로 충분하다고 생각하지는 않았을까.

혜석은 학교에서 학생들에게 미술을 가르쳤지만, 그런
일에는 그다지 열성적이지 않은 것 같았다. 그녀는 학교의
숨 막히는 분위기에 질식하지 않으려고 고군분투하는 것처
럼 보였다. 날마다 집에서 마련해 준 화실에서 그림에 매달
려 지내면서 이런저런 잔소리들에 귀를 막고 지내는 것 같

았다.

"지겨워. 사방에서 혼사 이야기가 들어와."

그녀는 집안 이야기만 나오면 머리를 흔들어댔다.

그러던 어느 날, 차가운 봄비가 무작스럽게 쏟아져 내리던 오후였다. 아직 해가 질 시간이 아닌데도 머리 위까지 내려온 먹구름으로 인해 사위는 지척을 분간하지 못할 정도로 어두컴컴했다. 바람까지 불어서 차가운 빗줄기가 사방으로 흩날리던 날이었다. 도무지 봄날이라고는 보지 못할 날씨였다.

공관에서 일본 화가의 경성 전시회를 준비 중이던 나는 밤이 늦도록 자리를 뜨지 못하고 있었다. 날씨가 험해서인지 다들 일찍 핑계를 만들어서 나가 버리고 나는 혼자서 전시장을 정리하고 있었다.

그때 덜컹 문이 열렸다.

그리고 혜석이 물에 빠진 생쥐 꼴을 하고 나타났다. 그녀의 전신에서 바닥으로 빗물이 줄줄 떨어져 내리고 있었다. 그녀의 손에는 우산도 없었다. 하긴 우산이 있었어도 오늘 같은 날은 소용없었을 테지만.

"무슨 일이야?"

혜석은 나를 똑바로 바라보면서 아무 말도 하지 못했다. 그저 온몸을 떨면서 입술만 달싹거렸다. 저체온이라도 일어난 듯이 얼굴은 더없이 창백했다. 시선은 무엇에 홀린 듯 허공의 한 점을 멍하니 바라보고 있었다.

"무슨 일 있어? 경성에는 어떻게 올라왔어?"

혜석은 등으로 문을 닫고 서더니 털썩 그 자리에 주저앉아 버렸다.

"엇?"

나는 놀라서 일단 수건을 찾아 달려갔다. 그리고 수건으로 젖은 온몸을 구석구석 닦아 주었지만 혜석은 미동도 하지 않았다. 실성한 사람 같기도 했고, 백랍 인형 같기도 했다. 혜석은 여전히 움직이지 않고 허공을 멍하니 바라보면서 앉아 있었다.

나는 그녀 앞에 쪼그리고 앉아서 마지막으로 젖은 스타킹을 벗기고 발을 닦아 주면서 물었다.

"도대체 왜 이 모양이야? 무슨 일이 있었던 거지?"

"그 사람……!"

나는 가슴이 덜컥 내려앉았다. 최승구?

"응?"

"죽었어."

혜석은 밤늦도록 울었다. 나는 불안해서 그녀를 그냥 보내지 못하고 차로 수원까지 바래다주었다. 수원으로 내려가는 차 안에서도 그녀는 슬프게 울었다.

나도 울고 싶었다.

다음 날 나는 짐을 꾸렸다. 내 안에 달리 변화가 온 것은 아니었지만 무미건조한 생활이 갑자기 소름이 끼치도록 싫었다.

그날 밤이 새도록 흐느끼는 그녀를 바라보면서 내가 느낀 것은 저렇게 울 수 있다는 것이 얼마나 행복한가 하는 자각이었다. 그래서 울 일도 슬플 일도 없는 내가 너무 한심하게 느껴졌다.

이러지 말자.

혜석은 나에게 친구로 지내자 했고 나도 그렇게 하기로 했다. 그렇다고 해서 혜석에 대한 나의 지극한 사랑이 예나 이제나 달라진 것은 아니었다. 아마도 그녀에게 사랑은 최승구가 처음이자 마지막일 것이다. 최승구가 죽었다면 혜석의 사랑은 나에게로 옮겨질 수 있을까. 결코 그런 일은 일어나지 않을 것이다.

물론 나는 전보다 더 강하게 혜석을 밀어붙일 수도 있다. 그러나 그것은 혜석의 나에 대한 사랑을 강요하는 것이 되고, 결국은 혜석이 말하는 대로 남성의 여성에 대한 '소유욕'에 지나지 않게 된다.

사랑을 강요하는 것처럼, 여성을 '소유'하겠다는 욕심처럼 어리석은 짓이 또 있을까. 나는 이런저런 갈등으로 몸부

림치면서도 이젠 정말 마음을 다잡고 정리해야 할 때라고 생각했다. 멀리 밀어두고 싶었다.

어차피 세월이 흘러도 그녀는 나를 사랑하지 않겠지만, 어느 남자도 사랑하지 않는 그녀의 앞길을 내 눈으로 바라보고 있다는 건 너무 불안한 일이었다.

강하고 멋진 여자가 아니라 불안하고 위태로운 여자로 느껴졌다. 내가 그 불안에 끼어들고 싶은 심정은 아니었다. 하지만 사랑에 관한 문제를 제쳐 놓는다면 혜석은 슬기롭고 강인한 여자다. 그녀는 결국 자신에게 닥친 불행이나 위기를 극복하면서 자신의 삶을 개척해 나갈 것이다.

그것은 우유부단한 내가 갖춰야 할 덕목과도 같은 삶의 지침이었다. 사실 돌이켜 보면 어떤 의미에서 그녀는 내게 인생의 스승과도 같았다. 사랑의 아픔을 알게 했고, 인생을 살아가는 데 필요한 의지를 일깨워 주지 않았던가.

그래야 하는 거야, 인생은. 내게도 무언가 중요한 게 존재하겠지. 그걸 찾아야 하는 거다.

나 스스로 그렇게 다짐하고 짐을 꾸렸다. 혜석에게 들를까 하다가 그만두었다. 그녀의 슬픔은 내가 도울 수 있는 게 아니었다. 어쩌면 그 슬픔을 마음껏 누리라고 하고 싶었는지도 모른다.

나는 나대로 무언가 새로운 길이 있을 거라고 생각했다. 그래서 그것을 찾아 떠나자고 생각했다. 먼저 도쿄로 돌아갈 작정이었다. 오랜만에 가족을 만나야겠다고 생각했다. 내게도 가족이 있으니까.

나는 그렇게 경성을, 조선을 떠났다.

그해 가을, 나는 도쿄로 돌아가 외무성에서 일하게 되었다. 외무성 업무는 외교관들과 군인들이 반 정도 섞여서 처리하고 있었다. 그 가운데에서 나는 영사관의 문예 부문을 맡게 되었다.

비교적 한가하고 편안한 자리이기는 했지만, 그래도 관료직인지라 매여 있기는 마찬가지였다. 무언가 발을 잘못 들였나 싶기도 했다. 그러나 아버지와 동생은 내가 외무성에서 일하는 것을 무척 좋아해서 원래 자리로 돌아가겠다는 엄두조차 내지 못했다.

이따금 경성에 출장 갈 일도 생겼다. 그때마다 혜석을 만나야 하나, 말아야 하나 하는 문제로 갈등을 겪곤 했다. 매번 만난 것은 아니지만 두어 번 만나서 식사도 함께했다. 혜석은 여전히 나에게는 추억이었다. 혜석은 여전히 그림을 그리고 글을 쓰는 등 왕성한 활동을 펼치고 있었다.

혜석은 내가 하는 일에 관해 듣고 나서 재미있는 일이냐고 물었다.

"재미있어?"

"아니. 재미있는 일일 까닭이 없지."

"그런 일 할 것 같지 않았는데."

"나도 나이가 찼으니 뭔가 해야 하지 않겠어?"

혜석은 여전히 그림을 그리느냐고 묻지는 않았다. 나에게 그림에 관한 이야기를 하는 것은 상처를 건드리는 것으로 생각하는 것 같았다.

"주로 어떤 일을 하는데?"

"전에 경성에서 하던 일과 비슷해."

혜석의 근황에 관해 묻고 싶은 것이 있기는 했지만, 혜석 스스로 이야기하기 전에는 묻지 않기로 마음먹고 있었다. 도쿄에서는 혜석에 대한 이런저런 소문들이 아직도 심심치 않게 떠돌고 있었다. 혜석이 있을 때처럼 요란스럽지는 않았지만. 최승구와의 불같은 사랑, 최승구가 죽은 이후 김 아무개라는 일본 유학생과의 심상치 않은 만남……. 하지만 나는 김 아무개라는 사람과의 일은 귀담아듣지 않았다. 그녀는 또다시 남자를 사랑하는 어리석음을 범하지 않을 테니까.

어느 날 만났을 때 혜석이 먼저 김 아무개와의 이야기를 꺼냈다.

"나, 요즘 연애하고 있어. 알아?"

"아, 김 아무개라는 일본 유학생?"

나는 대수롭지 않다는 듯 건성으로 대답했다.

"김우영이라는 사람이야? 알고 있었어?"

"도쿄 있을 때 자주 만났다고 들었어. 혜석 씨가 다시 연애한다니 놀라운걸."

"그 사람은 교토에 있었어."

"그 정도 거리야 무슨 문제겠어."

나는 될 수 있는 대로 혜석과 눈이 마주치지 않으려 애썼다. 지난날의 감정이 솟구칠 것 같아서였다. 하지만 혜석은 내 감정 따위는 아랑곳하지 않고 자기 이야기를 계속했다.

"그렇기는 하지. 오히려 좋았는지도 모르겠어. 지척에 딱 붙어 있을 때보다 서로 자유롭기도 하고."

"그런 면도 있겠군."

"그 사람……, 어떨 거 같아?"

"나야 잘 모르지……. 경석이 소개했다고 들은 것 같은 데?"

나는 짐짓 별 관심 없다는 투로 말했다.

"응. 오빠가 소개한 사람 중에 제일 낫기는 한데 문제가 좀 있어."

"뭐가?"

"나이가 좀 많고……, 아내가 죽었지만 결혼한 적도 있고, 슬하에 딸도 있어."

그러고 보니 김우영은 혜석보다도 나이가 열 살인가 많다는 소리를 들은 것 같기도 하다. 무슨 심사일까. 자포자

기? 남자를 이상이 아니라 현실의 대상으로 받아들이겠다
는 생각은 아닐까. 나는 슬쩍 말머리를 돌렸다.

"법학을 공부한다고 했던가?"

"그래. 그 사람한테 어울리는 공부야."

혜석은 들릴 듯 말 듯 한숨을 내쉬었다. 그 한숨이 혜석
의 심사를 대변하는 것 같기도 했다. 미술이나 문학과 법
학의 부조화를 생각하는 것은 아닐까. 나는 혜석의 얼굴을
가만히 바라보았다.

"아주 반듯하고 마음도 넓고 그래. 다만 너무 격정적이어
서 흥분하면 철없는 아이처럼 돌변하니까. 감당할 수 있을
까 싶을 때가 있어."

"결혼까지 생각하는 것 같군."

"글쎄, 그 사람이 보채기는 하는데……. 어째야 좋을는
지 선뜻 판단이 서질 않아."

"그래도 혜석 씨가 그 정도 생각한다면 이제까지 본 남
자들 중에 가장 마음에 들어 하는 것 같은데?"

"그건 그렇지만."

혜석은 잠깐 생각에 잠겼다가 곧 내 말에 수긍하고 나서
얼굴 가득 미소를 담았다. 그 미소는 이제까지와는 다른
―그러니까 최승구가 죽은 뒤 처음으로 보는― 맑고 밝은
웃음이었다.

그러나 문득 저 웃음은 혜석에겐 어울리지 않는 웃음이

라는 이상한 생각이 들었다. 뭐랄까, 어떤 불행을 예고하는 듯한 그런 웃음. 그것은 불길한 예감일 수도 있었다. 내가 아는 한 혜석에게 보통의 여성들이 가지는 그런 천진난만한 웃음은 어울리지 않았다. 혜석에게 어울리는 웃음은 세상을 조롱하는 듯한 냉소적인 웃음이 아니었던가.

누가 뭐라고 해도 그녀는 그녀 자체로 빛이 나는 사람이었다. 나혜석은 다른 여자들처럼 남자가 옆에 있어서 빛을 내는 여자가 아니다. 누구의 여자 나혜석이 아니라, 나혜석의 남자 누구가 되어야 할 것이다.

그게 쉬울까. 무엇보다 그녀는 조선에서 가장 먼저 서양화를 그리는 여자였다.

햇살과 그늘

그해 겨울은 너무 추웠다. 조선에서는 고종 황제가 세상을 떠났고, 파리에서는 세계평화회의가 시작되었다. 일본은 어부지리를 위해서 외교력을 총동원했다. 얼결에 바빠진 나는 매일 승전국들의 주요 인사들을 대접하는 파티에 나가야 했다.

미칠 것 같은 겨울이었다.

그 겨울이 거의 끝나갈 무렵 사건이 터졌다. 먼저 도쿄에서 조선 유학생들이 독립선언을 하더니, 급기야 경성에서 만세 운동이 벌어졌다.

나는 그 일이 크게 번질 거라고는 생각하지 않았다. 일본은 일차세계대전의 승전국 그룹에 슬쩍 끼어들어서 산동 반도를 쉽게 삼켜 버렸다. 중국이라는 대국을 삼킬 궁리에 빠진 일본의 시선에서 조선은 당연히 이미 삼켜서 소화하는 중인 먹잇감이었다.

그래서 일본은 조선을 우습게 알았다. 사실 조선 황실은 우습게 볼 만한 황실이었다. 그러나 조선 사람들은 그렇게 우습게 볼 만한 사람들이 아니었다. 나도 미처 모르던 조선 사람들. 퍼뜩 나는 내가 아는 조선 사람들은 하나같이 만만치 않았다는 걸 생각해 냈다.

조선 땅의 불안정한 정세는 나에게까지 그 영향을 미쳐 왔다. 혜석의 동생이 전화해 왔다. 혜석이 만세 운동에 연루되어 마침내 체포되었다는 것이다.

하기 싫은 일을 하느라 심신이 지쳐 있던 나는 좋은 기회다 싶어 곧장 경성으로 향했다.

혜석은 김마리아, 황애시덕, 박인덕 등과 함께 연루되어 만세 운동의 배후로 지목되어 있었다. 다들 여성 운동과 독립운동에 투신한 유명한 여성들이었다. 그런 여성들 가운데 혜석이 끼어 있었다는 것이 내게는 묘한 자부심을 안겨 주었다.

나는 혜석의 면회를 신청했지만 조사 중이어서 만날 수 없었다. 그래서 여기저기 수단과 방법을 가리지 않고 연줄을 동원해 겨우 아주 잠깐만 얼굴을 볼 수 있게 되었

다. 핑계는 문화 예술인이므로 중대한 질문이 있다는 것
이었고, 외교적인 문제도 있다는 둥 되는 이유 안 되는 이
유를 남발해야 했다.

좁은 취조실 안에서 마주친 혜석은 여느 때에 비해 초췌
한 모습이었지만, 여전히 눈빛은 살아서 날카롭게 사물을
쏘아보았고, 꾹 다문 입술은 야무져 보였다.

나는 억지로 미소를 지어 보였다.

"힘들지?"

"안 힘들어."

혜석은 씩씩하게 손을 내저었다.

"조서 보았는데 재주껏 동료들 피해 안 입게 잘했던데?"

"그걸 어떻게 보았어?"

"사기 쳐서."

혜석이 쿡쿡 웃었다.

"김우영 씨는?"

"별로 도움이 안 돼."

혜석은 심드렁하게 대답했다.

"법학 했다면서?"

"아직 변호사는 아니야. 시험공부 중이야."

"변호사는 구했어?"

"이제 구해야지. 그이가 구해 줄 거야."

"내가 경성에 있을 거야. 자주 올게."

"아니, 그럴 것 없어."

혜석은 나를 차갑게 바라보면서 냉정하게 말했다.

"이건 우리끼리 해야 하는 일이야."

'우리끼리'라니, '조선인끼리'라는 뜻이겠지. 서운했다. 구속됐다는 소식을 듣고 서둘러 달려왔건만. 혜석의 그 말은 내게 깊은 상처를 주었다. 다른 어떤 말보다 깊은 상처가 되었다. 아무리 친구라고 해도 나는 일본인이니까 조선인의 일에 끼어들지 말라는 뜻으로 들렸다.

나는 내가 일본인이라는 사실을 새삼 깨닫게 되었고 경성에 머물면서도 다시는 그 사건에 접근하지 않았다. 그녀가 보고 싶었지만, 그 후로 면회도 하지 않고 그냥 경성에서 서성이다가 도쿄로 돌아와 버렸다.

조선에 머물면서 내가 확실하게 깨달은 것은 조선에서 일어나는 그 어떤 일에도 내가 끼어들 여지는 전혀 없다는 점이었다. 조선의 이곳저곳에서 벌어지는 일들은 일어날 수 없는 일이면서, 또한 일어나는 게 당연한 일들이었다.

만세 운동은 경성을 시작으로 사방에서 연속 일어나고 일본의 헌병대와 특별 경찰들은 곳곳을 쫓아다니면서 조선인들을 마구잡이로 잡아들여 고문하고 죽였다. 일본의 군국주의자들은 처음부터 강하게 진압해서 기를 꺾으려 들었지만 밟으면 밟을수록 시위는 들불처럼 전국으로 번져

나갔다. 조선의 저항은 거셌지만, 그것은 이제 시작에 불과했다.

조선은 온통 피와 함성으로 물들었다.

내가 도망치듯 도쿄로 돌아간 것은 조선의 상황을 눈으로 보는 것이 너무도 괴로웠기 때문이었다. 내가 일본인인 것이 그렇게 부끄러울 수가 없었다.

도쿄에서 혜석의 석방 소식을 들었다. 한여름이 되어서야 혜석을 비롯한 박인덕과 황애시덕 등 만세 운동 관련자들이 모두 풀려났다는 것이다.

나는 그 소식을 듣고도 연락하지 않았다. 일본인인 내가 일본 제국주의에 저항한 조선인에게 뭘 어쩌겠다는 말인가. 혜석의 차가운 눈빛과 단호하게 거절하는 목소리는 잊을 수가 없었다.

국적을 바꿀 재주가 없었다. 어차피 조선이라는 나라는 없어져서 조선이라는 국적으로 바꿀 길도 없었다. 핏줄을 바꿀 수는 없는 일이다.

일본인이니까 일본인답게 일본 정부를 위해 일을 하고 월급을 타서 먹고사는 것을 고분고분 받아들이지 않을 수 없었다. 옳고 그른 판단은 나 같은 말단 직원이 할 일이 아니었다. 아버지나 동생처럼 고위 관리들이 할 일이었다.

나는 그저 시키는 대로 묵묵하게 외국인들을 상대하느

라 쉴 틈이 없었다. 왜 그래야 하는지도 모르면서 외국인들
을 위해 어색한 서양식 파티를 열고 서서 술을 마시고 서툰
영어로 덕담을 주고받았다.

그렇게 겨울이 지나고 다시 봄이 왔을 때 나는 혜석으로
부터 한 통의 전보를 받았다. 전화도 아니고 청첩장도 아닌
전보에는 이렇게 쓰여 있었다.

김우영 나혜석 결혼.

날짜도 장소도 없었지만, 경성에 도착하자마자 금방 알
수 있는 일이었다. 조선 전체가 떠들썩했다. 김우영은 변호
사가 되어 있었고 나혜석은 그림도 그리고 글도 쓰는 신여
성으로 명사 중의 명사로 널리 알려져 있었다.

화제가 된 건 신문지상에 떡하니 청첩장을 실은 일이었
다. 당시에 누구도 생각 못 할 청첩이었다. 교회에서 신식으
로 올리는 결혼식도 조선에서는 보기 드문 일이었다.

기자들은 혜석의 소위 결혼 승낙 조건이란 것도 열심히
파헤치는 기사를 써서 독자들의 흥미를 자극했다.

평생 사랑해 줄 것, 결혼 생활이 예술 활동에 지장을 주
지 않게 해 줄 것, 시어머니와 전처의 딸과 함께 살지 않게
해 줄 것……

나는 혜석이 내건 조건을 들으면서 내심 불안감을 느꼈

다. 사랑하지 않는구나. 결혼식에서 그녀 얼굴을 바라보면
서 더욱 그렇게 느꼈다. 사랑하지 않는구나. 피로연에서 그
녀가 좌중에게 한 '이런 허례허식은 필요 없어 보입니다.'라
는 말을 들으면서 또 느끼고 말았다.

사랑하지 않는구나.

혜석을 다시 보게 된 건 도쿄에서였다. 결혼하자마자 도
쿄로 와서 그림 공부를 한다고 했다. 변호사를 막 개업해
서 눈코 뜰 새 없는 남편을 경성에 남겨 두고 혼자 도쿄로
건너온 것이다.

나를 찾아온 혜석은 신혼의 신부답지 않게 약간 피로한
기색이었다.

"누구한테 사사하기로 했나?"

"응, 스즈키 선생님께 두 달만 배우기로 했어. 오래는 못
있고."

혜석은 아무렇지도 않은 듯 말했다.

"신혼인데 혼자 있게 하는 거야?"

"내가 하고 싶은 대로 하기로 하고 결혼했으니까."

"김우영 씨가 신사니까 잘해 주겠지."

"그래서 결혼했어. 사토 씨도 들어서 알겠지만 사실 결혼
상대로는 문제가 많잖아."

신문의 가십난에 실렸던 이야기를 하는 것 같았다. 나이

차도 많고 자식까지 딸린 홀아비와 결혼하는 이유를 이해
할 수 없다고들 했다. 가십에 따르면 김우영은 재산이 많은
것도 아니었다. 명문가라고 알려졌기는 하지만, 그의 집안
은 이미 기울어져 가고 있는 집안이었다. 일가친척들은 대
개 넉넉하지 않은 농사꾼들이었다.

"그래도 선택할 만해서 선택했어."

그래, 인생은 선택이니까. 선택의 연속이니까.

혜석이 갑자기 눈을 똑바로 뜨고 무슨 선언이라도 하듯
말했다.

"이거 알아? 나 신혼여행으로 남편과 함께 그 사람 무덤
에 갔었어."

"뭐? 어디를 갔었다고?"

"최승구 씨 무덤에 김우영 씨랑 같이 갔었어."

나는 조금 멍한 느낌이 들었다.

"같이 갔었다고?"

"그랬어. 내가 이해를 시켰지. 그 사람은 이미 죽은 사람
이어서 우리 사이에 끼어들 수 없으니 질투할 것도 없고. 가
엾은 사람이니 마지막으로 위로라도 해 주자고 말이야."

그게 설득이 가능한 이야기던가.

"김우영 씨는 이해하고 같이 가 주었어. 그만하면 여느
조선 사내들하고는 확실히 다르잖아?"

"글쎄, 보통 남자와 다를지는 모르겠지만 너무 그렇게 혼

자 생각하고 마음대로 해서는 안 되는 거 아닌가?"

"그럴까?"

혜석은 되물었다가 피식 웃어 버렸다.

"상관없어. 난 내가 생각한 대로 살겠어. 일부러라도 그렇게 할 거야. 입으로만 여성의 인권이 어쩌고 떠드는 건 싫어."

어느 잡지엔가 발표된 그녀의 글에서도 읽은 그대로다. 누구든 여성이 먼저 나서서 케케묵은 구습을 타파해야 한다고.

"그러니까 나부터 먼저 보여 줘야 하는 거 아니야?"

나는 그녀의 자신만만한 태도가 불안했다.

"아직 그런 세상은 아니야. 결혼과 동시에 누군가의 아내가 된다는 것은 자신의 대부분을 포기해야만 한다는 말이야. 그게 꼭 조선이어서가 아니야. 일본이라고 그게 다를 리가 없어. 다른 어느 나라에도 그런 세상은 없다. 위험하게 살지 마."

"유럽의 나라들이라면?"

"역시 다를 바가 없을걸?"

"그래?"

"직접 가보지 않아서 모르지만, 도쿄나 경성에서 만난 유럽인들도 모두가 같더라는 말이야."

"그럼 내가 세계 최초의 자유부인이 되지 뭐."

"적당히 해. 혜석 씨는 조선 최초의 성공한 여류 서양화가잖아?"

"난 그냥 서양화가야. 그리고 조선에는 서양화가가 이미 많아. 거기 왜 여류가 붙어야 해? 남류 서양화가라고는 하지 않으면서."

"하하, 그런가?"

"작가를 언급하면서도 꼭 여류 작가, 이러는 게 참 웃기지도 않아. 여자는 남자보다 글도 못 쓰고 그림도 남자보다 못 그린다는 인식을 가지고 있으니까 그러는 거 아니야?"

그녀는 활기차 보였다. 어쩌면 결혼이 그녀를 최승구의 그늘에서 벗어나게 한 좋은 선택일 수도 있으려니 싶었다. 이렇게 되면 그저 김우영이 당장 눈앞의 떡에 팔려서 본심을 감추고 지내는 게 아니기만 바랐다.

"이번에 그이가 맡은 일이 어려운 일인데 내가 곁에 없어서 좀 그래."

"벌써 큰 사건을 맡고 그러나 보지?"

"결혼 전에 나하고 약속한 걸 지키려는 거야. 내 제자들이 연루된 사건이기도 하지만, 독립운동 사건이거든."

혜석은 한때 정신여고에서 교편을 잡았었다. 그때의 제자를 말하는 것 같았다.

"제자들 변호를 약속했어?"

"아니. 꼭 그 사건이 아니더라도 독립운동 사건을 맡아서 보탬이 되기로 약속했지."

혜석의 얼굴에 남편을 자랑스러워하는 표정이 잠깐 스쳐지나갔다. 아, 나는 혜석을 바라보면서 역시 그녀가 선택을 제대로 했다고 생각했다. 그때는 그렇게 믿었다. 그 무렵 같은 시국에 통감부의 비위를 거스르는 변호를 한다는 것은 용기를 내야 하는 일이었다.

"결혼 잘한 듯하군."

나는 진심으로 말했다.

각자의 길

　　그 무렵 나는 조선에서 발간되는 모든 신문을 읽
을 수 있었다. 외무성에서 일하는 내 직책 덕분이었다. 나
혜석과 김우영 부부의 일거수일투족도 빠짐없이 접할 수
있었다.

　혜석은 그림으로 글로 늘 화제의 중심에 있었고, 김우영
은 김우영대로 독립운동단체인 대동단 사건의 변호를 맡는
등 신예 변호사로 명성을 떨치고 있었다.

　도쿄에서 그림 공부와 전시회 준비를 마치고 돌아간 혜
석은 1921년 봄에 경성에서 《매일신보》가 주최하는 서양
화 개인 전시회를 열었는데 관람객만도 무려 오천 명을 넘
었다고 했다.

　아직 서양화가 제대로 자리 잡지 못한 상황의 조선에서는

대단한 일이었다. 전시한 그림들은 전부가 유화였고, 그림 중 〈신춘〉이라는 제목의 유화는 무려 350원에 판매되었다.

그리고 다음 달에는 조선의 화가들이 중심이 되어 발족한 민족미술단체가 개최한 서양화가전에서 역시 같은 유학파인 고희동과 함께 전시회를 열었다. 그 전시회에서도 혜석은 대단한 인기를 끌었고, 세상과 언론들의 지대한 관심이 집중되었다.

그해는 혜석이 첫아들까지 얻은 특기할 만한 해였다. 혜석은 중견 화가로 발돋움하고 있었고, 특히 그녀의 글은 종종 여러 잡지에 실리면서 여성의 권리에 대한 인식들이 혜석으로 인해 갑론을박이 일어나는 일도 많았다.

가을이 되어서는 김우영이 외무성의 부영사가 되어 만주의 안동현으로 부임되어 갔다는 소식을 들었다. 그저 공문상으로만 안 것일 뿐 그 배경에 대해 별다른 이야기를 듣지 못한 나는 좀 의아한 느낌을 받았다.

만세 사건으로 감옥살이까지 한 혜석이 일본 관리의 부인이 되다니……. 믿을 수 없는 일이었다. 김우영 역시 조선의 독립투사들을 변호해서 유명해졌는데, 어떤 경로로 부영사가 되었는지 알 수 없었다.

그 배경을 어느 정도 파악할 수 있게 된 것은 그해 여름에 발생한 의열단 사건 때문이었다. 의열단 사건에는 혜석 부부가 연루돼 있었다. 의열단의 일원인 문시환이 황옥 경부를 습격하려고 폭탄 가방을 들고 가다가 누군가의 밀고로 체포되었는데, 알고 보니 그의 신원 증명을 김우영이 해 주었다는 것이다.

김우영은 외교관 특권이 있었으므로 그의 보증서만 있으면 검문도 없이 마음대로 조선과 만주 일대를 왕래할 수 있었다.

그 사건은 결국 가볍게 끝났지만, 나는 그 사건으로 인해 부부가 영사관에 있으면서 독립투사들을 돕고 있다는 사실을 알 수 있었다.

김우영은 혜석을 위해서 무슨 일이든 할 것이고, 혜석은 당연히 독립투사들을 도왔을 것이다. 외교관의 신분을 이용하면 많은 독립투사를 감춰 주고 자금이나 총포류를 운반할 수 있다.

혜석은 무슨 일이든 적극적으로 달려들어서 해내는 성격이고, 위험을 능히 감수할 배짱도 있는 인물이니까 당연히 일어날 만한 일이었다.

그 사건으로 인해서 혜석에 대한 비공식 기록을 들춰 보게 된 나는, 그녀가 만주에서 야학을 열어 조선의 부녀자들을 교육하고 있다는 사실도 알았다.

나는 그녀의 활동이 내심 흐뭇했지만 그렇다고 해서 그녀의 일에 끼어들거나 신경을 쓰고 싶지는 않았다. 그저 그녀를 면발치에서 응원하고 싶은 마음뿐이었다.

단 한 번 그녀와 꿈같은 밤을 보내기는 했지만, 그것으로 충분했다. 그녀에게 더 다가가고 싶지는 않았다. 그즈음에 그녀는 자기 길을 훌륭하게 걷고 있었고 나는 내 길을 가야 했다.

나는 외무성에서 지위가 올라간 만큼 일도 많아지고 그에 따른 여러 가지 의무와 책임에 얽매여 다른 관료들처럼 틀에 박힌 삶을 살아가고 있었다.

그때 일이 일어나지 않았더라면 나는 도쿄에서 평범한 일생을 보냈을지도 모른다. 그리고 그렇게 오랜 세월을 혜석과 헤어져 있게 되고, 혜석의 불행을 지켜 주지 못하고 마는 일도 생기지 않았을지 모른다.

내 모든 것을 바꿔 놓은 것은 관동 대지진이었다.

1923년 9월 1일, 잊을 수 없는 그날 도쿄는 불바다였다. 나 역시 외무성 건물이 흔들리는 바람에 놀라서 밖으로 대피해 나왔다. 중요한 서류들을 빼내느라 길바닥에 외무성 자동차들을 있는 대로 대기시켜 놓고 정신없이 이리 뛰고 저리 뛰었다.

이미 길은 불바다였고, 몰려나온 사람들로 넘쳐흐르고 있었다. 건물들은 형체를 알아보지 못할 정도로 무너져 있었다. 사상자가 속출했다. 지옥이 따로 없었다.

그때까지만 해도 나는 관리로서 내 책임을 다하고자 정

신이 없었다. 저녁 해가 지고 밤이 와도 나는 집에 돌아가지 못했다. 다행히 집안 식구가 모두 무사하다는 것만 연락으로 알았다.

며칠을 꼼짝도 못 하고 일에 파묻혀 있다가 일을 대충 마무리 지은 어느 날 해가 진 뒤에야 집에 들르려고 외무성을 나섰다. 차는 있었지만, 차로 길을 가기는 어려울 것 같아서 그냥 걸어서 가기로 했다. 길은 걸어 다니기도 힘들 정도로 혼잡했다.

사람이 얼마나 죽었는지 알 수도 없었고, 무너져 내린 폐허들 속에서 울부짖고 흐느끼는 소리로 아비규환이었다. 그러나 그 어떤 아비규환보다도 더한 지옥이 길목에서 기다리고 있는 줄은 꿈에도 몰랐다.

일본교를 막 건너려던 때였다.

"잡아!"

"죽여!"

어디선가 고함이 터져 나왔다. 그리고 다리 아래의 소란 속에서 불쑥 피투성이의 한 사내가 다리 위로 뛰어 올랐다. 사내는 나를 발견하고는 흠칫 놀라서 뒷걸음질을 쳤다. 이미 머리 한쪽이 깨져서 호흡에 따라 피가 벌컥벌컥 솟구치고 있었다.

"이, 이보시오. 다쳤소?"

말하는 순간, 다리 아래에서 몽둥이와 쇠사슬을 든 사

내 몇이 더 뛰어 올라왔다. 그러더니 사내와 나를 보고 냅
다 달려왔다.

"조센징! 어딜 달아나?"

사내는 허겁지겁 내달렸지만, 부상이 심해서인지 얼마
가지 못하고 다리가 꼬이면서 나뒹굴었다. 뒤따라 달려온
사내들이 다친 사람의 주위에 몰려들어 몽둥이로 사정없
이 전신을 내리쳤다.

나는 너무 놀라 말도 제대로 나오지 않았지만, 그래도
이유를 알아야 했기에 사내들의 앞을 가로막으며 까닭을
물었다.

"이, 이보시오. 무슨 짓들이오?"

그러자 한 사내가 살벌한 눈으로 나를 돌아보더니 다짜
고짜 물었다.

"조센징이냐?"

"아니요. 일본인이오."

"십오 엔 오십 전."

"뭐요?"

"십오 엔 오십 전, 말해 봐!"

"십오 엔 오십 전."

"일본 사람이 맞군. 조심하시오."

사내들은 거칠게 나를 밀어붙이더니 다리 아래로 내려
갔다. 맨 뒤의 두 사내가 이미 숨이 끊어진 듯한 남자의 두

다리를 잡고 질질 끌고 갔다. 나는 그들을 뒤따라가면서 다급하게 물었다.

"아니, 대체 무슨 일이기에……?"

한 사내가 나를 돌아보면서 시큰둥하게 말했다.

"조센징 사냥하는 중이니까 똑같이 당하지 않으려거든 갈 길이나 가시오."

"조, 조센징 사냥?"

나는 도무지 무슨 말인지 알아들을 수가 없었다. 사내들이 내려간 다리 아래로 나도 따라서 내려갔다. 그리고 개울 옆을 본 순간, 나는 내 손으로 내 입을 틀어막고 말았다.

그곳에는 무수한 시신이 처참하게 줄지어 눕혀져 있었다. 머리가 부서져 죽은 사람부터 배가 찢겨서 내장이 흘러나온 자, 팔다리가 돌아가 있는 자 등의 모습이 지옥도를 방불케 했다.

몇몇 사람들은 아직 목숨이 붙어 있어 울면서 두 손을 모으고 알아들을 수 없는 소리를 지르며 빌었다. 사내들이 살아 있는 사람들은 사정없이 곡괭이로 등을 찍어서 고꾸라뜨렸다.

나는 너무 놀라서 뒷걸음질을 쳤다. 그러다가 앞쪽에 헌병 둘이 걸어오는 것을 보았다. 헌병들은 아까의 사내들을 향해 오면서 물었다.

"이게 다 조센징들이오?"

나는 반사적으로 헌병에게 달려가면서 물었다.

"이게 대체 무슨 일이오?"

헌병들이 흘끗 나를 돌아보았다. 나는 허겁지겁 달려들어 물었다.

"지금 무슨 일이 일어나고 있는 거요? 사람을 마구 죽이고 있지 않소?"

사내 하나가 고함을 질렀다.

"사람을 죽이는 게 아니야. 조센징을 처단하는 거야."

"이보시오, 조선인은 사람이 아니오?"

헌병이 나를 한쪽으로 잡아끌려고 했다.

"선생, 이쪽으로 좀 오시오."

나는 끌려가면서 사내들을 가리키며 물었다.

"저 사람들 뭐요?"

"자경단이오."

"자경단? 그게 대체 뭐요? 언제 누가 만들었소?"

"어제부터 활동하고 있소."

"무슨 자경단이오? 구급대 같은 거요?"

"이 양반 통 세상 소식 모르네. 어디 있다가 지금 나타났기에 이렇게 먹통이오?"

나는 신분증을 꺼내 헌병들 앞에 내밀었다.

"외무성에 있소. 건물이 반파되는 바람에 중요 서류들을 안전하게 보관하느라 며칠 움직일 수 없었소."

"그렇다고 신문도 안 보십니까?"

옆의 헌병이 거들었다.

"위험하니까 어서 가 보시오."

나는 흥분해서 죽어 가는 사람들을 향해 손가락질하며 소리쳤다. 온몸에서 아드레날린이 분출되어 전신이 부들부들 떨렸다.

"저게 무슨 일이냐고 묻지 않소? 정부 관리로서 묻는 거요."

손가락질하던 나는 그 방향에서 지금 막 일어나는 끔찍한 광경에 그만 말을 끊고 정신없이 그들을 향해 돌진했다.

"무슨 짓들이냐? 이 새끼들아!"

달려들던 나는 뒤통수에 엄청난 충격을 받고 앞으로 고꾸라졌다. 넘어지면서 내 눈에 마지막으로 보이는 것은 죽창에 찔려서 쓰러지는 어린아이의 모습이었다.

삑! 호루라기 소리와 함께 헌병들의 고함이 어렴풋이 들려왔다.

"그 사람은 안 돼! 바보들아!"

내가 깨어난 곳은 병원이었다.

"차는 어쩌고 걸어서 왔어요?"

동생은 황당하다는 듯 나를 내려다보며 물었다. 머리가 깨지는 듯이 아팠다. 나는 동생을 올려다보았다.

"나를 누가 데려온 거냐?"

"헌병대에서 아버지 쪽으로 연락이 왔어요. 헌병대 대장이 형님이 일반 관리가 아니라는 걸 알고 연락했더군요."

나는 상체를 일으키려고 했지만, 머리가 바위만 같아서 도무지 세울 수가 없었다.

"가만히 그대로 누워 있어요. 하마터면 죽을 뻔한 거 알아요?"

"내가 어떻게 하다가 다쳤는지는 알고 있냐?"

"헌병 대장이 설명해 주었어요. 형님이 자경단 일을 방해했다고요."

"자경단이 대체 뭐냐?"

"조선인들이 혼란을 틈타 우물에 독을 넣고 방화한다고 해서 스스로를 지키려고 급조한 단체입니다."

"대체 그런 정보는 어디서 나온 거냐? 조선인들에 대해서라면 우리 외무성이 제일 먼저 알아야 하는데 우리한테는 그런 보고가 들어 온 바가 없다."

동생이 신문을 한 장 내밀었다.

"외무성은 신문을 안 보나 보지?"

신문을 받아든 나는 너무 황당해서 말을 이을 수가 없었다. 신문에는 조선인들이 서로 비밀리에 결사 조직을 만들어서 건물에 방화하고, 우물에 독을 풀고 있다는 헌병 대장의 발표가 실려 있었다.

"그게 사실이라 해도 조선인이라면 무턱대고 학살을 하는 거냐?"

"무턱대고 할 리가 있습니까?"

"무턱대고 했어!"

나는 머리를 감싸 쥔 채 소리 질렀다. 두 손으로 감쌌는데도 불구하고 머릿속에서 찌르르한 통증이 일어났다.

"물론 이런 상황에서라면 어느 정도 착오도 있을 수 있고, 그런 일이야 지금 시국에서 얼마든지……."

"어린아이들을 죽이는 것도 착오란 말이냐?"

나는 냅다 소리를 질러버렸다. 동생은 경무국에 근무하고 있었다. 천황 폐하를 비롯해 높으신 나리들을 지키는 곳이 경무국이다.

"눈이 있는 거냐, 없는 거냐? 아니면 눈은 있는데 감아버린 거냐?"

내가 언성을 높이자 동생도 지지 않고 소리를 질렀다. 보기 드문 행동이다. 어떤 상황에서도 동생은 절대로 내게 소리를 지르지 않았다.

"밖을 보고 말해요. 어떤 일이 일어나고 있는지 보라는 말입니다. 형님이 이렇게 좋은 침대에서 누워 계시니 모르시는 것 같은데, 당장 이 병실 문을 열고 나가서 보시라고요. 도쿄에 대형 참사가 일어났다는 말입니다."

"어떤 일이 일어났든 그게 사람을 마구잡이로 죽이는 이유가 된다는 거냐?"

나는 심장이 터질 것만 같았다.

치료가 끝나고 병원을 나설 때쯤에는 이제 세상이 좀 더 분명해졌다. 수십만이 죽고 다쳤으며 조선인 학살은 성난 민심을 엉뚱한 곳으로 돌리기 위해서였다.

나는 내 가족에게, 일본이라는 나라에, 이 세상에 깊이 실망했다. 나는 그 길로 외무성을 사직하고 화구 하나만 달랑 둘러멘 채 고베 항에서 배에 올랐다.

어디든 멀리만 갈 수 있다면 괜찮다고 생각했다. 가장 멀리 가는 배는 유럽행 배였다. 먼 항해였고 다시는 돌아오지 않을 길이었다. 나는 두 번 다시 일본 땅을 밟지 않으리라 다짐했다.

배가 수에즈 운하를 지나갈 때쯤에 문득 혜석이 생각났다. 이런 빌어먹을 일이 일어나는 것을 혜석은 알고 있을까? 모를 것이다. 조선인은 아마도 당분간 일본 열도로 들어설 수 없을 것이다.

그래, 그렇게 해서 그녀가 몰랐으면 좋겠다.

재회

나는 말 그대로 방랑자가 되었다. 집안에서는 나에 대해서 차라리 포기한 듯했다. 내가 애국심이라든가 야망 따위와는 도무지 어울리지 않는다는 사실을 받아들인 것 같았다.

그래서 내가 그림이나 그리면서 세상을 이리저리 떠도는 걸 묵인하기로 한 듯싶었다. 동생이 그걸 증명이라도 하듯 가끔 전화만 해서 나의 행방과 내가 아직 살아 있다는 것을 확인할 뿐, 그 이외의 간섭은 하지 않았다.

여느 때라면 생활비를 조달해 주는 대신 무언가 의무도 요구하고는 했는데 이제 그런 것은 전혀 없었다. 그래서 나는 유럽의 타락한 집시들처럼 빈둥대면서 화구를 등에 멘 채 온 세상을 떠돌아다녔다.

대지진이 일어난 지 서너 해가 지난 듯하다. 세월 같은 것을 염두에 두지 않았기 때문에 정확하지는 않다. 어쩌면 대여섯 해일 수도 있다. 나는 그 시절 정확한 날짜의 개념을 잃어버리고 있었다.

어쨌든 연도나 날짜는 몰라도 계절은 봄이었다. 나는 유럽 북부의 산악 지대를 돌아다니면서 그림을 그리고자 했지만, 실상 그림다운 그림은 그리지 못했고 그저 정처 없이 돌아다녔을 뿐이다.

그렇게 몇 년을 홀로 돌아다니면 장담하건대 사랑이나 증오가 사라지게 된다. 물론 정의라든가 어떤 게 옳고 어떤 게 틀렸다고도 느껴지지 않는다. 그냥 죄다 가련할 뿐이다. 인간이라는 존재가.

김우영을 만난 건 튀빙겐의 어느 허름한 대학교 처마 아래에서 추위를 피해 웅크리고 있을 때였다.

구월이었는데도 추위에 몸이 온전치 않았다. 산악 지역을 그만큼 돌아다녔으면 추위에 익숙해지는 게 정상이건만 내 약해진 몸은 독일의 을씨년스럽고 축축한 추위에 적응하지 못했다.

"어? 사토 씨?"

누군가가 익숙한 일본어로 말을 걸어왔다. 고개를 들어서 보니 양복 차림의 김우영이 몇몇 젊은 독일 학생들과

서 있었다.

"맞죠? 사토 씨. 차림새가 등반대 차림이어서 못 알아볼 뻔했습니다. 그래도 동양인이기에 혹시나 해서 가까이 와 본 겁니다."

"아, 김우영 씨."

나는 일어나서 그를 바라보았다.

"어떻게 여기 계십니까?"

김우영은 말하다 말고 내 화구 보따리를 내려다보면서 싱긋 웃었다.

"외무성을 그만두셨다더니 아예 화가의 길로 들어서신 겁니까?"

생각해 보니 그는 한때 나와 같은 외무성 소속이었다.

"김우영 씨는 여기로 전근을 오신 겁니까?"

"아니, 저도 그만두었습니다."

김우영은 주변을 돌아보았다.

"자, 여기서 이럴 게 아니라 어디든 갑시다. 숙소는 어디로 잡았습니까?"

"아직."

"그럼 내 숙소로 갑시다."

김우영은 작고 아담한 하숙집에 머물고 있었다. 우리는 하숙집 일 층에 있는 식당에 마주 앉아 뜨거운 고기수프에

위스키를 마셨다. 나는 문득 혜석이 궁금해졌다.

"혼자 왔습니까?"

"아니, 함께 왔습니다. 아내는 파리에 있어요. 나는 여기서 석 달간 법률 공부를 하게 되어서 서로 떨어져 있지요."

김우영과 혜석은 외무성의 제안으로 세계 일주에 나섰다고 했다. 그러니까 여비와 체재비를 모두 외무성에서 대 주면서 여행도 하고 공부도 하라고 했다는 말이다.

"위로 휴가치고는 꽤 후하군요."

빈정대는 말은 아니었지만, 김우영이 멋쩍게 웃었다.

"이상하게 느껴지겠지만 처음 외무성의 제안을 받아들인 건 나였습니다. 부영사가 되어서 만주에 간 것 말입니다."

"좀 의아스럽더군요."

김우영이 술잔을 내려놓고 싱긋 웃었다.

"사실 많이 망설였지만, 그때는 경성을 떠나고 싶기도 했고 고향을 등지고 만주 땅에 가서 어렵게 살아가는 우리 조선 사람들에게 얼마간 도움이 되고 싶기도 했습니다."

"독립지사들도 도우신 걸 알고 있습니다."

김우영이 멈칫 나를 바라보았다. 일본인인 나를 경계하는 것 같기도 했다. 나는 변명하듯 말했다.

"그냥 같은 외무성이라서 알게 된 것뿐입니다. 그런 걸 칭찬할 마음도 비난할 마음도 없습니다. 나는 정치가 지긋지긋합니다. 사상이니, 이상이니, 철학 따위도 지긋지긋합니다. 인간에게 그런 게 필요하기는 합니까?"

김우영은 물끄러미 나를 바라보았다. 그러더니 곤혹스러운 표정으로 말했다.

"글쎄요. 어쨌거나 난 외무성에서 세계 일주를 보내 주겠다고 했을 때 응하지 않으려 했습니다. 동화 정책을 쓰느라 많은 조선의 명사들을 회유하는 중이고 나는 그 가운데 하나로 선택됐으니까요."

김우영은 술잔을 들어 건배하듯 내밀어 내 잔에 부딪히면서 말을 이었다.

"난 사토 씨나 경석 처남처럼 아나키스트도 아니고 독립지사도 아니지만 적어도 처음부터 일본에 협조할 마음은 없었습니다. 그래서 외무성의 그런 제의를 받아들이지 않으려 했지요. 다시 변호사 일이나 하려고 했습니다."

저런 식의 자기 합리화는 좀 궁색해 보이지 않는가. 나는 마음속으로 쓴웃음을 지었다. 하지만 그는 내 반응에는 별로 신경을 쓰지 않는 것 같았다.

"그런데 제 아내는 너무 떠나고 싶어 했습니다. 세계 일주를요. 그건……, 이해할 수 있는 일이었습니다. 사토 씨도 이해하시겠지요? 예술가로서 새로운 문화와 접하고 싶어 하는 건 당연하다고 생각해서 아내의 뜻을 따르기로 했습니다."

어떤 이유로 여행하게 됐든 무슨 차이가 있단 말인가. 그

런 건 궁금하지도 않았다. 사실 그때 나는 그의 이야기 가
운데서 그의 아내 혜석의 이름을 듣는 순간 불현듯 혜석이
보고 싶어졌다. 당장 그녀가 머물고 있다는 파리로 달려가
고 싶었다. 한데 김우영은 마치 내 심중을 꿰뚫어보기라도
한 듯 이렇게 말하는 것이 아닌가.

"파리에 들르실 일이 있으면 제 아내도 잠시 만나 주십시
오. 파리에 아는 사람이 많지 않아서요. 그래도 아내가 사
토 씨는 많이 신뢰하고 좋아했습니다. 연락이 끊어진 것을
아쉬워했어요."

나는 말없이 술을 마셨다. 파리에는 조선의 유학생들이
많다. 그 유학생들이 혜석을 싫어할 리가 있을까. 혜석은
누구보다도 더 잘 지낼 것이다.

어쨌든 나는 그녀를 만나기 위해 파리에 가기로 했다.

파리는 겨울비로 을씨년스럽기 짝이 없었다. 파리 특유
의 우중충한 회색빛이 도시를 물들이고 있었다. 오랜만에
면도하고 정장을 차려입었지만 축축한 비로 인해 금세 후
줄근해졌다.

혜석은 외국인들에게 장기로 방을 빌려주는 작은 호텔
에 머물고 있었다. 같은 호텔에 머무는 사람들 가운데는 일
본에서 온 주재원들도 여럿 있었기 때문에 어렵지 않게 그
녀에 대한 소식을 들을 수 있었다.

그러나 그녀를 만나기는 어려웠다. 나는 일주일 정도를 매일 그녀를 찾아가 메모를 남겼지만, 그녀는 도통 자기가 묵고 있는 호텔로 돌아오지 않았다.

그녀는 도대체 어디를 돌아다니고 있는 걸까.

첫눈이 내리는 날이었다. 그날도 나는 면도를 하고 깔끔하게 정장을 차려입은 후에 두꺼운 코트를 입고 혜석이 머물고 있는 호텔 로비를 서성거렸다.

눈이 내려서인지 사람들은 많이 들떠 있었다. 사실 눈이라면 파리보다는 일본이 많이 내린다. 그래서 일본에 살다가 파리로 나온 주재원들은 눈이 내리는 것이 고향 생각을 하기에 안성맞춤이다. 다들 들뜨는 게 당연했다.

나는 주재원들의 떠들썩한 분위기를 피해 창가 쪽 자리에 앉아 포도주를 마시고 있었다. 그동안 여기저기 돌아다니느라 파리의 하숙집은 오랫동안 비어 있었는데, 동생이 그 사이에 꽤 많은 생활비를 보내 주어서 당분간은 술값 걱정을 하지 않아도 되었다.

정처 없는 떠돌이 생활이 지겹기도 했지만, 그때 나는 미국에 이민 비자를 신청한 상태였기 때문에 아무 죄책감 없이 지내고 있었다. 미국 외무성은 내 이민 신청을 쾌히 받아들였고, 결정은 날짜가 필요할 뿐이었다.

물론 미국에서 무슨 대단한 일을 해 보겠다는 것도, 이렇다 할 목적이 있는 것도 아니었다. 다만 다시는 일본으로 돌아가기 싫은 것뿐이었다. 세상의 수많은 나라 가운데 미국을 택한 것은 유럽이나 다른 지역보다는 안정적으로 보였기 때문이었다.

특히 유럽은 예술에 몰두하기에는 적합했으나 독일이나 이탈리아 등 몇몇 나라들의 호전성이 일본이나 별로 다를 바 없었기 때문에 장기적으로 내 일생을 살기에는 조금 불안해 보였다. 그건 외무성에 근무하던 시절에 은연중 갖게 된 느낌이었다.

내가 호텔 로비에 앉아 이런저런 상념에 빠져 있을 때 함께 있던 일본 외무성의 주재원 몇이 손가락질을 하며 저희끼리 수군대고 있었다.

"어, 저 커플 말이야."

"이상하지 않아?"

"정말 이상한 일이야."

"저 여자 대단하잖아? 남편이 멀쩡하게 있는데도 어떻게 저럴 수 있지?"

나는 주재원들의 이야기를 들으면서 무심결에 호텔 창밖을 내다보았다. 창밖은 이제 막 땅거미가 내려앉아 어둑해지고 있었다. 파랗게 변한 거리에 함박눈이 내리는 풍경은 이제까지의 파리와는 다른 낭만적인 느낌을 보여 주고 있었다.

그 거리에 남녀 한 쌍이 서로 끌어안고 입을 맞추고 있었다. 비록 어두웠지만 남자는 키가 훌쩍 크고 긴 수염을 기른 중년의 동양인이었고, 여자는 한눈에도 알아볼 수 있는 여자였다.

나는 움찔 몸을 일으키려 했다.

"조선 여자치고 저런 여자가 있을까?"

"저 양반 묵는 호텔에서 아예 산다고 하던데?"

나는 그냥 자리에 앉아서 움직이지 않았다. 두 남녀는 길에 서서 서로 끌어안은 채 눈을 마주 보면서 다정하게 계속 속삭이고 있었다.

"남편은 알까?"

"알 리가 없지. 지금 독일에 있잖아."

남녀가 마침내 헤어지는 것 같았다. 남자는 코트 주머니에 손을 찔러 넣은 채 서서 여자를 바라보고 있고, 여자는 연신 손을 흔들면서 호텔의 현관으로 들어서는 모습이 보였다.

"외무성 돈으로 잘들 노는군."

"저 양반, 독립운동하는 조선인이라던데?"

"그런데 어째서 외무성이 돈을 대 주나?"

"포섭됐잖아. 후테이센진[불령선인(不逞鮮人)]들을 회유하러 다니는 거지."

"외무성에서는 저 여자랑 여자 남편한테도 돈을 대 준다

176

던데."

"완전히 우리 편으로 만들겠다는 거지."

남자가 돌아서서 걸었다. 덕분에 나는 남자의 얼굴을 정확하게 볼 수 있었다. 그리고 나도 모르게 쓴웃음을 지었다.

저 인물은 더러운 인물이다.

최린. 외무성에서는 저 인물의 일거수일투족을 다 꿰뚫고 있었다. 삼십삼인 가운데 한 사람으로 이름을 내거는 등 독립지사로 알려졌지만, 주재원들의 말 그대로 사실은 일본 외무성의 끄나풀이었고, 조선총독부의 끄나풀이었다. 저 남자는 일본 정부가 대 주는 자금으로 외국까지 돌아다니면서 독립지사들을 접촉하며 회유하고 있었다.

혜석이 로비로 들어섰다.

나는 천천히 일어나서 문 쪽으로 걸어 나갔다. 나를 바라보는 시선이 등 뒤로 느껴졌다. 아마도 저놈은 또 뭐야 하는 시선들일 것이다.

"앗, 사토 씨!"

혜석은 나를 발견하고 활짝 웃었다.

혜석의 다락방에서 내려다보이는 지붕들에 눈이 내려 쌓였다. 나는 창가에 앉아서 혜석이 준 사과로 만든 브랜디를 마시고 있었다. 혜석은 침대에 걸터앉아서 마냥 천진한 얼굴로 나를 바라보면서 키득키득 웃었다.

"사토 씨는 나하고 정말 전생에 뭔가 인연이 있었나 봐. 여기서 이렇게 만나게 될 줄은 몰랐어."

"남편 따라 독일에 가 있지 않고……."

"난 파리가 더 좋아."

"제네바에도 갔었나 보지?"

들은 바가 있어서 물었다. 여기 주재원들이 떠드는 소리를 듣다 보면 혜석에 대해서도 알 수 있는 게 있었다.

"응, 거기서 폐하도 만났어. 어디서 들었어?"

"아, 주재원들이 이런저런 이야기를 하는 중에 영친왕 이야기도 나왔어."

혜석은 술잔을 입에 가져다 대며 피식 웃었다.

"그게 일본 사람들 가운데에서도 화제가 되나?"

"민감하지."

"민감할 만한 일이 아닌데?"

나는 공연한 이야기를 꺼냈구나 싶었다. 조선인들의 자존심에 관한 문제다.

"파리에서 그림 공부 좀 하는 거야?"

"아니. 별로 그리지 못했어."

나는 대화를 끊고 그녀를 바라보았다. 무언가 내가 궁금해할 것에 대해서 말해 주기를 바랐다.

"아까 그 사람 봤어?"

나는 고개를 끄덕였다.

"그 사람 알지?"

"응. 뭐 잘은 모르지만."

"여기 유학생들이 많이 따르는 독립지사야."

그건 궁금한 게 아니다.

"나, 그 사람과 바람피우는 중이야."

혜석의 얼굴이 붉어졌다. 눈은 더 반짝이고 입술에서 윤기가 돌았다.

"아주 멋지고 남자다운 사람이야. 처음에는 이게 존경인지 사랑인지 분별하지 못했는데. 그 사람에게는 사람을 끌어당기는 설명할 수 없는 이상한 힘이 있어. 물론 그 사람을 존경하고 따르는 사람이 나 하나만은 아니지. 조선에서 온 유학생들은 모두 그 사람의 가르침을 받으려고 드니까."

나는 아무 내색도 하지 않았다. 그 사람에 대해서 내가 이러니저러니 내 나름대로 정보를 말해 주는 건 옳은 일이 아니라고 생각했다. 공연히 그녀의 가슴을 아프게 할 이유는 없는 거다. 혜석이 눈을 빛내며 물었다.

"그 사람의 연설 들은 적 있어?"

그에 대해서라면 알 만큼 안다. 외무성에서나 총독부에서 그의 사람됨이나 내력을 알고 있고, 그의 연설을 분석까지 해서 보고서로 작성되었다.

"들어 보았어."

"그럼 알겠네. 그 사람에 대해서."

"총독부에서 관심이 있지."

"그렇겠지? 독립지사인 줄은 알지만 천도교 교령이니까 함부로 대하지는 못해."

나는 혜석을 바라보면서 새삼스럽게 그녀가 화가라는 걸 인식했다.

예술가구나. 이렇게 천진하고 세상 물정 모르는 게 바로 예술가구나. 어느 한쪽만 성장하는 천재들의 비극이 여기에 있는 건 아닐까.

"그래도 파리에 있는 만큼 그림에 좀 더 신경 쓰지 그래?"

"그림?"

"좋은 기회잖아."

"그렇지?"

혜석은 들떠 있었다. 예전의 투쟁적이고 이성적이던 모습은 좀처럼 찾아볼 수 없었다. 대신 무척 행복해 보였다. 마치 저 옛날 최승구와 사랑에 빠졌을 때처럼 그녀는 생기 있고 반짝거렸다.

나는 그녀의 행복이 마음에 들었다. 그래, 저렇게 해서라도 행복하기만 하다면.

그게 착각이든 아니든 상관없었다. 그 남자가 내가 아는 이중적인 행위를 혜석에게까지 이용한다 쳐도 상관없었다. 어느 때는 진실이 꼭 필요하지 않을 수도 있는 법이다.

"어디서 묵고 있어?"

"하숙하고 있어."

"오늘은 여기서 실컷 마시고 놀자."

혜석은 진열장에서 코냑을 한 병 더 꺼내더니 주방에서 이것저것 안주를 만드느라 부산을 떨었다. 요리하고는 거리가 먼 여자로 알았는데, 제법 먹을 만한 안줏거리를 만들었다.

"나 이제 어느 나라에 가든 거기 재료로 먹을 걸 만들어. 먹어 봐."

내가 안주를 집어 먹자, 혜석이 내 얼굴을 바라보면서 키득키득 웃었다.

"그러고 보니 내가 사토 씨 먹을 거 만들어 주는 게 처음이네? 그렇게 오래 알았는데 난 왜 사토 씨한테는 맨날 신세만 졌을까?"

"난 그런 기억이 없는데?"

그녀는 술잔을 든 채 내 곁으로 오더니, 내 어깨에 등을 대고 비스듬히 앉았다. 성숙한 여인네의 체취가 훅 밀려들었다. 창틀에 올려놓은 그녀의 맨다리가 드러나 나를 움찔하게 했다.

먼 옛날이 기억났다. 내 무기력한 인생에 그래도 살아갈 힘을 주던 그날 밤의 일이 생각났다. 그리고 다시 나를 무력감에 빠지게 하던 그 이후의 많은 나날이 생각났다.

그래도 절대 헤어나지 못하게 하는 여자. 그 눈빛만으로도 다시 어떻게 해서든 지척에라도 머물고 싶게 만드는 여자.

"그런데 사토 씨는 왜 이렇게 떠돌게 된 거야? 외무성에서 잘 지내고 있을 줄 알았는데."

"그냥……."

그냥 떠났다고 하고 싶었다. 그런데 술기운 때문이었을까, 나도 모르게 눈에 눈물이 고였다.

나는 왜 떠돌게 되었나.

그녀가 알아채지 못하게 고개를 돌려 창밖을 바라보았다. 눈이 내리는 파리의 야경을 바라보면서 애써 감정을 삭였다.

"사토 씨?"

혜석이 내 얼굴을 잡아서 자기 앞으로 돌렸다. 나는 당황해서 억지로 웃으려고 했지만, 이미 그녀에게 내 두 눈에 고인 눈물을 보이고 말았다.

"무슨 일이 있었던 거야?"

"관동 대지진 후에 그냥 떠났어."

혜석이 내 얼굴을 들여다보며 눈물을 닦아 주고 돌아앉아서 내 머리를 두 팔로 감싸 안았다. 나는 어린아이가 된 듯한 기분으로 그녀의 가슴에 안겨서 소리 없이 울기 시작했다.

설명할 수 없는 슬픔이 내 안에서 복받쳐 올랐다. 근원도 알 수 없는 서러움이 밀려들어서 주체할 수 없도록 눈물이 솟구쳤다.

혜석은 말없이 내 울음을 받아 주었다.

화가와 화가

　　이틀이 지난 날 아침 나는 고물 승용차 한 대를
빌렸다. 혜석이 자동차로 야외에 나가고 싶다고 했기 때문
이었다. 최린은 바쁘게 돌아다니고 있었고, 김우영은 김우
영대로 공부로 바빴기에 혜석은 그 사이에 파리 근교를 돌
아다니고 싶어 했다. 나는 기꺼이 그녀의 운전기사가 되어
주었다.

　혜석은 짙은 검은색 프록코트에 목도리까지 두툼하게 두
르고 나타났다. 아마도 추위에 단단히 대비하는 듯했다. 그
리고 양손에는 무거운 미술 도구가 들려 있었다.

　"그림 그릴 거야."

　"아, 그래서 근교로 나가자고 했구나."

　"사토 씨는 이제 그림 안 그려?"

나는 차 문을 열어 주면서 쓰디쓰게 웃었다. 오래되었다. 붓을 놓은 지 너무 오래되어서 내가 화가라는 사실조차 잊어버리고 있었다.

"같이 그리자."

차에 올라탄 혜석이 내게 응석 부리듯 말했지만 나는 아무 대꾸도 하지 않았다.

"응? 사토 씨, 사토 씨도 화가잖아."

나는 운전석에 앉아서 잠시 그녀를 돌아보았다.

"왜?"

혜석은 물끄러미 바라보는 내게 애교를 부리듯 쌩긋 웃어 보였다.

'사토 씨도 화가잖아……'

그래, 나도 전에는 화가였다. 아니, 지금은 그리지 않고 있지만 그래도 나는 화가다. 그 순간 문득 나도 그녀처럼 그림을 그리고 싶다는 충동을 느꼈다.

나는 차를 급하게 돌려 다시 내 하숙집으로 달려갔다. 그리고 그녀에게 잠시 기다리라고 한 다음 내 오래된 화구들을 챙겨 와서 차 트렁크에 실었다.

혜석은 다시 차에 타는 나의 목을 끌어안고 칭찬하듯 뺨에 키스해 주었다.

"사토 씨는 그림을 그려야 멋있어."

그 말은 내 가슴을 어린애처럼 뛰게 했다. 그녀가 내게 그림을 그리기 원한다는 게 나의 그림에 대해 빛바랜 동경을 다시 되살려 냈다.

한때는 인생 전체를 걸었던 그림이다.

"왜 붓을 놓았던 거야?"

"그냥. 아름다운 게 아무것도 보이지 않아서."

"사토 씨는 좀 염세적인 것 맞지?"

"꼭 그런 건 아니지만……."

"아나키스트에다가 지독한 휴머니스트에다가 로맨티시스트에다가……. 하여튼 복잡한 사람이야."

"그렇게나……."

"그러니까 사토 씨는 그림을 그릴 자격이 있어."

나는 그녀의 말이 주는 의미를 이해했다. 험한 세상을 살아가기에는 무언가 부족한 인간으로 이해되고 있다고 느껴졌다.

"어쩌면 인류 최초의 화가들은 무언가 사회에 부적응한 사람일 수도 있어. 무언가 문제가 있어서 동료들과 함께 동굴 밖으로 나가 싸우거나 사냥을 하거나 하지 못한 거야. 그러니 자연스럽게 동굴 벽에 낙서하기도 하고, 자기에게 사냥한 고기를 나누어 주는 동료의 비위를 맞추느라 그림도 그리고 그런 거 아닐까?"

나에게 장애가 있다고 하면 맞는 말일 것이다. 나는 보통 사람들처럼 세상과 쉽게 섞이지 못하는 심각한 장애를 안고 있다.

어찌 보면 혜석도 장애가 있을 것이다. 세상보다 뒤처지기 때문에 장애인 것은 아니다. 세상을 너무 앞서가도 확실하게 장애로 인정된다.

혜석이 뜻밖의 제의를 했다.

"교외로 나가서 호텔을 얻을까? 아니면 가정집을 얻어도 좋고."

"글쎄, 강가에서 방갈로를 빌릴 수는 있을지도 모르겠는데?"

"이 겨울에 문을 여는 방갈로가 있을까?"

"화가들이 모여 사는 도시 변두리에는 사시사철 쉽게 빌릴 수 있는 집이 많아."

"역시 파리구나."

우리는 생각보다 더 쉽게 집을 빌릴 수 있었다. 화려하지는 않았지만 오밀조밀하게 꾸며진 집이었다. 집주인은 동양에서 온 화가 커플이라 지레짐작하고 아주 좋아했다. 창에서 바라보는 풍경을 입에 침이 마르게 자랑했고, 주방과 작업실로 사용할 수 있는 마루방을 쓸모가 많다고 치켜세웠다.

작은 주방과 아담한 침실까지 갖춘 집이었다. 거실에는 운치 있는 벽난로와 작지만 포근한 소파가 놓여 있었고, 창밖으로 보이는 거실 뒷마당에는 아주 깔끔하게 가꿔진 정원이 있었다.

한 달을 머물기로 하고 돈을 치렀다. 그리고 마음속으로 기도했다. 정말로 그녀와 한 달 내내 아무 탈 없이 함께할 수 있기를.

짐을 대충 정리한 다음 거실에 화구를 정리해 놓고, 먹을 것을 사다가 주방에 쌓았다. 팔짱을 끼고 이것저것 사러 다니는 기분은 내가 이 세상을 살아가면서 어느 순간에도 맛보지 못한 행복한 기분이었다.

집 안 청소까지 마무리한 다음 화구를 들고 앞마당으로 나가 보았다. 골목 아래쪽으로 화가들이 모여 사는 거리가 내려다보였다.

"여기서 시작할 거야."

혜석은 풍경을 바라보면서 약간 들떠 있었고 도전적인 표정이 되었다.

"난 파리가 아주 좋아."

저녁을 준비했다. 동서양식이 혼합된 음식들을 둘이 즐겁게 낄낄대며 함께 만들었다. 식탁 위에 음식들을 차려놓고 촛불을 켰다. 백포도주를 마시면서 서로가 좋아하는 화가에 관해서 이야기를 나누었다.

"난 야수파가 좋아. 앙리 마티스 같은 화가. 우선 강렬하잖아? 파리에 와서도 야수파인 비시에르 선생님을 자주 찾아뵙고 조언을 많이 들었어."

"성격대로네."

"그런데 사토 씨는 염세적이면서 어째서 그림은 그렇게 밝은 거야?"

"세상이 어두우니까."

"역설적으로 반대로 그리는 건가? 아니면 그렇게 밝고 아름다운 세상에 대한 희망?"

"아냐, 그런 거창한 의미가 있는 건 아냐. 다만 이 세상과 그림은 다른 세상일 뿐이야. 그림은 나만의 세계거든."

웃고 떠드는 사이에 배가 불러오고 취기도 올랐다. 혜석도 취기로 얼굴이 붉어졌다.

"이제 자야겠다. 내일은 아침 일찍 그림 그리러 나가야 하니까."

나는 식탁에서 일어났지만 어떻게 잠자리를 마련해야 할지 몰라서 모호한 표정으로 혜석을 바라보았다. 혜석이 일어나더니 내게로 다가왔다.

"자러 가자니까."

혜석은 내 옷깃을 잡아서 자기 쪽으로 끌어당겼다. 나는 더 참지 못하고 그녀를 와락 끌어안았다. 그리고 길고 긴 입맞춤.

입을 맞추면서 서로의 옷을 벗겼다. 벗긴 옷을 사방에 팽개치고 서로 끌어안은 채 비척대면서 방으로 들어갔다.

서로의 알몸을 끌어안고 방바닥을 뒹굴었다. 그녀의 두 다리가 강하게 내 하체를 휘감고 두 팔이 부드럽게 내 등을 감쌌다.

온몸의 세포가 깨어났다. 깊고 깊게 그녀의 몸 안으로 들어갔다. 그녀의 모든 것, 몸과 마음과 그녀의 영혼까지 집어삼키고 싶었다.

다음 날부터 일찍 일어나서 화구를 들고 밖으로 나갔다. 추위에도 그녀는 저녁 어스름이 몰려들기까지 화구를 걷지 않았다. 그녀는 그리고 또 그렸다.

그녀는 마치 최린이나 김우영을 잊기라도 하려는 듯이 그림에 함몰되어 갔다. 두 남자 중 누구도 그녀에게서는 이미 날아가 버린 듯했다. 물론 내가 곁에 있다는 것도 잊은 것처럼 보였다.

나는 그게 싫지 않았다. 그녀의 가치는 그녀가 그림을 그릴 때에 살아난다. 나는 그녀의 몸과 마음보다 더 그녀의 그림을 사랑했다. 붓을 들었을 때 그녀의 모습은 알몸으로 내게 애교를 부릴 때보다 더 매력적이다.

나도 몇 년 만에 다시 그림을 시작했다. 그녀와 함께 그림을 그리고 그림에 관해서 이야기를 나누고 화가들에 관해서 이야기를 나누는 것이 내게는 꿈만 같은 순간들이었다.

저녁 어스름이 몰려들고 견디기 어렵게 추위가 몰려오면

우리는 화구를 챙겨 들고 나란히 얻어 놓은 집으로 갔다. 그리고 음식을 만들고 저녁과 함께 술을 마시면서 길고 긴 이야기에 빠져들었다.

가끔은 서로 우울한 현실에 관해서도 이야기를 나누었다. 조선 사회가 여성을 대하는 태도라든가, 일본의 제국주의를 모방하는 멍청한 짓거리 따위의 불만을 서로 주고받았다.

가끔 저녁을 먹기 전에 그녀가 집주인의 전화를 빌려서 누군가에게 전화하고는 했지만, 그리고 그늘진 얼굴로 돌아오고는 했지만 나는 모른 체했다.

그녀와 그림을 그리고 서로의 세계를 나누는 것만으로 나는 행복했다. 그녀가 누군가를 기다리고 소식을 원하는 건 내게 아무 문제가 되지 않았다.

우리는 저녁을 먹은 다음에는 다시 화구를 펼쳐 놓고 그림을 그리거나 책을 읽었다. 나는 그녀의 글 쓰는 모습을 좋아했다. 그녀는 그림만이 아니라 글을 정말 잘 썼다. 내가 조선 글을 배운 것이 천만다행이었다.

만일 조선 글을 배우지 못했다면 그녀의 주옥같은 글들을 읽지 못했을 것이다. 그리고 그녀의 그림과 글에 대해서 남들과 같은 정도로만 알았을 수도 있다.

그러나 그녀와 먹고 자고 그림을 그리고 지내면서 그녀의 글을 읽고 그녀의 그림을 보는 건 전혀 다르다. 게다가 그녀

와 끝없이 대화를 나누는 행운은 아무나 쉽게 가지는 것이
아니다. 나는 그녀의 인생을 알고 사랑과 미움과 설움도 알
았다.

　그러면서도 한편으로는 언제나 불안을 느끼면서 지냈다.
오늘일지 내일일지 모르지만, 그녀는 소식이 오면 떠날 것
이라는 사실이다.

　"그 사람이 오래."

　"응?"

　"바쁜 일들이 대충 마무리되었다고 이젠 와도 된대."

　함께 지낸 지 열흘이 지난 어느 날 오후에 그녀는 흥분한
얼굴로 달려와서 말했다.

　나는 담담하게 받아들였다. 언제고 일어날 일이었고,
너무 빨라서 실망스러웠지만 내 욕심대로 하자고 보챌 수
는 없었다. 그녀에게는 강요가 통하지 않는다는 걸 난 잘
알고 있었다.

　그녀에게 있어서 나는 친구니까.

　"여기 아주 좋으니까 돈 미리 낸 만큼은 지내야지?"

　나는 아무 대답도 하지 못했다.

　"혼자 남아서도 그림 계속 그릴 거지?"

　"그래."

　나는 실망감을 애써 감추고 고개를 끄덕였다.

"데려다 줄게."

나는 그녀의 짐을 챙기고 화구와 그린 그림 따위를 정리
해 주었다.

"최린, 그 사람에 대해서 어떻게 생각해?"

차로 최린이 묵고 있는 호텔로 데려다 주는 도중에 혜석
이 물었다.

"별로 생각해 본 일이 없는걸."

나는 얼버무렸다.

"질투하는 거 아니지?"

대답할 게 없었다. 어떤 대답을 원하는 걸까.

"우린 그런 사이 아니잖아?"

"내 생각이 문제가 아니라, 혜석 씨가 나중에 실망할까
봐 두렵다."

"응? 어째서?"

"글쎄 그냥. 그다지 정의로운 사람 같지는 않아."

"독립운동을 하는 사람인데? 사토 씨가 일본 사람이라
서 그런가?"

난 그저 웃어버렸다. 내가 국적에 의미를 두지 않는 아나
키스트라는 걸 모를 리 없는 혜석이 하는 말로는 이상했
다. 왜 이렇게 남자 문제에 관해서만은 앞뒤를 재지 못하는
지 이해하기 어려웠다.

차에서 내리면서 그녀는 나를 미안한 듯 바라보다가 말 없이 돌아섰다.

나는 호텔로 바쁘게 들어가는 그녀의 뒷모습을 바라보면서 한없는 슬픔을 느꼈다.

왜 천재들은 균형 잡힌 생각을 하지 못하는 걸까.

머나먼 길

　　그녀는 얼마간 파리에 더 머물렀고, 나도 그녀가 파리에 있는 동안 파리에 머물고 있었다. 하지만 그동안에는 그녀를 만날 기회가 그다지 많지 않았다. 그녀는 최린과 내가 같이 만나기를 권하기도 했지만, 나는 그 사람과 엮일 마음은 추호도 없었다.

　물론 그녀의 행복한 한때를 응원해 주고 싶은 마음은 있었어도 지척에서 그들의 만남을 바라볼 때의 불안감만은 어쩔 수가 없었다.

　그런데 정작 문제는 그녀의 어이없는 글에서 비롯되었다. 그렇지 않아도 김우영의 귀에도 들어갈까 두려운데, 그녀가 난데없이 잡지에 기고한 글에 속내를 드러내 버리고 말았다.

'외도를 하는 것은 부부 사이를 더욱 활기차고 좋게 만들 수도 있다.'

그야말로 조선을 발칵 뒤집을 만한 글이었다. 그런 글이 실렸다는 것을 그녀가 당당하게 내게 말했을 때, 나는 직감적으로 그녀에게 엄청난 후폭풍이 닥칠 것을 짐작하고 있었다.

파리를 떠나기 전 나는 마지막으로 혜석을 만났다. 혜석이 머무는 호텔에 기별해 놓고 이틀이 지난 후에야 그녀와 로비 라운지에서 마주 앉을 수 있었다.

만나자마자 나는 그녀가 쓴 글 이야기를 꺼냈다.

"너무 과하게 표현한 것 아닐까?"

"뭐가? 내 하고 싶은 대로 말하는 게 작가 아닌가? 글을 쓰면서 속에도 없는 말이나 쓰기는 싫어."

"때에 따라서는 안 쓰는 수도 있지."

"그러려면 글을 왜 발표하는 건데?"

할 말이 없었다. 이게 바로 그녀와 나의 차이이고, 그래서 나는 그녀의 남자가 될 수 없는 거다. 나는 그녀의 세상을 이해할 수도 없고 이해한다고 해도 같은 길을 걸을 자신도 없다.

"난 앞으로도 내가 생각하는 것을 언제든지 행동으로 말로 글로 보여 줄 거야."

"뭘 보여 준다는 거야?"

"누군가가 먼저 걸어가야 하는 길이라면 내가 걸어가겠다는 거지."

"혜석 씨는 겁도 안 나?"

"겁은 나지."

혜석은 씁쓸하게 웃었다.

"안 무서운 척하지만, 사실 나…… 무서워."

"그럼 못 이기는 척하고 그냥 즐기기만 해도 되지 않을까?"

충분히 즐겨도 된다.

나는 달아나기 바쁘고, 그녀는 싸우느라 바쁘다. 세상과 싸워야 한다고 생각될 때, 세상이 바뀌어야 한다고 생각될 때 그녀는 싸우고 나는 달아난다. 그녀는 틀림없이 어마어마한 상처를 입을 것이지만 상처를 두려워하지 않는다.

그래서 나는 그녀의 남자가 될 수 없는 거다. 나는 무겁게 입을 열었다.

"나……."

"응?"

"미국 간다."

혜석은 물끄러미 나를 쳐다보았다.

"나 미국 사람 된다."

"아."

"우습지?"

"사토 씨가 그렇게 하고 싶으면 그렇게 하는 거지. 그런데…… 사토 씨는 아나키스트 아니었나?"

나는 쿡쿡 웃었다. 보통사람과 다른 게 아니라 그저 나 자신이 우스웠다. 나 같은 겁쟁이 놈이 무슨 사상이고 이상이 있을까. 나는 그저 달아날 뿐이다.

"이제 정말 한동안은 못 보겠네."

나는 슬그머니 혜석의 손을 쓰다듬었다. 혜석의 얼굴에 복잡한 흔들림이 스쳐 지나갔다.

"부럽다. 난 사토 씨가 부러워."

"부럽기는. 세상이 어떻게 변해도 뭐 나보다야 혜석 씨가 더 잘 살겠지."

"글쎄, 그럴까?"

혜석의 얼굴에 그늘이 드리워졌다.

"당연하지. 혜석 씨는 강하잖아? 이 세상 누구보다도 더 강하잖아."

"정말 그럴까?"

혜석이 창밖을 바라보면서 쓸쓸한 미소를 지었다. 문득 어쩌면 그녀도 이 세상이 힘들어서 지쳐가고 있는 것은 아닐까 생각했다. 누군들 이 세상이 쉬울까.

"난 달아나지만, 혜석 씨는 달아나지 마."

"함께 달아나지 못해 아쉽네."

서로 바라보면서 쓸쓸히 웃었다. 이제 정말 다시는 볼 수 없을 수도 있다는 예감에 가슴속이 세찬 바람 앞에 놓인 가녀린 나뭇가지처럼 흔들렸다.

"아쉬워하지 마."

우리는 호텔 현관에서 깊은 눈길로 서로를 마주 보며 악수를 하였다. 웃지도 않았고 울지도 않았다. 오랜 친구였지만, 친구로 세상을 살아가면서 해 줄 수 있는 건 아무것도 없었다. 내게는 타인에게까지 무언가를 해 줄 수 있는 능력이 없었다.

나는 나 하나도 어찌할 바를 모르는 놈이다. 그래서 세상으로부터 달아나려는 놈이다. 한마디로 보탬이라고는 되지 않는 놈이다.

"잘 가."

"잘 지내."

나는 돌아서서 현관문을 밀치고 나섰다. 찬바람이 눈발을 몰고 가슴속을 횡하니 파고들었다. 춥고 외로웠다. 한겨울의 파리는 너무 춥고 삭막했다.

뒤에 아직 그녀가 서 있을 수도 있지만 뒤돌아보지 않았다. 그저 어둠과 눈발로 삭막하기만 한 거리를 뚜벅뚜벅 걸어갔다.

그렇게 나는 미국으로 떠났다.

폐허

    내가 혜석을 본 것은 그때가 마지막이었다. 파리의 작은 호텔에서 서로 악수를 하고 돌아선 그날을 잊을 수는 없었지만 그렇다고 해서 다시 그녀에 대해서 알아보거나 접근하려고 애쓰지 않았다.

    그녀에 대한 소식도 들을 수 없었다. 나는 미국 한복판에 있었고 미국의 거대한 뉴욕이라는 도시에는 동양의 작은 나라에서 일어나는 일들까지 속속들이 전해지지는 않았다.

    게다가 나는 조선인들과는 전혀 접촉할 수가 없었다. 머나먼 미국 땅에서 조선인들은 자신들의 나라를 땅따먹기하듯 삼켜버린 일본인들과 서로 친하게 지낼 수가 없었다.

    간혹 시류에 편승해서 의도적으로 일본인인 나를 가까이 하려는 사람들도 있었지만 그런 인물들은 내 쪽에서 피했다. 그리고 나는 될 수 있는 한 일본인들도 피했기 때문에 내 주변은 온통 미국인들뿐이었다.

그래도 외로움을 느끼지는 않았다. 집안과 교류를 완전히 끊었기 때문에 먹고사느라 정신이 없었다. 게다가 일본에서부터 알던 미국인과는 전혀 접촉하지 않아서 먹고사는 일이 더욱 힘겨웠다.

겨우겨우 자리를 잡고 세끼 밥을 찾아 먹을 수 있게 되기까지 너무 힘이 들었다. 내 팔자가 그래서인지 결국 일하게 된 곳은 미국의 국무성이었다.

제대로 된 직책은 아니고 그저 허접스러운 일본어로 된 서류나 조선어로 된 서류를 번역하는 비정규직이었다.

그렇게 자리를 잡고 혼자 천천히 늙어가는 것이 외롭고 서러웠지만 내게는 너무 어울린다고 생각했다. 나 같은 위인에게 어울리는 일이라고 생각했다.

가끔 혜석이 생각나면 외로움이 뼛속까지 사무쳐서 싸구려 위스키의 힘을 빌려야만 했지만, 그건 그냥 집착이다 싶었다. 그건 내 젊은 날의 비겁하고 나약한 자신에 대한 미련이고 집착일 뿐이라는 걸 잘 알았다. 나는 누구보다도 나 자신의 비겁함을 잘 알았다. 그래서 내게 어울리게 외롭고 쓸쓸하게 타국 땅에서 그냥 늙어 죽기를 바랐다. 그러나 우습게도 세상은 나 같은 비겁한 놈 하나조차 내버려두고 눈감아 주지 않았다.

1931년, 일본은 미국의 진주만을 기습 공격했다. 그로 인해서 미국과 일본은 기나긴 전쟁에 돌입했다.

그 여파로 일본인들은 미국 내의 수용소로 모두 격리되었고, 나는 수용소와 미국 정부 사이에서 통역과 물품 관리를 하는 괴로운 일을 해야만 했다.

수용소에서 같은 일본인들과 함께 생활하면서도 나는 그들과 이질감을 느껴야 했고, 그렇다고 미국인들과도 친해질 수 없는 상태로 지내야만 했다.

그렇게 전쟁은 길고 지루하게 계속되었다.

1945년, 일본은 무조건 항복을 선언했다. 벌써 졌어야 하는 전쟁이었는데, 일본은 수많은 천황의 신민들과 식민지의 생명을 전장으로 내몰면서 버티고 또 버텼다.

전쟁이 끝나고 수용소가 철거될 때 이번에는 내게 일본에서 근무하지 않겠느냐는 제의를 해 왔지만 딱 잘라 거절했다. 다른 곳이라면 먹고살자고 갔겠지만 —이제는 미국이라는 나라에도 진저리가 났지만— 일본만은 돌아가고 싶지 않았다.

1950년, 이번에는 조선으로 가겠느냐고 제의가 들어왔다. 조선은 포화 속에 함몰되어 있었다. 북한은 1950년에 느닷없이 남한을 공격했고 같은 민족끼리 죽고 죽이는 살

육전이 전개되었다.

나는 며칠 고민한 후에 조선으로 가겠다고 했다. 독립을 되찾고 이제 공화국으로 막 첫걸음을 뗀 조선에 터진 전쟁이 내 관심을 끌었고, 내가 알던 조선 사람들도 내 마음을 동하게 했다.

특히 나는 여전히 혜석을 마음 한 귀퉁이에 간직하고 있었다. 아무리 이제는 머나먼 옛날에 알던 한 사람에 불과하다고 해도, 그녀는 쉽사리 내 가슴속에서 지워지지 않았다.

내 지나간 인생이 내게서 떠나지 못했던 것처럼, 두 번 다시 어느 여자도 사랑할 수 없었던 나는 여전히 그녀를 지우지 못했다.

그렇게 해서 미 국방성 소속의 군무원이 되어서 포화 속에 휩쓸려 있는 조선으로 향했다.

1950년 여름, 조선은 전쟁의 소용돌이에 휩쓸려 있었다. 북쪽의 공산주의자들은 쉽게 전쟁을 끝낼 수 있으리라 믿었던 것 같은데, 예상외로 한국은 쉽게 무너지지 않았다. 미국과 유엔이 대거 도우려고 나섰지만 그 시간 동안에 한국은 엄청난 대가를 치러야만 했다.

나는 그 대가를 치르는 중인 한국이라는 나라에 새로운 느낌을 받았다. 더 힘들어지고 더 고통스럽게 버텨 내는 중이었지만 적어도 일제에 나라를 잃었던 때보다는 나아 보였다. 피를 흘리면서 나라를 지켜 내는 건 성스러운 일이다.

어쩌면 긴 세월 동안의 핍박으로 인해 이 사람들은 강해진 것인지도 모른다. 힘 한 번 써보지 못하고 나라를 잃었던 기억이 이 사람들을 맹렬히 싸우게 했는지도 모르겠다.

내가 부산항에 도착했을 때, 부산은 꾸역꾸역 밀려들어오는 피난민들로 인산인해를 이루고 있었다. 민간인들과 군인들로 뒤죽박죽된 가운데 유엔군들도 속속 도착하고 있었다.

나는 한국인 영어 일본어 통역사들을 교육하는 일을 맡게 되었다. 내 한국어가 그럭저럭 쓸 만은 했는지 업무는 그다지 문제가 될 게 없었다. 이리저리 도망만 다니다가 결국 여러 나라의 말들을 조금씩 할 수 있어서 여러 나라 사람을 상대하는 업무에 유용하게 쓰였다.

그래도 원래가 직업에 애착이 없는지라, 한국 땅을 다시 밟은 내게 가장 먼저 가슴에 와 닿은 것은 무엇보다도 혜석의 소식이었다.

혜석은 서울에 살고 있었는데, 전쟁 통에 어떤 일을 당했는지 궁금했다. 하지만 당장에 서울 소식은 알 길이 없었다. 낙동강 북쪽은 인민군들에게 몽땅 점령당한 위태로운 상황이었기 때문이다.

물론 조금씩 반격을 하고는 있었지만, 여전히 유엔군은 제대로 힘을 발휘하지 못했다. 그래도 내 눈에는 절대로 바다로 밀려나는 일은 없어 보였다.

한국이, 그러니까 조선이 이렇게 열심히 싸우려고 하는 태도를 본 적도 들은 적도 없었기 때문이다. 조선 민족은 낙동강 가에서 어린 학생들까지 피를 뿌리며 고군분투하고 있었다. 조국을 위해 그렇게 열심히 싸우는 민족은 절대 패배하지 않는다고 나는 믿었다.

그래서 나는 그다지 위기를 느끼지 않고 있었다. 틈이 날 때마다 부산에서나마 아는 얼굴을 만날 수 없을까 하는 마음으로 피난민들이 있는 구역을 누비고 다녔다.

그리고 어느 날, 피난민들의 가운데가 아니라 바닷가에서 무료하게 책을 읽고 있는 남루한 양복 차림의 한 사내를 발견했다.

바닷가의 시멘트 계단에 다리를 꼬고 앉은 사내의 중절모는 그 끝이 해어져 있었고 안경다리도 철사로 연결한 탓에 끊어질 듯 끊어질 듯 매우 위태로워 보였다. 게다가 사내의 구두는 본래의 검은색 칠보다 벗겨진 부분이 더 많이 보였다.

나는 천천히 사내에게 다가갔다. 틀림없이 아는 얼굴이었다. 다만 아주 오래전에 보았을 것이다. 그래서 그의 직업이나 이름이 생각나지 않는 것뿐이다.

"저……, 선생님."

내가 말을 붙이자 사내는 깜짝 놀라서 쳐다보았다. 무언가에 겁을 먹은 듯한 사람에게서 나오는 그런 눈빛이었다.

"혹시 절 모르시겠습니까?"

사내는 잠시 멀뚱멀뚱 나를 바라보았다. 곧이어 눈길이 위아래로 내 행색을 훑더니 가느다란 목소리로 조심스럽게 물었다.

"잘 모르겠습니다만……. 미군 부대에 계시나요?"

"전 사토 야타라고 합니다."

"어, 사토 씨?"

깜짝 놀라 내 손을 잡던 그는 갑자기 주변을 두리번거렸다. 마치 내 이름을 크게 말해서는 안 된다는 듯한 몸짓이었다.

"우리가 어디서 만났지요?"

그는 내 질문에는 대답하지 않고 내가 일본 사람이라는 데만 신경을 쓰는 듯했다.

"아니, 어떻게 일본 사람이 여기에 온 겁니까?"

"전 이제 미국인입니다."

아. 사내는 표정이 확 밝아지면서 눈이 반짝반짝 빛났다. 어느새 어깨를 쭉 펴고 일어나더니 나를 보고 어색하게 웃었다.

"아, 그러시군요. 정말 잘 되었습니다. 하하."

뭐가 잘 되었다는 건지 모르지만, 사내는 자기가 누구라고는 말하지 않고 계속해서 내 손을 잡고 흔들며 내가 나의 모국을 버린 것에 대해서 축하를 해 주었다.

"우리가……."

"아, 선생님. 기억이 안 나십니까? 우리는 파리에서 만났었죠."

파리. 그 장소가 나오는 순간 나는 사내의 어깨를 부둥켜안고 빙글빙글 돌기라도 하고 싶은 심정이 되었다.

"그럼 선생님은……."

"전 기자였습니다. 지금은 전쟁 중이어서 별수 없이 이꼴을 하고 있지만……, 그때 전 최린 선생님을 취재하느라 갔었다가……."

아, 이제야 이 사람이 누군지 생각났다. 언제인가 최린과 혜석을 비롯한 여러 조선인이 모여서 만찬을 할 때에 우연히 지나치게 되었었다. 그때 혜석 덕분에 잠시 대화를 나누었던 사람 중 하나였다.

"그때 그 기자분이셨군요."

나는 혜석에 관해서 묻고 싶었다. 가슴이 약간 두근대는 것을 느꼈다. 아, 내가 아직도 그녀를 이렇게 잊지 못하고 있었구나 싶었다.

우린 바닷가의 조그마한 식당으로 자리를 옮겼다. 막걸리를 받아주면서 그녀에 대해서 차근차근 물어볼 작정이었다. 기자라면 그녀에 대해서 알고 있는 것이 있을는지도 모른다.

"말도 마십시오."

사내는 쓸데없이 고생한 이야기를 늘어놓았다. 해방되고 나서 친일로 몰려서 고생한 이야기를 하소연하듯 늘어놓았다. 나는 참을성 있게 그의 이야기를 들어 주었다. 마음속에서는 이제 혜석을 찾아 나서려면 어떻게 해야 하나, 그런 엉뚱한 계획들이 뒤엉켜 있었다.

혜석은 아주 멀리 있을 수도 있고, 바로 지척에 있을 수도 있다.

"선생님, 나혜석 씨는 어찌 지내고 있는지 소식을 혹시 아십니까?"

사내가 멈칫했다.

"도통 소식을 들을 수가 없어서 말입니다."

사내는 잠시 내 눈치를 보더니, 슬그머니 창밖을 바라보면서 한숨처럼 말했다.

"소식 없는 게 당연하죠. 죽은 사람에게서 무슨 소식이 나오겠습니까?"

쿵, 나는 갑자기 주변이 노랗게 변하면서 멀어져 가는 걸 느꼈다. 잠시 눈앞이 제대로 보이지 않았다. 아득히 먼 곳에서 사내의 목소리가 들려왔다.

"참 안타깝게 죽었습니다. 자세히는 모르지만 어디라더라…… 뭐 행려병자들 받아주는……, 뭐 정부에서 만들어 놓은…… 그런 곳에서 죽었다고 합니다. 행려병자라니 글쎄, 정말 그렇게 되었는지 어떤지는 모르지만……."

　구토를 일으켰다. 바닷가의 작은 술집 앞에서 토하고 또
토했다. 내가 왜 그렇게 토하게 되었는지는 알 수 없었다.
왜 그렇게 충격을 받았는지도 모른다. 그녀 곁에 있어 준 것
도 아니고 목숨을 걸고 사랑한 것도 아닌데, 어째서 그렇게
충격을 받은 거냐.
　사내와 헤어진 뒤 나는 멍하니 부산의 복잡한 시내를 걸
었다. 복잡하고 스산한 부산의 풍경들이 다가오고 멀어졌
다. 이제까지의 희망에 찬 땅은 이제 내 눈앞에서 사라지고
없었다.
　나는 갑자기 내 앞에 나타난 폐허 속에 서 있는 나를 발
견했다. 혜석이 사라져 버린 한국은 폐허 그 자체였다.

돋아나는 가시

정신 차릴 수 없는 날들이 이어졌다. 세계 각국에서 속속 장비와 병력이 들어오고 있었다. 인천상륙작전이 성공해서 이제는 북진을 시작하게 되었다.

나는 군속이고 후방 인원이어서 북진의 행렬에 끼어 있지는 않았지만, 여전히 바쁠 수밖에 없었다. 그런데 몸이 아프고 정신이 없어서 하는 일마다 실수를 거듭했고, 마침내 휴가를 내고 몸져누워 버렸다.

숙소에 누워서 며칠을 보내기 전에 바닷가에서 만난 사내한테 돈을 좀 주었었다. 다른 것보다 혜석과 아는 사람을 찾아내 달라는 부탁을 하기 위해서였다. 사내는 무척 좋아하면서 금방 수소문해서 알아보고 오겠다고 했다.

나는 사내를 기다렸다.

소식이 오지 않아서 궁금했지만, 몸이 아파서 도저히 움직일 수가 없었다. 아무 이유 없이 열이 오르고 자다가 보면 식은땀 가운데 깨어나고는 했다.

"차 기자라고 하는데요?"

한국인 군속이 와서 사내가 찾아왔음을 알려 주었다.

"아, 그래요?"

나는 아직은 완전하지 않은 몸을 일으켰다. 주섬주섬 옷을 걸치고 환자답게 비척거리면서 숙소를 나섰다. 가을이 깊어졌는데도 바람은 그다지 차갑지 않았다.

부대 정문 앞으로 학생들이 플래카드를 들고 행진하는 모습이 보였다. 이제는 활기가 살아나서 전쟁의 승리를 미리 즐기는 듯한 분위기였다.

정문 앞에서 서성거리며 서 있던 사내가 내게 달려와서 반갑게 인사했다.

"편찮으시다고요?"

"아, 예. 몸이 좋지 않았습니다."

"역시 충격이 크셨군요."

"성과 좀 있습니까?"

사내가 활짝 웃었다.

"있었지요. 나 여사의 유작까지 알아보았습니다."

"여기 부산에 있습니까?"

"아주 중요한 사람을 만나게 해 드리겠습니다. 찾아다니느라 얼마나 힘들었던지……. 아, 부산 전체가 엉망진창이 아닙니까?"

"감사합니다. 누구를 만나셨습니까?"

"아, 어서 갑시다. 그런데 몸은……?"

"괜찮습니다. 어디로 가면 됩니까?"

"시내 책방거리에 있으니 걸어서 가도 됩니다."

나는 사내가 안내하는 대로 시내로 향했다. 부대에서 멀지 않은 곳에 책방들이 옹기종기 모여 있는 골목이 있었다.

골목 안의 허름하고 작은 어떤 책방으로 들어서자 사내가 말하던 사람이 앉아 있었다. 뜻밖에도 여자였다. 나이도 쉰 살 안팎의 중년으로 보였고, 전쟁 통에 고생한 흔적도 여기저기 묻어 있었지만, 어딘가 단아하고 기품이 있어 보였다. 혜석이 아직 살아 있다면 저 또래의 저 모습일까…….

"당신이 사토 씨군요."

뜻밖에도 그녀는 먼저 나를 알아보았다.

"저를 아십니까?"

"이야기만 들었지요. 사토 씨 그림도 본 적이 있어요. 한눈에 사토 씨인 줄 알아보겠네요. 전 혜석이 친구 정희라고 해요."

"아, 홍정희 씨. 맞습니까?"

나 또한 이름을 들은 적이 있는 혜석의 친구였다. 혜석의 도쿄 시절 친구는 아니었지만, 같은 수원 출신이고 소학교 때부터 친구라고 했다. 경성에서 생활할 때도 같이 교사 생활을 했다고 들었다.

"지금도 교편을 잡고 계십니까?"

"네, 천직인걸요. 다른 재주도 없고."

나는 주변을 둘러보았다. 어디든 단둘이 이야기할 곳으로 가고 싶었다. 그러나 남의 아내를 함부로 데리고 나갈 수도 없었다.

"남편분과 함께 어디든 가서……."

정희 씨는 쓸쓸하게 웃었다.

"피난길에 혼자 남았습니다."

아, 실수한 것 같아서 미안했다. 그러니까 남편이 피난길에 목숨을 잃었다는 이야기구나.

"그럼 잠시 시간을 좀 내어 주시겠습니까?"

"그러지요."

정희 씨는 책방 안에 대고 소리쳤다.

"오라버니, 나 잠시 나가요."

그러자 안에서 초로의 사내가 흘끗 고개를 내밀었다.

"그래라."

나는 사내에게 꾸벅 인사를 해 보이고 정희 씨와 함께 밖으로 나왔다. 차 기자는 다른 볼일이 있다면서 자리를 피해 주었다. 내가 단둘이서만 이야기하겠다고 못을 박았기 때문일 것이다.

나는 정희 씨를 데리고 보수동 큰길로 나서서 조용한 찻집으로 들어갔다.

피난 중이라고는 하지만 고급 찻집이나 요릿집에는 여전히 한국의 돈 많은 유지가 향락을 즐기고 있었다. 찻집이라면서 요리와 맥주를 팔았고 피난민들의 밑바닥 삶과는 거리가 먼 생활들을 했다.

칸이 작게 나누어진 방에 들어가서 요리를 시키고 맥주도 시켰다. 혜석의 친구라면 그다지 보수적이지는 않을 거로 생각했다. 한눈에 보기에도 다부지고 트인 성격으로 느껴졌다.

요리가 나오고 서로 말없이 맥주 두어 잔을 주고받은 후 그녀가 갑자기 물었다.

"왜 그렇게 연락을 끊으셨어요?"

나는 술잔을 만지작거리면서 머뭇거렸다. 항상 달아나기만 하는 내 못난 인생 탓이라고……, 그걸 꼭 말해야 하나.

"혜석이 힘들 때 많이 이야기했어요. 곁에 있으면 의논이라도 해 볼 텐데 하고……."

"전, 미국에 있었습니다. 거기서 수용소에 갇혀 버렸지요."

나는 변명을 하고 있었다. 애초에 파리에 있는 혜석을 남겨 두고 미국으로 가 버린 것인데 그렇게 말하지 못했다.

혜석 때문에 달아난 것은 아니지만 어쨌든 나는 내 한 몸을 누구도 알지 못하는 곳으로 실어 나른 것이니 그게 도망이 아니고 무엇일까.

"그러고 보니 아주 오래전 이야기네요."

정희 씨는 한숨을 쉬며 뒤로 기대앉아서 허공을 올려다보았다.

"혜석이가 서서히 무너져 내리는 모습을 곁에서 내내 지켜보았어요."

정희 씨의 얼굴에 쓸쓸한 미소가 떠올랐다.

"우리는 정말 하고 싶은 것도 많은 친구였어요. 지금 생각하면 어리석고 순진한 생각이었죠. 이 세상을 우리가 어찌해 보려고 드는……."

혜석이는 어려서부터 우리 중에서도 특별한 아이였어요. 우리는 무슨 일이든 스스로 이겨 내지를 못했지만, 혜석은 항상 이겨 냈어요. 학교도 제일 우수한 성적으로 마치고 도쿄로 유학을 간 것만 봐도 얼마나 지독스러운지 알 수 있죠.

학교에 다니던 시절에 벌써 신문에 글도 발표하고 이름도 여러 번 오르내리고, 우리는 따라갈 엄두가 안 나는 참 멋진 친구였죠.

그래도 우리는 혜석이 뒤를 따라서 우리도 그렇게 멋지

게 살아 내야지 우리도 여성 운동에 앞장설 거야. 그렇게 생각하면서 혜석의 흉내를 내려고 들었죠.

그런데 사실 그런 거, 어린 시절 꿈에 불과하잖아요? 조선 땅, 이 세상이 남자들 세상인데 그런 게 어림이나 있는 소리인가요?

모두 적당히 하고 말았죠. 적당히 세상과 타협하고, 적당히 남자들 눈치 보면서 살아가는 거죠. 참 모순이지만요, 여성을 위해서 나서서 떠들면 제일 싫어하는 게 바로 여자들이거든요.

혜석이는 그런 면에서 겁도 없이 달려들었죠.

처음 경성에서 여류 화가로 명성을 날리는데 ―그때는 사토 씨도 알 거예요― 혜석이 그러더군요.

'여성이니까 알아준다는 건 참 비위 상하는 일이네. 그렇지만 이렇게라도 해서 여성도 남자들 못지않게 뭐든 다 잘할 수 있다는 걸 보여 주는 거니까 나쁘지는 않은 것 같아.'

정말 그랬어요. 혜석은 남자들과 경쟁하는 마음으로 그림을 그렸어요. 그림에 대한 열정도 열정이지만, 가장 큰 건 여성으로서 모두가 보고 자각하도록 내가 가장 맨 앞에 나서겠다…… 내가 길이 되겠다…….

정말 혜석이는 그렇게 했어요. 그림과 글로 이 세상에 여성들의 목소리를 대변했죠. 생각은 했으나 입 밖에 내지는 못하는 말들, 금지된 말들을 세상에 대고 거침없이 해 댄 거예요.

그래도 웬일인지 처음에는 세상이 다들 박수를 쳐 주더군요. 미술계도, 언론계도, 심지어는 혜석이 신랑도 아낌없이 박수를 쳐 주고, 시집 식구들도 대우를 참 잘해 주었어요. 그런데 그게 존중은 아니었던 거예요.

그건 말하자면 강아지들이 재주를 부리면 잘한다고 칭찬해 주고 먹이를 주는 거나 다름이 없었다는 걸 아주 나중에야 알았어요.

집에 강아지 기르세요? 안 키우시는군요. 한번 키워 보시면 알아요. 강아지가 재롱을 떨면 귀여워하고 아껴 주지만, 마치 부모 형제라도 된 듯이 아껴 주고 사랑해 주지만 강아지를 똑같은 사람이라고 생각해 본 적은 없잖아요?

정말 남자와 여자를 동등하다고 생각하는 사람은 아마 한국 땅엔 없을 거예요.

난 일찌감치 그걸 깨달았어요. 그리고 순종했죠. 편하게 사랑받고 사는 법을 터득하고 아주 편안하게 사랑받으면서 살았어요.

억울해도 참고, 불공평한 걸 당연하게 받아들이면서 내게 주어진 것들이라도 잃지 않으려고 애쓰며 살죠. 나만이 아니라 우리 친구들 거반이 그래요.

그런데 혜석이만 다르니까, 그게 얼마나 남자들 눈에 싫겠어요? 게다가 자기들은 못 하는 걸 혜석이는 하니까 그게 같은 여자들도 싫은 거죠.

사람은 누구나 자기를 속이잖아요. 그래야 살아남죠. 자기 못난 걸 자기 스스로 감추는 거예요. 그리고 그게 맞는다고 자꾸만 자기한테도 최면을 걸어요. 그러면 정말 그게 옳게 느껴지는 단계가 와요.

그러면 그게 살아가는 힘도 되고, 또 남자들한테 사랑을 받게 돼요. 세상 사람들이 예뻐해 준다고요. 말 잘 듣는 노예를, 칭찬에 목이 마른 노예를 어느 주인이 싫어하겠어요?

누구나 그렇게 말하죠. 혜석이 먼저 잘못을 한 게 아니냐? 여자가 어디서 감히 서방질이냐? 남자가 한다고 여자도 하냐? 혜석이는 잡지에 당당하게 발표했어요.

'너희 사내들 웃기지 않냐? 자기네들은 계집을 몇 명이나 두고도 당연하게 여기면서, 여자가 다른 남자를 두면 난리를 치니, 너희들 위선 떠는 꼴이 가증스럽다.'

물론 혜석이도 어리석은 부분이 없지는 않아요. 아이를 처음 낳았을 때 황당한 글을 발표했죠. 세상에 대고 절대로 여성으로서 입에 담지 못할 이야기를 뱉어 버린 거예요.

'아이를 낳는 것이 지옥을 경험한 듯하고, 젖먹이를 키우는 것이 너무 고통스러워서 아이가 원수같이 보인다.'

이게 틀린 말은 아니잖아요? 여자라면 누구나 알 수 있어요. 게다가 혜석은 그림을 그리고 글을 쓰니까 아이로 인해서 힘이 더 들었겠지요.

사실은 혜석이처럼 다른 일을 하지 않는 여자들도 아이를 낳는 건 지옥을 맛보는 고통이고, 젖먹이 아이를 키우다 보면 매일 몸살이 날 지경이죠. 그건 세상 어느 여자나 다 공통의 고통이에요.

그런데 사회는 여자들이 그런 걸 입에 담으면 거의 경기를 일으키죠. 누가 반박했더군요. 그냥 반박이 아니라 혜석이를 마치 모성애도 없는 하등 동물처럼 취급했어요.

'모성애도 없는 어미가 사람인가? 아이를 낳고 기르는 것은 거룩한 일이다.'

혜석이는 자신에 대한 세상의 이런 질책에 지지 않고 대들었죠. 아이 낳는 여자 입장에서 말한 거다. 남자들이 여기에 대해서 말할 자격이 있느냐?

혜석이는 정말 그런 때는 바보천치 같았어요. 내가 편지로 엄청 나무랐죠.

'네가 천치 아니라면 그런 건 속으로만 생각해라. 나처럼.'

아 참, 미국 계셨다면서요? 혜석이 미국 갔었던 건 아세요? 우영 씨랑 같이 미국에 갔다가 별로 좋지 않았는지 곧바로 귀국했어요.

미국에서 유학생들이 우영 씨를 친일파라고 알게 모르게 손가락질하는 바람에 모욕을 많이 당한 듯해요. 뭐, 틀린 말은 아니지만, 우영 씨로서는 억울할 수도 있겠죠.

왜냐하면 만주 안동에 살 때도 사실 혜석이네 부부는 독립투사들을 많이 도왔거든요. 외교관 신분을 이용해서 무기도 감춰 주고 며칠씩 묵었다가 가게 하기도 했어요. 그리고 신분을 보장한다는 증명서도 발급해 주는 역할을 했거든요.

이런 이야기가 기분 나쁘지는 않죠? 사토 씨는 다르다고 듣긴 했어요. 혜석이가 그러더군요. 천황을, 아니 일본이라는 나라를 싫어하는 일본 사람이라고요.

아무튼 그 충격이 컸는지, 우영 씨는 귀국해서 일본의 외무성 자리를 거절하고 변호사로 일했어요. 사정이 좋지 않아서 우영 씨는 경성에 머물고, 혜석이는 동래 집에서 시집 식구들과 함께 아이들을 키우며 살았죠.

그때부터 일이 시작되었어요.

그런데 우영 씨 귀에 바로 혜석과 최린의 이야기가 들어간 거예요. 그게 누구인지는 확실하지 않으니 비난하고 싶지 않아요. 너무 여러 사람이 알게 했으니, 혜석이도 조심성이 없었던 거죠.

혜석이 유럽에서 바람피웠다고 해서 우영 씨는 참 많이 창피했겠죠. 하지만 그게 전부가 아니에요. 우영 씨가 이혼을 결심하게 된 건 다른 여자가 생겨서잖아요?

여자가 생기기 전에는 그냥저냥 경성에 머물면서 자기 마음대로 바람을 피우고 다니면서 잘도 지냈어요. 온갖 기생들이 우영 씨가 묵는 여관에 들락거리는 건 우리 친구들, 그러니까 우영 씨가 혜석이 남편이라는 걸 아는 친구들은 죄다 알았다고 봐야지요.

그렇지만 혜석은 동래에서 시집 식구들과 아이를 키우면서 거의 작품 활동도 하지 못했어요. 혜석이로서는 그런 생활이 정말 힘들었을 거예요.

그래도 혜석은 아이들 생각해서 잘 견뎌냈어요.

아이 키우는 고통을 글로 썼다고 해서 모성애가 없는 건 아니잖아요?

그즈음부터 우영 씨는 마침내 이혼하자고 혜석을 괴롭히기 시작했어요. 우영 씨에게 결혼할 여자가 생긴 거죠. 그냥 어울려 놀던 여자가 아니라 같이 살고 싶은 여자가 생긴 거예요.

혜석은 이혼 요구에 시달리기 시작했어요. 우영 씨만이 아니라 우영 씨네 집안 식구들이 전부 나서서 혜석이한테 이혼을 강요했어요.

시집 식구들이 번갈아 가면서 혜석을 괴롭혔죠. 동네 사람들이 들으라는 듯이 화냥년 아직도 버티고 있느냐는 둥 소리를 쳐가면서요.

게다가 시어머니는 아이들과 혜석의 사이를 갈라놓으려고 끼고 돌았어요. 혜석은 그야말로 적군에 사로잡힌 포로와도 같은 신세로 지내야 했죠. 과장이 아니에요. 지금 이 이야기는 전부 내 눈으로 본 것은 아니지만, 혜석이는 거짓말을 하지 않아요. 그래서 문제지만요.

그때는 정말 죽을 만치 힘들었대요. 우영 씨는 동래에 내려와도 혜석이가 사는 집에는 오지도 않고, 누이네 집에서 아이들만 불러서 보고는 그냥 올라가 버리고는 했다니까.

그러다가 결국 혜석이 손을 들었어요. 그래서 이혼 서류에 도장을 찍는 대신, 한 해 동안은 서로 재가하지 않기로 제안했어요. 일 년 후에 다시 만나서 서로가 진정이 되면 복원하자는 거였죠.

그렇게 해서 혜석은 이혼하게 된 거예요.

긴 이야기에 목이 타는지 정희 씨는 맥주를 몇 모금 들이 컸다. 나는 불쌍한 혜석의 얼굴을 머릿속으로 그리면서 물었다.

"최린 씨와는 어떻게?"

"결말을 물으시는 건가요?"

내 질문이 이상했는지도 모르겠다. 정희 씨는 모호한 표정으로 되묻더니, 어깨를 으쓱거렸다.

"혜석이는 남자 운이 없었어요."

그렇게 말하더니 다시 고개를 가로저었다.

"아니 뭐, 혜석이뿐만 아니라 우리 조선 여자들이 대개 다 그렇지만요."

나는 최린이라는 인물이 아주 오래전 처음 보았을 때부터 그다지 마음에 들지 않았다. 그에 대해서라면 어느 정도 아는 바가 있어서였다.

그는 한때, 그러니까 1919년에는 만세 운동에 연루되어 옥살이했지만 그 후로는 이미 변절해서 총독부의 숨겨진 쥐 노릇을 했다.

그에 비해서 김우영은 그래도 상당한 기간 나름대로 정신을 지켰다. 나중에야 따져 보게 된 거지만, 김우영이 변절하지 않은 기간은 혜석과 살던 때까지였다.

"최린이라는 사람에게는 씨를 붙여 주고 싶지도 않네요. 이혼하기 전의 이야기지만, 혜석은 경제적으로 너무 힘들고 어려운 상황이어서 도움이라도 좀 청해 볼까 하고 다시 만나기를 바란다고 편지를 보냈어요."

정희 씨의 얼굴에 화가 치밀어 올랐다.

"그랬는데 그걸 그대로 자기 친구를 통해서 우영 씨의 손에 들어가게 했어요. 생각해 보세요. 그냥 싫으면 안 받은 편지로 해 버리면 그만이지, 그걸 남편한테 전하는 심리는 무엇일까요?"

나는 어이가 없었다. 정말로 모르겠다. 그런 쓰레기 같은 심리에 대해서는 내 평생 모를 것 같다.

"그 일로 인해서 혜석이는 정말 엄청난 타격을 받았죠. 이혼에 대해서 변명도 못할 지경이 되었던 건 바로 그 일 때문이었어요."

정희 씨는 그렇게 말하다가 생각났다는 듯이 핸드백을 뒤졌다.

"난리 와중이라 상황이 어떻게 변했는지는 모르지만, 여기 이 번호로 연락 한번 해 보세요. 최린하고 관계는 이분이 잘 알아요."

나는 쪽지를 받아서 들여다보았다. 서울 전화번호였다. 그리고 변호사 사무실이었다.

"소완규가 누굽니까?"

"친구지요. 혜석이의 가장 친한 친구예요. 남매라고 해도 좋을……."

나는 전화번호 쪽지를 챙겨 넣었다.

"그러면 혜석 씨를 정희 씨가 마지막으로 본 것은 언제입니까?"

"혜석이 경석 오라버니가 사는 봉천에 가서 잠시 머물다가 돌아왔을 때에 나를 찾아와서 만났어요. 같이 서류를 만들려고 다녔지요."

"이혼 서류는 이미……."

"그나마 서약서가 있으니까 그걸 내밀려고 했죠. 동래의 재산이 전부 우영 씨 것만은 아니니까요. 그런데 양심 없이 맨손으로 나가라 하더군요."

"그래서 함께 다닌 겁니까?"

"그랬죠. 재산분할 문제로 우영 씨가 사는 곳을 찾아갔는데 이미 다른 여자를 새로 들이고 아이들까지 같이 살고 있더군요. 예상은 했었지만, 막상 눈앞에 벌어진 상황을 보니 이제는 정말 끝이구나 싶었죠. 나 역시도 이제는 더는 기대할 것이 없구나, 그렇게 생각했어요."

"많이 힘들었을 것 같습니다."

나는 가슴이 먹먹했다.

"그래도 혜석이는 씩씩했어요. 기가 죽지 않았죠. 내가 봐도 어이가 없을 정도로 씩씩했어요. 혜석이에게는 그림이 있었으니까 그게 힘을 주어서 견뎌 낼 수도 있고 기가 죽지도 않은 거지요."

모처럼 이야기하던 정희 씨의 얼굴에 화색이 돌았다. 마치 그 좋은 날들을 반추하는 것처럼.

"그때의 혜석은 누가 뭐래도 멋져 보였어요. 비록 혼자가 되었지만, 전혀 기죽지 않고 자기가 나선 인생을 한 점 후회도 하지 않고 화가로서 멋지게 살아갔어요. 그림을 그리려고 금강산에 들어갔어요. 그때, 금강산에 들어가던 때에 짐을 같이 챙기고는……, 그게 마지막이에요. 나도 조금 멀리 이사를 한 까닭에."

정희 씨가 웃으며 말했다.

"그런데 사토 씨는 이제 와서 뭣 하러 그렇게 혜석을 찾아다니시는 거죠? 어차피 이제는 이 세상에도 없는 사람인데……."

나는 쓰디쓰게 웃었다. 그리고 맥주를 마셨다. 몸이 아팠지만 술이 필요했다. 정희 씨 말이 맞다. 왜 찾아다니는가. 이제 와서 무슨 소용이 있나. 나는 어째서 이렇게 달아나기에만 바쁜 것일까.

무심결에 창밖을 바라보았다.

서울. 전쟁은 곧 끝날 것 같다. 그러니까 가서 찾아보자. 무엇을 찾아야 하는지는 모르겠다. 그리고 무엇을 원하는지도 모르겠다. 이유가 있어야 목적이 생긴다지만, 이유도 목적도 없다.

그저 그녀의 흔적이라도 찾아내고 싶다. 흔적이 내게 무엇을 주거나, 이미 이 세상 사람이 아닌 그녀에게 위안이 되지는 않겠지만, 아마도 흔적이라도 있어야 내가 살아가는 동안 그녀를 부여잡고 지낼 수 있지 않을까?

문득 일본에 가고 싶어졌다. 나와 그녀가 함께 여행을 다니던 곳. 이제는 달아나지 말아야지.

흔적

　　쉽게 끝을 내리라고 믿었던 전쟁은 그 후로 이
년을 더 질질 끌었다. 중국 공산군을 인식 못 한 것이 연합
군의 실수였다.

　팽덕회가 이끄는 중국 공산군은 연합군이 서울을 수복
할 때에 이미 만주에 45만이나 되는 병력을 이동시켜 놓고
때를 엿보고 있었다.

　그리고 연합군이 평양을 거쳐서 위로 올라가자 갑자기
물밀듯이 밀려 내려왔다. 소위 인해전술이라고 하는 두고
두고 유명해지는 전술인데, 파도처럼 밀려 내려오는 공산
군을 당할 길이 없었다. 게다가 낮에는 산속으로 숨어들어
서 움직이지 않고 밤이면 나타나서 조여 오는 전술도 연합
군에게는 낯선 것이었다.

전쟁은 지루하게 끌려가기 시작했고 1953년 여름이 되어서야 정전 협정이 맺어졌다. 이긴 것도 아니고, 진 것도 아니었다. 그렇다고 해서 끝이 난 것도 아니었다. 정전이었다. 나는 그 사이에 일본으로 건너갔다. 모국이지만 이제는 내 나라가 아닌 일본에서 내가 원하는 건 혜석과 함께했던 장소들이었다.

물론 가족을 만났다. 나이가 들고 나니까 가족이 그리워졌다는 게 아니라 그녀를 생각하면서 갑자기 가족이 그리워졌다.

외로워서라고 해 두는 게 좋을 것 같다. 갑자기 폐허처럼 변해 버린 세상에서 외롭고 힘들었다. 내 인생은 휴지 조각이 된 지 오래라는 걸 그녀의 죽음이 깨닫게 해 주었다.

나는 아무짝에도 쓸모가 없는 잉여 인간이다. 내가 이 세상에서 가장 사랑했던 사람에게조차 아무 도움이 되지 못한 인간이다.

그래도 외롭다. 쓸모없는 인간도 외로움은 느낀다.

세상은 재미있다. 이제는 완전히 몰락했어야 할 우리 가문은 전혀 기울지 않았다. 고생한 흔적들은 있지만 다른 상류층처럼 우리 가족도 생생했다. 한국 전쟁은 기회가 되어 주어서 상류층들은 아주 잠깐 사이에 또다시 상류층이 되었다.

아버지는 은퇴했지만 여전히 영향력을 행사하고 있었고 동생은 미군들과 군납 일을 하면서 지냈다. 이제는 권력보다 돈이라고 떠드는 동생이 한편으로는 자랑스럽기도 했다.

무슨 짓을 해서든 온 가족을 지키는 동생이 어쩌면 나처럼 휴머니즘이나 찾는 인간보다는 훨씬 쓸모가 있다고 느꼈다. 어쨌거나 자기가 보호해야 할 사람들을 지켜 내니까 말이다.

동생은 이제 미 국무성의 공무원이 된 나를 자기 일을 위한 대단한 스폰서라도 만난 것처럼 반겼다. 그 무렵 일본인은 누구나 미국인들과 연줄이 닿아야만 돈을 벌었기 때문이다.

나는 동생의 일을 도와서 —혹시라도 혜석의 그림이 아직 남아 있다면 구매할 요량으로— 돈을 좀 만든 후에 다시 한국으로 건너갔다.

서울은 이 세상 어디에서도 보기 힘든 처참한 몰골이었다. 서울에는 제대로 남아 있는 것이 없었고, 엉성한 천막과 얼기설기 지어진 바라크에서 수많은 사람이 살아남으려고 애를 쓰고 있었다.

부상당한 수많은 군인과 민간인들 외에 엄청난 고아들이 거리를 헤맸다. 미군은 구호물자를.실어 날랐지만 언제나 식량도 약품도 태부족이었다.

외국인들이 볼 때는 아시아의 어느 작은 나라에서 벌어진 민족 간의 전쟁 같지만, 사실은 삼차세계대전이나 다를 바가 없었다. 무려 300만이 죽은 전쟁이었다. 그리고 군인보다 민간인이 더 많이 죽은 처참한 전쟁이었다.

나는 서울에서 가지고 있던 소완규 변호사의 번호로 전화해 보았지만 ─물론 떠나기 전에도 해 보았지만─ 통화는 되지 않았다. 그래서 결국 그 번호의 주인을 찾아 헤매야만 했다.

이름을 수소문하고 그의 전화번호로 사무실이 있던 건물을 알아내서 가까스로 전화번호의 주인을 찾아낸 건 보름이 지난 후였다. 경찰력도 행정력도 거의 회복되어서 그나마 다행이었다.

전쟁 끝나고 불과 여섯 달 만에 모든 게 제대로 돌아가는 것이 대단해 보였다.

일월의 매서운 바람이 휘몰아치고 한강이 꽁꽁 언 추운 날이었다. 나는 어렵게 찾은 사람과 만나기로 약속이 잡혀 있었다.

소 선생은 넉넉한 호인으로 보였다. 젊어서는 아주 미남이었을 것 같았다. 일찍부터 변호사를 해서인지 행동이 점잖고 세련되어 보였다.

우리는 무교동 청주 집에서 창밖의 살풍경한 모습을 바

라보며 뜨거운 청주를 마셨다.

"사토 씨와 내가 교대해서 그녀와 친구가 되어 주었군요."

나는 씁쓸하게 웃었다.

"그다지 좋은 친구가 되어 주지는 못했습니다."

"아, 혜석 씨 이야기로는 그렇지 않던데요?"

"저야말로 소 선생님께서 진정한 친구였다고 전해 들었습니다."

소 선생은 고개를 가로저었다.

"저 역시 그 부분에서는 변변치 못합니다."

"최린을 고소해서 적잖은 돈을 받아내 주었다고 들었습니다."

"그랬지만……, 그게 과연 옳은 일이었나를 가끔 생각하고는 합니다."

소 선생의 얼굴에 착잡한 표정이 떠올랐다.

"당시 최린은 참의원까지 올라간 거물이었죠. 아마 당시 친일파 중에서 손꼽는 명사였을 겁니다. 당연히 명성을 생각해서라도 재판을 걸면 돈을 내놓을 거라고 믿었습니다."

"혜석 씨가 매우 어려웠나 보죠? 그렇게까지……."

"저도 처음에는 혜석 씨의 명예를 생각해서 말리고 싶었습니다. 하지만 당시 혜석 씨는 너무 어려운 상황이었어요. 김우영이라는 작자는 당시에 전라도에서 높은 직위에 있으면서도 한 푼도 내놓지 않았습니다. 혜석 씨는 사고무친에 끼니조차 제대로 때우기 어려운 최악의 상황이었지요."

"그래도 제전에도 입선하고 전시회도 열고 그랬다고 들었습니다만……."

"그랬죠. 그러면 뭐합니까? 제전에 당선이 되었다고는 하지만, 당선작을 전시하는 것조차 조선의 평론가나 언론이 모욕을 주고 손가락질을 해 대는데……. 화가의 그림을 보고 평을 하는 게 아니라 집단으로 괴롭히려고 마음을 먹은 거죠."

"꼭 그렇게까지 할 이유라도 있었던 겁니까?"

"뛰어난 화가가 여자인 건 특별한 일이라고 해서 칭송을 했지만, 그 여자가 고분고분한 보통 여자가 아니라 남자들과 사회의 통념에 반하는 행동을 일삼으니까 눈엣가시가 되어버린 거죠."

소 선생이 술잔을 빙빙 돌리면서 결론처럼 말했다.

"그렇게 해서 결국 혜석 씨는 사회로부터 매장이 되어버린 겁니다."

"그 재판이 결국 그녀를 헤어나기 어려운 구덩이로 몰아넣은 꼴이 되었군요."

"어쩌면 결정적인 한 방은 이미 그전에 있었다고 볼 수도 있지요."

소 선생은 나를 쳐다보면서 술잔을 들어 보였다.

"그녀가 이렇게 말했습니다. 정조는 취미다."

멋진 말이기도 하고, 적나라한 말이기도 했다. 그게 옳든 그르든, 그 말로 인해서 혜석은 정말로 치명타를 맞을 수 있었을 것 같았다.

재미있다고 하하 웃어 줄 조선의 남자들은 없으니까. 아니, 이 세상에 그런 남자들은 없으니까. 아직 이 세상에는.

"그렇지만 그런 것으로 무너뜨릴 수 있는 여자는 아니죠. 뭐니 뭐니 해도 혜석 씨가 가장 큰 충격을 받고 몸도 망가지게 된 건 금강산에 집을 얻어서 지내던 때가 아닌가 생각합니다."

"그때 무슨 일이 있었습니까?"

"그때 제전에 낼 그림들을 열심히 그렸는데 집에 불이 나서 그 그림들이 몽땅 타버렸습니다. 그때 그 충격으로 병이 생긴 듯합니다. 수전증이라나, 손이 떨리는 병을 얻었다고 들었는데, 사실 당시에는 다들 그렇게 심각한 걸 몰랐습니다. 아무도 몰랐죠. 혜석 씨 심각한 것을…… 친하다고 하는 나도 몰랐으니까요. 아마 가족들도 잘 몰랐을 겁니다."

"혜석 씨 자신도 몰랐습니까?"

"당연히 알았겠지요. 자기 몸을 자기가 모르겠습니까? 게다가 엄청난 충격을 받고 한동안 붓을 들지도 못했는데요."

"그런데 어째서 그렇게 주변에서 몰랐을까요?"

"혜석 씨 자신이 감춘 겁니다. 그녀의 자존심이 그녀로 하여금 드러나지 않게 한 거죠. 세상에 불쌍하게 보이기 싫었던 겁니다. 그래서 그렇게 아프지 않은 척 지낸 겁니다."

소 선생은 한숨을 내쉬었다.

"뭐, 생각하면 가슴만 아픈 일인데……, 그만합시다."

소 선생은 길게 대화하고 싶어 하지 않았다. 혜석의 죽음은 그에게 많은 상처가 된 듯했다.

나는 혜석의 유작을 구했으면 한다고 말했으나, 그는 자신이 변호사 비용을 대신해서 받았다는 그림 한 점을 넘겨줄 생각은 없는 듯했다. 그 대신 혜석의 유작을 많이 가졌다고 소문이 난 한 사람을 소개했다.

그 사람은 그림에 대해서 문외한이었고 혜석을 좋아해서라기보다는 전쟁 통에 누구도 신경 쓰지 않는 그림이니까 그저 챙겨 두고 보자는 생각으로 헐값에 산 사람이라고 했다.

소 선생의 말로는 그 남자가 절대로 혜석의 그림에 대한 가치를 알 리가 없다고 했다. 그렇게 그림들이 헐값에 나돌아다니는 이유로는, 혜석이 죽은 후 그녀의 가족들이 그녀의 그림에까지는 신경을 쓰지 못하고 살다가 전쟁 통에 목숨이 위태로운 상태에까지 이르렀기 때문이라는 것이다.

자고 일어나 보니 갑자기 서울에 공산군이 쳐들어와 있었고 목숨을 부지하기 위해서 가족들이 뿔뿔이 흩어져야만 했다고 한다. 특히 경석은 천장에 숨어서 목숨을 부지하기도 했고 잡혔다가 처형 직전에 탈출하기까지 한 상태여서 동생의 그림에까지 신경을 쓸 수는 없었다는 것이다.

나는 소 선생으로부터 그 남자의 연락처를 받아 들고 다시 길을 나섰다. 그녀의 유작인 그림들을 잔뜩 챙긴 사람은 부산에 사는 사람이었다. 그러니까 부산에 있을 때 내가 먼저 손을 썼더라면 모두 챙길 수도 있었다는 이야기가 된다.

어쨌거나 더 늦기 전에 유작들이라도 챙기고 싶어서 나는 부산행 열차에 몸을 실었다.

눈이 펄펄 내리는 창밖의 풍경을 바라보면서 나는 차창에 기대어 내가 하는 짓들에 대한 회의에 빠져 있었다. 나 자신에게 물었다. 도대체 무엇을 원해서 이렇게 뒤늦은 사랑에 빠진 것이냐.

이제 와서 이렇게 헤매는 것이 그녀에게나 나에게 무슨 보탬이 되겠느냐. 그녀의 흔적을 찾아 나서고, 그녀의 유작들을 챙긴들 이제는 떠나고 없는 그녀에게 세상이 저지른 폭행에 대한 대가라도 된다는 것이냐.

그래도 찾고 싶은 심정은 변함이 없었다. 그저 흔적만이라도 찾아서 간직하고 싶었다. 그것이 마치 그녀에 대해 내 속죄라도 되었으면 좋겠다는 심정이었다.

이도 저도 아니라면 그저 아까워서라고 해 두자.

부산에 도착해서 다시 또 관청들을 드나들며 그 사람을
찾아야 했다. 차디찬 바람이 부는 부산 바닥을 한참을 헤
매고 난 후에야 송도 해수욕장 근처의 언덕 위에 자리한 그
림 주인의 집을 찾을 수 있었다.

바다가 내려다보이는 언덕 위에 덩그러니 자리한 한옥
한 채가 그림 주인의 집이었다. 다른 곳에 비해서 집이 없
는 데다가, 우거진 숲도 아니고 앙상한 나무들만 몇 그루
심어져 있어 무척 쓸쓸해 보였다.

그림의 주인은 일하는 사람 서너 명을 두고 혼자 사는
듯했다. 가족으로 보이는 사람은 없고 주인 외에는 다들 일
하는 사람으로 보였다.

백발이 보기 좋은 노인이었다. 한복이 매우 잘 어울리고
손에 들고 있는 곰방대도 근사하게 어울렸다. 노인은 나를
사랑채로 들였다.

"흠. 외국 양반, 그 그림들이 왜 탐이 나시오?"

나는 일본 사람이라고 하면 반감이 생길 수도 있겠다 싶
어서 미국인임을 강조한 터였다.

"내 친구이기 때문입니다. 다른 이유는 없습니다."

"그 그림 주인이 당신 친구라?"

"그렇습니다."

"소 변호사가 이야기하기에는 그림을 그린 사람은 여자라던데?"

"여자 맞습니다. 하지만……,"

"흠. 난 뭐 사실 여자가 그렸건 남자가 그렸건 그 그림들에 대해서 잘 모르겠소. 유명했던 화가라고 하지만 이미 고인이 되었고 뭐 여자가 그린 그림이라니 대단하게 생각할 사람도 없을 테고 더 중요한 건 내가 그림에 대해서 문외한이라는 거요."

"그런데 어쩌다가……,"

"그냥 헐값에 누가 판다기에 사두었지. 필요해서가 아니라 누군가에게는 귀한 것일 수도 있지 않을까 해서 말이오. 뭐 보관한다 생각하고 샀지."

"누구한테서?"

"일본 사람이었는데, 이름이 뭔지는 몰라도 하여간 뭐 왜놈 손에 있는 것도 싫고 해서 말이야. 어쨌거나 이것도 우리 조선 사람이 살다 간 흔적이니까."

나는 속이 뜨끔했다. 내가 일본 사람이라는 걸 알면 팔지 않을 수도 있어서 마른침을 삼켰다.

"그림들을 좀 볼 수 있겠습니까?"

"그야 봐야지. 보아야 가져가든지 말든지 할 게 아니오?"

노인은 몸을 일으키면서 밖에 대고 소리쳤다.

"그림들 좀 가져오너라."

일하는 사람들이 창고를 향해 달려가는 게 보였다. 곧 창고 문이 열리고 먼지가 뿌옇게 쌓인 그림들이 하나씩 둘씩 나타나기 시작했다.

"아 참, 그림 말고도 뭐 원고 뭉치가 있던데, 그것도 한번 보시려오?"

나는 가슴이 벌렁벌렁해서 제대로 대답도 하지 못했다.

"워, 워, 원고……!"

"보시오. 필요하면 드리리다."

나는 꾸벅 구십 도로 허리를 굽혔다. 아직 얼마를 달라고 할지는 모르지만, 무슨 짓을 해서라도 돈을 만들 것이다. 내 손에 넘어오게만 된다면 더 바랄 게 없다.

그림들이 줄줄이 놓이자, 나는 울컥하는 감정에 그림들을 똑바로 바라볼 수가 없었다. 나는 혼이라도 나간 사람처럼 그림들을 살펴보면서 이리저리 돌아다녔다.

"여기 이거 말이오."

노인의 음성이 아득히 멀리서 들리는 듯했다. 멀뚱하게 돌아보니, 노인은 색 바랜 보라색 보따리 하나를 들고 있었다. 나는 보따리를 향해 달려갔다.

원고와 신문 기사 따위를 잔뜩 모아놓은 보따리였다. 그게 전부 혜석이 남긴 것인지는 모르지만, 적어도 그녀의 유작이 몇 장이라도 담겨 있지 않을까 싶었다.

"그래도 다행이지 뭐요. 내가 이것들을 전부 해방 직전에

샀는데 사실 떠맡다시피 산 거지. 그때는 왜놈들이 허둥지둥 쫓겨 갈 때니까 뭐 안 사 주면 가져가지도 못했을 거요."

"그래도 전쟁 통에 잘 보관하셨습니다."

"부산이니까."

노인이 볼을 허물어뜨리며 웃었다.

"빨갱이 놈들이 여기까진 못 왔거든."

"아, 그렇지요."

"미군이라고 안 했소?"

"군인은 아닙니다. 저는 그냥 국무성에 소속된 공무원이기는 하지만요."

"아, 그렇다면 정말 고맙수. 챙겨 가시구려."

"감사합니다. 그런데…… 얼마나 드려야 할지……."

노인이 피식 웃었다.

"주고 싶은 대로 주시구려."

"예?"

"아, 뭐, 보관료라 생각하고 창고 사용료나 몇 푼 주고 가라는 말이외다."

나는 정말 고마워서 눈물이 핑 돌 지경이었다. 그러나 헐값에 사고 싶지는 않았다. 나는 준비해 놓은 돈을 내 여비 정도만 빼고는 모두 내놓았다.

"준비된 것이 이 정도입니다. 이렇게 많이 가지고 계신지는 몰라서 그만……."

"어, 이게 그렇게 귀한 건가?"

"저한테는……!"

"친구라면서?"

"사랑했던 사람입니다. 제가 조선인이었다면 결혼할 수 있었을 사람입니다."

노인은 고개를 끄덕였다.

"어허허. 그렇구먼. 덕분에 내가 횡재했소."

노인은 껄껄 웃었다.

나는 부산항의 사무실 하나를 얻어다가 그림들을 죄다 옮겨 놓고 거기서 반출 준비를 했다.

어쨌거나 그림은 문화재이기 때문에 반출 허가가 나와야 만 가져갈 수 있었다. 물론 문화재로 지정되거나 그런 건 아 니니까 쉽게 허가가 나오리라 생각했다. 그래도 혹시나 해 서 누구 그림이라고 밝히지 않았다.

호텔에 묵고 있었지만 차마 호텔로 가지 못하고 사무실 에서 석유난로 하나에 의지해서 하루하루를 보내며 그녀 의 그림들을 보고 또 보았다.

그림들은 이제까지 발표되지 않은, 따라서 세상에 알려 지지 않은 작품들이 대부분이었다. 발표되었던 그림들도 몇 있었지만 거의 모두가 그녀의 말년 작품이라는 공통점 이 있었다.

그래서인지 그림들은 화려하지 않았다. 전체적으로 섬뜩하거나 무서운 느낌을 주었다. 선이든 색이든 너무 강해서 오히려 그 강렬함이 내 가슴을 더욱 아프게 했다.

완전히 굳은 유채 위에 다시 덧입힌 흔적들이 그림마다 가득했다. 이런 경우는 아주 오랜 시간을 들여서 그렸다는 걸 말해 준다.

나는 그림들에 잠시도 눈을 떼지 않으면서 밥을 먹고, 잠을 잤다. 겨울이고 추운데도 내 몸에서 냄새가 날 정도로 꼼짝 않고 사무실에서 그녀의 그림들과 뒹굴었다.

그렇지만 그녀가 남긴 원고 뭉치는 아직 풀어보지 않았다. 너무 일찍 열어 보기에는 아까운 마음이었다. 충분히 내 손안에 있는 것을 즐기고 싶었다. 우선 그림들부터 눈이 아프도록 음미하고 나서 열어 볼 작정이었다.

그렇게 며칠을 보내면서 조바심을 충분히 즐기고 난 후에 나는 보따리를 풀었다.

보따리 안에는 혜석의 글이 실린 잡지들과 신문 조각들이 가득했다. 그리고 직접 쓴 육필 원고들이 몇 권 보였다. 낡고 빛이 바랜 원고 뭉치들은 낯익은 혜석의 글씨들임을 분명히 보여 주고 있었다.

나는 그녀의 글들이 전부 발표된 것인지 미처 발표하지 못한 것인지 알 수가 없었다. 다만 그녀의 육필 원고들이 내 손에 있다는 것만으로 만족했다. 세상에 이 글들을 공개해서 다시금 그녀를 세상에 발가벗겨 내놓고 싶은 마음은 애초에 없었다.

나는 원고들을 하나씩 읽기 시작했다. 그리고 곧 그녀의 글들에서 내가 읽지 못한 말년의 글들이 많지 않은 것을 알았다.

그 사이에 나는 여기저기서 잡지와 신문을 구할 수 있는 데까지 구해서 혜석의 글들을 읽었기 때문이다. 그런데 유독 하나만은 전혀 읽은 적도 없고 있는 줄도 몰랐던 것이었다.

원고의 맨 앞 장에는 굵은 글씨로 '나는 누구인가'라고 쓰여 있었다. 제목인 듯한데 마음에 들지 않았던지 지웠다가 다시 쓴 흔적이 보였다. 원고를 들춰 보니 완성된 원고는 아니었다. 글씨도 알아보기 힘들게 흘려 쓴 것들이 많았고, 문체도 그전에 혜석이 썼던 글들과는 사뭇 달랐다. 여러 번 덧붙이거나 지웠다가 고쳐 쓴 글자들도 많았다. 그것은 그 글이 혜석이 정신적으로나 육체적으로 최악의 상황에 다다랐을 때 쓴 것임을 여실히 보여 주고 있었다.

나는 원고를 들고 창가로 가서 난로를 끼고 앉았다. 그리고 이 원고가 전체적으로는 자전적 소설로 쓰였지만 다양한 형식을 동원했다는 것을 엿볼 수 있었다. 어느 부분은 일기체였지만 또 어떤 부분은 산문체였다. 간혹 대화체로 기록되기도 했다.

원고는 혜석이 금강산을 나와 아베와 함께 도쿄로 가서 최린을 다시 만나던 때부터 시작되고 있었다. 노트가 낡을 대로 낡은 것으로 봐서 혜석은 꽤 오랫동안 들고 다니면서 이 글을 썼고, 쓸 수 있는 마지막 시간까지 쓰다가 중단되어 버린 것을 알 수 있었다.

도쿄 역사를 나서는 때에 늦가을 비가 내리더이다.

글은 비가 내리는 늦가을에 시작되었고, 마지막 문장은 눈 내리는 이른 겨울에 끝이 나 있었다.

차디찬 비

아베 씨 일행과 함께 도쿄 역사를 나섰을 때 비가 내리고 있었다.

늦가을 차가운 비는 내 마음속까지 춥고 쓸쓸하게 하여 나도 모르게 몸이 경직되는 것 같았다.

환영객들 사이에서 얼핏 최린 씨의 모습이 보였다. 그는 일행 가운데 내가 끼어 있는 것에 매우 놀라는 눈치였다. 하지만 나를 한 번 바라보고는 내가 뭐라고 이야기를 꺼내기도 전에 이내 눈길을 거두었다. 아니, 나와 눈길조차 마주치기를 꺼리는 것 같았다.

그는 아베 씨와 악수를 하고 다른 사람들과도 인사를 나누었으나, 나를 한 번 힐끗 쳐다보고 나서는 그냥 돌아섰다. 여러 사람과 함께 있으니 아는 척하기가 거북하려니 했다.

나는 그 사람이 나를 곧 찾아오리라 여겼다. 하지만 그 사람은 내가 도쿄에서 제국 미술전에 그림을 출품하느라 머무는 석 달 동안에도 찾지 않았다. 찾기는커녕 연락조차 하지 않았다. 이제 미련을 버리고 떠나야 하나 싶다.

여기 더 머물 이유도 없고, 몸도 마음도 지쳐서 그냥 떠나는 것이 옳을 것 같다. 최린이라는 두 글자는 이제 깨끗이 잊어야 하나 보다.

제전에서는 당당하게 입선을 하여 기뻤지만, 그것이 조선의 남성들에게는 화가 치미는 일이었던 듯하다.

신문에서는 내 그림을 모욕하고 심지어는 내 그림을 전시한 주최자들까지도 험담했다. 나는 그 매질이 쓰라렸지만 내가 감당해야 할 일인 것을 깨닫고 나니 그다지 고통스럽게 느껴지지는 않았다.

나는 심기일전해서 다시 그림으로 세상에 나를 보여 주기로 했다. 세상이 떠밀고 때리고 짓밟는 것을 겁내지 않았다. 이 길이 누군가가 걸어가야만 하는 길이라면 내가 먼저 헤쳐나가고자 했다.

무엇이 두려운가. 나는 아직 정신과 육신이 멀쩡하고 재주도 힘도 있다. 내 그림으로 세상에 나설 자신이 있었다. 누가 뭐래도 아이들에게 그림을 가르쳐가며 내 한 몸 먹고 살면 그만이다. 세상의 허접쓰레기 같은 나부랭이들한테 기죽지 않을 자신이 있었다.

그렇지만 최린, 그의 그 냉랭함은 너무 아프고 서러웠다. 한때는 서로 살을 섞으면서 예쁘다, 살갑다……, 온갖 입에 발린 소리를 다 하더니 어찌하여 그렇게 매몰찰 수 있단 말인가?

사람의 마음이 변하는 것이야 당연하다고 하여도 그렇게 매몰차야 하는 이유가 어디에 있을까? 참으로 속이 상하고 분노가 치밀어 올랐다.

나는 우선 돈이 필요했고, 남자들의 무책임함에 화가 나서 견딜 수가 없었다. 나는 당장 어디론가 가서 그림을 그리고 싶었다. 아이들을 가르치는 일도 좋지만, 무엇보다도 마음 놓고 내 그림을 그리고 싶었다. 그림만이 내게 살아가는 힘을 주기 때문이다.

"고소?"

완규 씨는 좀 황당하다는 듯이 나를 쳐다보았다.

"최린 씨에게 손해 배상을 청구하겠다는 이야기야."

"오호? 그거 좋은 생각 같은데?"

한때는 나를 좋아했지만, 이제는 내 친구와 재혼을 한 완규 씨는 오라버니처럼 좋은 친구다. 내 지금 형편을 누구보다 잘 알고 있으니 내 편에 서서 도움을 줄 수 있는 유일한 사람이기도 하다.

"내가 최린 그 사람 때문에 이혼도 당했고, 이제는 이렇게 힘들게 살게 되었으니 그 책임을 지라고 손해 배상을 청구하겠다는 거야."

"음. 해 볼 만한 일이다."

"법적으로 이기겠어?"

"법으로 이길지 질지는 해 봐야 알겠지만, 재판까지는 가지도 못할걸?"

"어째서?"

"최린은 지금 참의원에까지 올랐으니 사회적으로 지위가 있어서 자기 명예를 엄청나게 신경 쓸 거라는 말이야. 그래서 재판이 열리기도 전에 먼저 백기를 들고 나타날 확률이 높지."

"그러지 않았으면 좋겠는데?"

"응? 그건 또 무슨 소리야?"

"재판이 끝까지 가서 신문에도 대서특필되고 그랬으면 좋겠어. 같잖은 사내들 도덕군자인 척 위선 떠는 게 너무 가관이잖아."

"그러면 혜석 씨도 다치는데?"

완규 씨의 말에 나도 모르게 웃음보가 터져 버렸다.

"내가 더 다칠 거나 있어? 온 조선이 나를 못 잡아먹어서 안달인데?"

"정말 신문에 나와도 되겠어? 신문에 나오기만 하면 우리한테 아주 크게 유리해지기는 하겠지만."

"신문에 그게 나온다고 해서 유리할까? 세상 사람들이 날 이해해 줄까?"

"아니."

완규 씨는 손을 휘휘 내저었다.

"바랄 걸 바라야지. 아직 조선의 남자들은 여자가 혜석 씨처럼 사는 걸 미치도록 싫어하거든. 게다가 여자들은 자기 남자도 홀릴까봐 더 싫어할걸?"

"그런데?"

"그런데 문제는 최린, 당사자지. 당사자로서는 그런 사건 내용이 신문에 대서특필되면 당장에라도 거금을 싸들고 나타날 거야."

"그 얼굴을 다시 보고 싶지도 않지만……."

"직접 볼 일은 없어. 직접 만나지 않아도 내가 다 알아서 한다. 그러라고 변호사가 있는 거니까."

완규 씨는 날 아주 잘 알고 이해해 주는 친구다. 마치 사토 씨가 변신해서 나타난 듯하다. 나는 어렵게 입을 열었다.

"그런데 문제가 하나 있어."

"뭔데?"

"내가 지금 수중에 돈이 한 푼도 없어. 그래서 변호사비가……."

"변호사비? 아, 이 친구 참……, 혜석 씨랑 나 사이에 무슨 변호사비야?"

"그럼 그냥 해 준다는 거야?"

"그냥은 안 되지. 세상에 공짜가 어디 있어?"

완규 씨는 싱글싱글 웃으며 말했다.

"혜석 씨 그림이나 하나 줘라. 응?"

최린이라는 남자, 참 우스웠다. 그의 기막힌 수완 덕분에 우리들의 재판 내용은 신문에는 아예 실리지도 못하고 말았다. 그렇게 해 놓고 나를 만나는 것도 아니고 변호사끼리 만나서 합의서에 도장 찍으면 거금을 주겠다고 전했다.

아주 감사하게 받아야지.

그 사람은 알지 모르겠지만 서럽고 화가 나기는 해도 그를 미워하지는 않는다. 그를 택한 것도 나고 최린이라는 남자를 사랑한 것도 나인데, 그 사람을 미워하면 나 또한 미워하는 것이니까 나는 나를 미워하지도 그를 미워하지도 않아야지 싶었다.

다만 그 사람이 이제라도 예전의 사랑하던 그 사람이 되어 조선을 위해서 싸웠으면 하는 마음이다. 그래서 내가 존경하고 사랑했던 그때의 그 남자가 되기만을 바랄 뿐이다.

나는 재기를 꿈꾸었다. 그림을 그릴 수만 있다면, 그런 환경만 주어진다면 나는 다른 모든 것을 희생하고도 기쁘게 살아갈 수 있을 것이다. 어디에서 내 이제부터의 인생을 살까.

소송이 마무리되던 날 완규 씨를 만났다. 승소도 패소도 아니었지만, 기분은 묘했다. 합의금이랍시고 얼마간의 돈을 받아내기는 했지만 즐겁지도 괴롭지도 않은 착잡한 기분이었다. 술잔을 앞에 놓고 나는 완규 씨에게 선언하듯 말했다.

"파리로 가겠어."

"파리?"

"응. 아무래도 거기 가서 살아야 할까 봐. 여기서 더는 못 살겠어."

"가서 뭘 하려고?"

"공부나 하려고."

"공부? 혜석 씨 나이에?"

"나이랑 공부가 무슨 상관이야?"

완규 씨와 술을 마시는 김에 내 속을 진중하게 털어놓고 의견을 물어보고 싶었는데 생각보다 많이 마시는 바람에 다짜고짜 파리에 대한 내 생각이 튀어나왔다.

"그럼 공부만 해서 정말 그림으로 먹고살아 보겠다는 거야?"

"그림만 마음먹은 대로 되어 준다면."

"그게 문제네. 그런데 파리의 뭐가 그렇게 혜석 씨의 마음을 끄는 거야?"

"여자도 사람이라는 걸 아는 사람들이 살지."

"정말 그럴까?"

"그럼,"

"거기 사람들은 정말 그럴까?"

"나도 확실히는 모르겠지만."

완규 씨와 나는 술에 취해서 키득거렸다. 횡설수설은 했지만 내 심정은 정말 그랬다. 내 인생에서 가장 빛나던 시절이 그때가 아니었나 싶다. 그림과 음악과 토론으로 가득 찼던 화려한 세상. 나로 하여금 꿈과 희망을 품을 수 있게 한 것, 그것이 바로 나에게는 파리였다.

그러나 파리에는 갈 수 없었다. 날이 추워지면서 건강이 점점 더 나빠졌다. 금강산에서 그렸던 그림들이 모두 불에 타 버린 그때부터 내 몸에 이상이 생긴 것은 짐작하고 있었지만 그건 그저 일시적인 충격 때문일 거라고 여겼다.

그러나 감기에만 걸려도 쉽게 일어나지 못했다. 한겨울이 되면서는 귀에서 윙윙대는 잡소리들이 말도 못하게 크게 들려왔다. 신경성이라고 한다.

이래서는 도저히 파리로 갈 수 없다고 생각해서 하는 수 없이 조용히 들어앉아서 그림도 그리고 글도 쓰고 요양도 할 곳을 찾아야 했다. 파리는 그다음이다.

수원의 고향 집에서 얼마 안 떨어진 곳에 있는 서호 근처
에 아담한 집 한 채를 사들였다. 그리고 그곳에 자리를 잡
고 앉아서 그림을 그리기 시작했다.

  그림을 그리기 시작했지만 몸이 말을 듣지 않아서 쉽게
그려지지 않았다. 매일 병원에 다니고 산책을 하면서 건강
을 회복하려고 애썼지만 몸 상태는 별로 좋아지지 않았다.
  게다가 언제인가부터 시작된 치명적인 증상이 가장 큰
적이었다. 그림을 그려야 하는데 손이 떨리기 시작한 것이
다. 손이 왜 이렇게 떨리게 되었는지는 기억이 가물가물하
지만 거슬러 올라가 보면 그것도 그림이 불에 타던 바로 그
시기부터 일어난 현상이다.
  손이 떨린다. 손이 떨리기 시작하면 곧이어서 가슴이 떨
리기 시작한다. 현기증이 나고 어지럽기 시작한다. 그리고
내가 점점 바보가 되어가는 것처럼 느껴진다.
  화가에게 있어서 생명과도 같은 두 가지는 눈과 손이다.
눈과 손이 화가의 생명이다. 그런데 그 두 가지 중 하나에
이상이 온 거다.
  손이 떨리고 있다.

살을 에는 바람

올해는 눈이 유난히 많이 내린다. 정초를 지나자마자 폭설이 내리기 시작하더니 곧 살을 에는 추위가 몰아닥쳤다. 추위는 내 몸을 더욱 오그라들게 했다. 손이 떨리면서도 그림을 다시 하려고 매일 집요하게 매달렸다. 그러면 그럴수록 더 오래 걸리고 더 힘이 들었지만 여기서 지지 않으려고 맹렬하게 하루 열대여섯 시간씩 달려들었다.

아침에 명순이 찾아왔다. 내 눈에는 이 시대에 가장 뛰어난 소설가다. 그런데 그녀 역시 여자라고 해서 백안시하는 걸 참지 못하고 매번 여기서 부딪치고 저기서 부딪친다. 그런데도 전혀 거칠 것 없이 소위 말하는 자유연애로 세간을 흔들더니 이제 지쳤나 보다.

명순이 선언하듯 말했다.

"나 일본 간다."

"가서 어쩌려고?"

"여기서 이러고 사는 것보다는 나을 것 같아서."

우리는 저녁을 해 먹고 장작을 때면서 아궁이 앞에 나란히 앉아서 타오르는 불꽃을 바라보았다.

"세상이 무서운 거니?"

내가 묻자 명순은 깊은 한숨을 내쉬었다.

"너나 일엽이나 나나……"

세상 온갖 놈들이 잡아먹지 못해 안달들이 났지.

"세상은 우리가 어떻게 쓰러지고 어떻게 망가질까만 기다리는 것 같아."

"일엽이는 이제 세상눈에서 벗어났지."

"그러네."

나는 일엽이가 찾아와서 비구니가 된다고 하는 말을 들었을 때, 달아나는 것이냐고 나무랐다. 그런데 이제 와서 보니 어쩌면 일엽이는 살아남는 길을 택한 현명한 친구인지도 모른다.

"왜 사람들은 우리를 그렇게 미워하는 걸까? 정말로 우리가 세상에 그토록 피해를 주는 걸까?"

"피해라고 생각할 수도 있겠지."

명순과 일엽, 그리고 나를 세상에서는 신여성 삼인방으

로 불렀다. 우리가 서로 친구라는 것도 그렇게 묶어 부르게
된 이유일 것이다.

명순이는 세상을 깜짝 놀라게 하면서 등단한 여류 소설
가이고, 일엽이는 잡지 ≪신여성≫을 창간한 여성 운동가였
다. 나를 포함한 우리 셋은 자유분방한 연애로 세간을 놀
라게 했고, 세상은 가십난을 통해 떠들어댔다.

그러면서 소위 언론인이나 사회 지도층은 연일 걱정스럽
다고 말했다. 조선의 미풍양속을 해치는 여자들이라는 것
이다.

세간에 이런 여성들의 풍조가 만연하면 큰일이 날 것이
라고 떠들어대기 시작했다. 가정과 사회에 악영향을 끼칠
것이니 곧 사회를 망가뜨릴 거라는 이야기를 너도나도 앞
다투어 했다.

다들 사회를 너무나 사랑하는 명사들로서, 국민들을 지
도하는 입장으로 하는 말들이다. 하지만 그들의 내면을 들
여다보면 어떨까. 그들 역시 보이지 않는 곳에서는 여성을
노리개로 생각하고, 여성을 억압하고, 여성 위에 군림하려
는 이중성의 동물들은 아닐는지.

그럼에도 사람들은 그들의 한마디 한마디가 모두 옳은
이야기라고 침을 튀긴다.

"세상 사람들 내뱉는 말이 상처가 많이 되어서일까? 하
필 비구니라니."

"우스갯소리로 남자를 어떻게 참느냐고 떠들기도 하잖아."

세상은 잔인하다. 당연히 잔인하다. 그러나 그들은 자신들이 잔인하다는 것을 알지 못한다.

"일본에 가면 무얼 먼저 하려는 거야?"

"글을 쓰겠어. 난 글로 이겨 낼 거야. 무시당하지 않을 거야."

명순은 불씨들을 뒤적여 불꽃이 일어나게 하면서 다짐하듯 말했다.

"저 불꽃들을 봐. 다 죽어 있는 듯하지만, 언제고 다시 살아나서 불꽃들이 확 피어나잖아."

"우리한테도 그런 기회가 있을까?"

"기회 따위는 없어."

나는 명순을 흘끗 돌아보았다. 기회가 없다면 무엇에 희망을 거는 걸까.

"기회라는 건 사실 주변 환경이 만들어 주는 거잖아. 그렇지만 우리한테는 아무도 기회를 주지 않을 거야. 불꽃이 일어나지 못하게 찬물이나 끼얹지 않으면 다행이지. 우리 스스로 헤쳐나가는 수밖에 없지."

명순은 냉소적으로 웃었다.

"그래도 뭐 우리가 선택한 길이니까 그렇게 기를 쓰다가 쓰러진다 한들 뭐 어때?"

그래, 그렇지. 쓰러지면 어때?

우리는 한 이부자리에서 나란히 손을 잡고 잠이 들었다. 그리고 아침이 되어서 명순은 떠났다. 명순이 떠나기 전에 내가 생각나서 한 가지를 부탁했다.

"도쿄에 가면 사토 씨 소식 좀 알아봐 줄래?"

명순은 사토 씨를 찾지 못했다. 사토 씨가 일본에 없는 것 같다고 했다. 나는 이제 그 사람도 그렇게 떠나간 사람이구나, 그런 생각을 했다. 그다지 슬프거나 아쉽지는 않았지만, 가끔은 그 사람이 보고 싶었다.

미안했다. 사실 그의 마음을 받아들이지 못한 건 오로지 그 사람이 일본 사람이어서였다. 그 외에 그 사람에게서 인간적인 흠이나 싫은 감정이 있어서는 아니었다.

그래도 그 사람은 기꺼이 내 친구가 되어 주었다. 내게 깊은 호의를 보여 주었고 내 그림을 이해해 주고 내 글과 내 생각을 모두 이해해 주었다.

그런 그 사람이 내 곁에 있었으면 좋겠다.

그림을 다시 시작했다. 전시회를 해 보려고 한다. 아직 내가 죽지 않았다는 걸 보여주련다. 세상에 당당하게 내 모습을 다시 보여주겠다.

내가 누구인지, 나혜석이 어떤 사람인지를 보여주려고 한다. 이 세상을 살아가는 한 여자로서가 아니라 화가로서 세상에 다시 멋지게 나타나고 싶다.

이럴 때 당신이 내 곁에 있으면 얼마나 좋을까.

실패. 지난 여섯 달 동안을 그토록 힘들게 나 자신과 싸우면서 내놓은 그림들은 처참하게 외면당했다. 전시회장은 썰렁하기 짝이 없었고, 신문들은 모두 나서서 혹평을 가했다. 심지어는 와 보지도 않은 기자들까지도 혹평에 가세했다.

나는 완규 씨를 찾아갈까 생각도 했다. 내 앞으로의 생을 어떻게 계획해야 할지 도무지 알 수 없어서다. 이젠 수중에 가진 돈도 별로 없다. 전시회에 너무 많은 돈을 쏟아부었다. 이제 내가 차고앉은 이 집 하나만 달랑 남았다. 무엇을 더 해야 할지 모를 상황이다.

이렇게 저렇게 많이 망설였지만, 더는 완규 씨를 찾지 않기로 했다. 전번에 재판 일만으로도 완규 씨는 친구 이상으로 내게 큰 도움을 주었다. 남매간이라도 해 주지 못할 일을 너무나 잘해 주었다.

그렇지만 언제까지나 이렇게 그의 호의만 기대할 수는 없는 일이다. 그에게도 가족이 있고 할 일이 있는데 나는 그에게 도움이 되지도 못하면서 계속해서 그의 부담이 되는 건 싫었다.

사람은 헤어질 때가 되면 헤어져야 하는 법이다. 모쪼록 어떤 하늘 아래에서라도 아주 잘 살아가기를 바라는 게 옳을 것이다.

비겁하게 누군가를 이용하는 건 사토 씨로 충분했다.

전시회가 끝이 나고 모든 것을 정리해서 수원 집으로 돌아와 망연하게 널브러져 있던 날, 내게는 다시 한 번 청천벽력과도 같은 소식이 떨어졌다. 내가 전시회에 미쳐 있는 사이에 내 아들 선이가 세상을 떠나 버렸다.

폐렴. 그게 그렇게 내 아들의 생명을 빼앗아갈 정도로 무서운 병이었던가.

나는 집 앞의 호숫가에 주저앉아 밤이 새도록 울었다. 가슴이 터지도록 통곡했다. 소리를 지르고 몸부림을 치면서 울었다.

사람들은 말한다. 나혜석에게는 모성이 없다고. 그럴 리가 있느냐. 이 세상에 자식이 사랑스럽지 않은 어미가 어디 있겠느냐. 자식이 나보다 귀하지 않은 어미가 어디 있겠느냐.

선이 떠난 지 벌써 한 달, 이 모든 슬픔을 잊기 위해서 다시 붓을 잡았다. 세상이 알아주든 알아주지 않든 나는 그림을 그려야만 살아가는 힘을 얻을 수 있다.

그리고 문득 깨달았다.

내 눈이 이상하다.

나들이

　　화가에게 있어서 손이 떨리는 것은 불편하기는 해도 견딜 수는 있는 일이었다. 그리는 시간이 길어지고, 팔과 어깨가 많이 아프지만 아주 못 그릴 일은 아니다.

　그렇지만 화가에게 있어서 눈이 제 기능을 못 한다는 것은 거의 사형선고와 같다. 엄청나게 두꺼운 알로 된 안경을 끼어야만 풍경이 어렴풋이 보였다.

　그러니까 캔버스는 볼 수 있지만, 풍경을 볼 수가 없었다. 먼 풍경을 볼 수 없으면 캔버스가 보인들 무슨 소용이 있나.

　나는 절망적인 기분으로 수원 집을 처분했다. 한동안은 지낼 만한 돈이 손에 들어왔다. 돈을 챙겨 넣고 길을 나섰다. 갈수록 나빠지는 눈이 내 발걸음을 재촉했다.

　더 나빠져서 이 세상이 아예 보이지 않기 전에 마음껏

이 세상을 보리라.

 먼 산 위로부터 서서히 비안개가 내려앉더니 다시 굵은
비가 쏟아지기 시작했다. 바람이 나뭇가지들을 흔들어서
산 전체가 너울너울 춤을 추는 것만 같았다.
 비가 내리기 전이면 어김없이 바람에 잎사귀들이 전부
뒤집어지면서 하얀빛이 나게 된다는 걸 길을 나서고서야
알았다.
 비안개가 산허리 아래에서부터 잡힌다는 것도 길을 나서
고서야 알았다.
 강물 위를 흐르는 물안개는 맑은 날을 예고한다는 것도
길을 나서고서야 알았다.
 화가였을 때는 그냥 스쳐 지나가던 것들이 매일매일 눈
에 들어왔다.

 나는 장맛비가 주룩주룩 내리는 섬진강 가의 커다란 다
리 위에 앉아 있었다. 장날이면 강 주변이 온통 붐비기도
한다는데, 오늘은 장날이 아니어서 쓸쓸하기만 했다.
 보퉁이를 다시 등에 메고 일어서다가 멀리 다리 아래에
서 둥둥 떠내려가는 꽃잎들을 보았다.
 저렇게 가는구나. 한때는 아무리 예뻤어도 갈 때가 되면
가는 것이구나.

하긴 먼저 간 사람도 있는데.

차가 있는 곳은 차를 타고, 걸어야 할 곳은 걸으면서 전라도를 돌아다녔다. 그 사람이 잠들어 있는 곳을 찾아가는 길에 서두르고 싶지 않아서 그랬다.

지리산 주변 길을 이리저리 돌고 섬진강을 따라 걷고 계곡을 따라가다가 화엄사에서 하루를 묵고 지성껏 불공을 드렸다.

그동안은 생쌀을 가지고 다니면서 씹었지만, 어제부터는 이가 너무 아파서 그만두고 구례 읍내의 방앗간에서 찐쌀로 만들어 보퉁이에 넣고 다녔다.

돌고 돌다 보니 그 사람이 묻혀 있는 곳으로 가는 길을 잃은 듯도 하다. 하기야 저승이 먼 곳이기도 하고 지척이기도 하겠지.

굽이굽이 길들은 참 끊이지도 않네.

승구 씨 무덤에는 그러고 보니 참 오랜만에 왔다.

눈 깜빡할 사이에 십 년이 훅 가고, 자고 일어나니 또 훅 십 년이 가고 그랬던 것 같다. 이렇게 혼자 누워 있는 것을 알면서도 무심하기도 하다.

생각해 보니 미안하다. 그런 면에서 보면 내가 남자들 이야기하는 것도 우습다. 남자고 여자고 사람은 다 그런가.

내가 사람에 대해서 너무 이해가 부족했던 것은 아닌가 싶기도 하다.

살아가면서 누군가를 떠나보내는 게 참 쉽지 않은 일이라고 생각했는데 살아가다 보니 너무 쉽게 떠나보내게 되고는 한다. 떠나보낼 때는 당장 죽을 것 같더라도 산 사람은 또 잘 산다. 죽은 사람만 안타까운 거다.

무덤에 무슨 잡초가 이렇게 많을까. 아무도 관리를 해 주지 않나 보다. 나도 몸이 아프니 뭔들 제대로 해 볼 수가 없다. 흙도 패이고 참……

언제인가는 나도 이렇게 땅속에 들어가 눕겠지. 그리 오래 걸리지 않을 것만 같다.

어제는 내 친구가 죽은 걸 신문 보고 알았다. 승구 씨도 알고 사토 씨도 아는 명순이가 도쿄에 있는 정신 병원에서 죽었다고 나왔다.

참 허무하다. 사는 것도 죽는 것도.

죽기 전에 다시 또 올 수 있으려나 몰라서 오래 앉아 있었다. 비가 다시 내리기 시작했지만, 그냥 나무 아래에서 내리는 대로 비에 젖어 앉아 있었다.

무덤가에 내리는 비는 마치 그 사람이 울고 내가 우는 것만 같아서 서글펐다. 비랑 같이 울고 앉아 있다가 해가 지는 때가 되어서야 일어났다.

일어나고서야 공동묘지라는 걸 알았다. 참 많이도 죽어 있구나. 죽음이라는 것이 이렇게 많았구나.

나도 다를 게 있나.

전라도에서 부산 가는 길은 옛날 같지 않았다. 대전까지 기차로 올라가서 다시 부산으로 내려가야 하는데 나는 그 옛날처럼 물어물어 버스와 트럭을 옮겨 타면서 부산으로 향했다. 그래도 길이 예전보다는 좋아서 어렵지 않게 부산으로 갔다.

날이 제법 서늘해지는 계절인데도 부산은 따스했다. 바람이 간혹 심하게 불었지만 그다지 차갑지는 않았다.

부산은 언제나 머물기보다는 잠시 거쳐 가는 곳이었다. 동래에 살기도 했지만, 동래를 부산이라고 생각해 본 적은 없다. 동래는 그저 살아가는 땅이고 부산은 언제나 어딘가로 떠나고 돌아오는 길목이었다.

승구 씨 집을 찾아가던 날에 사토 씨와 함께 며칠을 부산에서 보냈다. 그때의 기억으로만 나는 부산을 인식한다.

사토 씨와 함께 다녔던 길을 찾으려고 해 보았지만 어디가 어딘지 너무 변해서 알아볼 수가 없었다. 부산은 그동안 많이도 변해 있었다.

사토 씨와 부산에서 지냈던 때에는 송도 유원지가 으뜸

이었다. 동래 온천을 많이들 찾았지만, 사토 씨는 유독 바다를 좋아해서 바닷가로 나가서 술을 마시고는 했다.

아, 그러고 보니 사토 씨가 그때 알아봐서 잡아 준 트럭이 출발한 건 송도였는데, 우리가 술을 마시고 걸어 다녔던 그 고갯길이 어디였는지는 모르겠다.

초가집들이 드문드문 있던 그 고갯길을 걸어가면 멀리 바다가 보이고 갈매기들이 날아다니고는 했는데. 그 길이 도대체 어디에 있던 길일까?

어딘지는 이제 알 수 없지만 이름은 지금도 기억이 난다.

사토 씨는 달맞이길이 기억날까?

사토 씨와 연락이 끊긴 지도 참 오래된 것 같다. 그 사람이 없으니 나는 수다가 많이 줄었다. 사실 사람이 누군가에게 내 속을 다 털어놓는다는 건 정말 어려운 일이니까. 부부 사이라도 그건 참 어렵다는 걸 나이 들면서 깨달았다.

늦었지만.

늦었다는 걸 깨달았지만, 이미 지나가 버린 시간의 내 행동들을 되돌릴 수 없다는 것도 같이 깨달았다. 세상에 말하고 싶은 것 중에서 금지된 것들을 나는 쭉 거침없이 말하고 살아왔는데 그럼에도 가까운 사람에게 상처가 될 수 있는 말은 하지 말아야 했던 것 아니었을까.

그래서 알았다. 내가 사토 씨한테 한 말들도 참 가슴 아프게 할 만한 말들이었다는 것을.

가끔 그 사람이 정말 그리울 때가 있다. 내 판단이 흐릿해지거나, 알기는 하지만 이제는 정말 그만두고 싶을 때, 그럴 때가 있다.

길을 알아도 그 길로 들어설 용기가 나지 않을 때 말이다. 그럴 때는 누군가가 내게 용기를 불어넣어 주었으면 했다.

용기를 가지고 태어나는 사람은 없다. 용기는 누구나 억지로 자기 몸 안에서 쥐어짜듯 끌어내는 거다. 그래서 매일 나는 자기 최면을 걸듯 나 자신에게 강해지라고 외치고는 했다.

세상 사람들이 내게 매일매일 손가락질을 하고 돌팔매질을 할 때에도 나는 언제나 아침에 일어나면 거울을 보고 머리를 빗으면서 다짐하고는 했다.

나는 강해질 테야.

나는 강해질 테야.

우습지만 −세상 사람들이 볼 때에는 철딱서니 없는 어느 여자의 치기 정도로 치부할 테지만− 정말 그렇게 하면 힘이 나고는 했다. 그 힘으로 하루를 지내고는 했다.

그런데 사람 하나가 아무리 강해도 세상을 어찌 이길까? 처음부터 이기리라 생각하고 싸우기 시작한 건 아니었다. 그저 누군가는 해야 하니까 내가 먼저 걸어나간 것뿐이다.

사토 씨라면 내 지금 심정을 알 거다. 사토 씨는 나를 너무 잘 알고 세상도 잘 아니까 내 말을 이해할 텐데. 세상은 참 무섭다. 내가 한마디만 하면 온 세상이 우르르 몰려들어서 서로 도덕군자가 되기 위해서 두들기고 짓밟는다.

덕분에 나는 아주 유명해졌다. 화가 나혜석보다 헤픈 여자 나혜석으로 더 유명해졌다.

사실 아무리 생각해 봐도 틀린 말은 아닌데, 세상은 그걸 곧게 받아들이지 못한다. 아니, 신중하게 생각이나 해보고들 그러는지 모르겠다.

정조는 취미다.

틀린 말인가. 누군가는 거기에 목숨을 걸 수도 있고 누군가는 헌신짝처럼 내팽개쳐버릴 수도 있다. 그건 선택이다.

그 선택을 어느 쪽으로 하든 그건 자기가 좋아하고 즐기는 쪽을 택하면 그만이다. 마음 가는 대로 하면 그만이다. 어째서 꼭 한쪽으로만 일제히 가야 하는 건가. 자기 좋은 대로 하면 그만 아닌가.

일엽이를 만나러 갔다. 한때는 명순이와 나와 더불어 세상과 맞서자고 만나기만 하면 떠들던 친구였는데, 이제는 속세의 모든 것을 다 버리고 머리를 깎아버렸다.

'너 좋아하던 세상 사내들은 다 어쩌고?'

내가 그렇게 물었을 때, 일엽은 서슴없이 말했다.

'내게 사내가 있었던가?'

다 잊었다는 말이겠다.

봄볕에 의지해서 산을 올랐다. 갈수록 몸이 약해져서
나들이하러 다니는 것이 쉽지 않다. 그래도 명순이 소식을
일엽에게 전하고 얼굴이나마 눈이 더 상하기 전에 보자고
만나러 갔다.

수덕사를 지나서도 한참 올라가야 나오는 정혜사가 보이
고, 그 뒤에야 견성암이 나온다. 도중에 작은 초가집 여관
이 있어서 신기했다.

일엽은 이제 완전히 스님이 되어 있었다. 그런 면에서는
대단도 하다. 나는 예수와 부처 사이에서 갈팡질팡하다가
이제야 겨우 부처를 보면 마음이 조금 편해질까 말까 했다.

"너."

일엽은 내 행색을 보고 놀랐는지 한동안 말을 하지 못
했다. 그저 내 위아래를 바라보면서 입술만을 깨물었을 뿐
이다.

"스님."

내가 먼저 그녀를 스님이라 불러 주면서 웃어 보였다. 내
모습을 보고 그렇게 슬픈 표정을 하니 내가 더 몸 둘 바를
모르겠다.

"잘 지내시는 것 같네."

일엽은 내 억지웃음에 잠시 말을 잇지 못하더니 내 손을
부여잡았다.

"정말 잘 왔다."

일엽이와 양지바른 암자 앞뜰에 앉아 실없는 지난 이야
기를 나누었다. 일엽이는 이미 명순이가 세상 떠난 것을 알
고 있었다.

"명순이 마지막에 너무 어려웠던 것 같아."

"그래, 그렇다더라. 나도 암자에 다니러 온 시주한테 들어
서 알았다."

"결국, 그렇게 가네."

일엽은 싱긋이 웃었다.

"누군들 가지 않겠니? 돌고 도는 것이 우리들 생명인데.
남 이야기할 때가 아니다. 너도 몸이 너무 안 좋아 보인다."

"아픈 건 이제 이골이 났다."

"그림은?"

"글쎄……, 돌아다니기도 지쳤으니 이제 어쩌면 어딘가
눌러앉아서 그림을 그리게 될지도 모르지."

"많이 다녔니?"

"아주 많이."

"그 몸으로 어디를 그렇게 다녔니?"

"그냥. 세상 구경 다녔지. 더 늦기 전에 많이 다니려고

그랬지."

"늦기 전에……,"

후후훗. 나는 일엽을 보며 웃었다. 눈이 안 보일 수도 있을 것 같아서 그래. 그렇게는 말하지 못했다. 그래도 일엽은 다 안다는 듯이 내 얼굴을 들여다보더니 넌지시 권했다.

"그림을 그려야지."

"그래, 그래야지."

"오다가 여관 하나 보았지?"

"아, 수덕여관?"

"거기 묵을 수 있나 알아볼 테니까 붙어 앉아서 그림을 좀 그려 봐."

"그럴까?"

"넌 속세에 미련도 참 많다. 그렇게 호되게 당하면서도 여전히 속세를 잊지 못하는구나."

"내 아이들이 있는데 어떻게 잊니?"

"그렇지."

일엽은 이해한다는 듯이 고개를 끄덕였다.

"아이들이 정말 보고 싶어."

"가보지 그랬니? 사람들이 아무리 독해도 설마하니 엄마한테 애들 못 보게야 하겠니?"

나는 쓸쓸하게 웃을 수밖에 없었다.

"만나러 갔었어."

"그런데?"

"아이들이 무서워해. 혼이 날까 두려운 것 같아. 실제로 문제가 생기기도 했고……."

사실 나는 보고 싶은 아이들을 만나러 가끔 아이들이 사는 집 근처에 가기도 했다. 그럴 때마다 아이들은 반가워하기보다는 허둥지둥했다. 그러다가 경찰서에 신고가 들어가서 다시는 아이를 찾아오지 않겠다는 각서까지 써야 했다.

"이제 그만 만나야 할 것 같아."

진심이었다. 이제는 아이들을 만나러 가는 것이 오히려 아이들을 괴롭히는 일이 된다는 걸 알았기 때문에 나 스스로 발걸음을 억제하고 있었다.

"하지만 만나지 못한다고 해도 이 세상에 내 아이들이 살고 있는데 어떻게 속세와 연을 끊겠니?"

"그래, 그렇구나."

일엽은 하늘을 올려다보며 한숨을 내쉬었다.

"명순이도 그렇게 떠나고……, 나는 이제 아주 속세를 벗어나서 살고 있으니……, 너만이 외롭게 세상과 싸우는구나."

"그렇지도 않아."

나는 이제 더 이상 싸울 힘이 없다는 것을 깨닫고 있었다. 병든 몸은 투지를 가져다주지 않았다.

"나는 진 거야."

하지만 후회하지는 않아. 나는 싸울 만큼 싸웠고, 내가 하고자 하는 걸 했어. 그건 변하지 않아. 난 정말 맹렬하게 싸웠어.

일엽은 가만히 내 등을 두드렸다.

"그림을 그리렴."

일엽이 수덕여관을 주선해 주어서 그곳에 머물면서 몸을 추스르려고 노력했다. 여관에 머물면서 그림을 그리자고 했지만 그림은 그려지지 않았다. 나는 그림 대신 무수히 많은 글을 쓰고 또 썼다.

일엽에게는 세상에 졌다고 말했지만 사실 나는 여전히 세상에 하고 싶은 말들을 내뱉었다. 세상이 금지하고 있는 말들을 나는 내 글을 통해 멈추지 않고 발표했다. 신문이나 잡지들은 언제나 내 글을 받아 주었다. 그들이 내 글에 공감해서 받아 주는 것이 아니라는 것쯤은 나도 알았다. 그들은 흥미로 내 글을 원했다.

상관없었다.

나는 내 글을 읽는 몇 사람이라도 내 글에 공감할 수 있다면 쓸 수 있는 데까지 쓸 작정이었다. 내가 이렇게 살다가 간다고 해도 누군가는 내 뒤를 이어서 다시 시작할 것이다.

나는 누군가가 그러기를 바랐다. 이제 내가 어쩌면 회복하지 못하고 죽을 것만 같은 느낌을 많이 가졌다. 그래서 더욱 열심히 쓰고 또 썼다.

때로는 편지를 쓰기도 했다. 보낸다 해도 수신인에게 들어갈지 들어가지 못할지 모르지만 그래도 쓸 수 있는 대로, 누군가에게든 하고 싶은 말이 생기면 썼다.

글은 미약하나마 내 마지막 무기였다.

여름이 지나면서 생활비가 바닥을 보이기 시작했다. 나가는 돈은 많은데 들어오는 돈은 너무 적었다. 원고료라고 몇 푼을 받아봐야 원고지와 잉크를 사고 나면 흔적도 없었다.

식량은 일엽이 종종 가져다주었다. 나물이나 콩, 쌀을 가져다주는데 사실 나는 고기가 먹고 싶었다. 그렇다고 해서 이미 출가한 몸인 일엽에게 그런 이야기를 할 수는 없었다.

야금야금 줄어드는 생활비를 바라보다가 마침내 나는 수덕여관을 떠나자고 마음먹었다.

이렇게 오그라들어서 죽느니 차라리 다시 세상으로 나가고 싶었다. 자꾸만 남쪽의 풍경들이 그리워져서 견딜 수가 없었다.

"미안해."

일엽은 내 사과를 그저 웃으며 받아들였다.

"결국 그림은 하나도 그리지 못했어."

"그래도 글은 많이 썼지 않니?"

"그럼 뭐해? 난 화가인걸."

"그래서 이제 여길 떠나려고?"

일엽은 내가 보따리를 챙겨 든 것으로 이미 모든 걸 알아챘다. 그래도 말리지는 않았다. 그저 몇 푼의 여비와 함께 먹을 것을 싸주었다.

"언제라도 다시 오렴."

"그래. 꼭 다시 너 보러 올게."

나는 일엽의 얼굴을 오래 보고 서 있을 자신이 없어서 서둘러 암자를 떠났다.

길을 나서고서야 내가 많이 아프다는 것을 알았다. 손과 눈만이 아니라 내 다리도 말을 듣지 않았다. 나는 지팡이를 짚고서야 느릿느릿 걷게 되었다.

내가 할머니처럼 걸어야 한다는 게 믿어지지 않아서 처음 길을 나선 날은 많이 울었다. 하지만 내 성격이 그런 것인지 금방 익숙해지고 다시는 내 병으로 인해서 울지 않았다.

나는 쓰러질 듯 쓰러질 듯 쓰러지지 않으리라.

오빠한테 들렀다. 오빠가 당신 집에 내가 있는 걸 싫어해서 구석방에서 몰래 지내고는 했다. 새언니는 그래도 인정머리가 있는 사람이라 나를 내치지는 않았다. 하지만 오빠가 알면 불같이 화를 내니까 많이 힘들어했다.

오빠는 나를 많이 미워했다. 다른 무엇보다도 내가 최린을 고소한 것에 대해서 특히 화가 나 있었다.

변명하지 않았지만 내가 최린을 고소하기에 이른 것은 남녀관계에 대해 어렸을 적부터의 고정관념이 작용했기 때문인 듯도 하다.

여학교에 다니던 때의 일이다. 동네에 흠잡을 데 없는 참한 처녀가 있었다. 그 처녀가 어떤 지체 높은 집안 도련님과 몰래 연애를 하게 되었다. 결국 그 처녀는 처녀의 몸으로 아이까지 출산하기에 이르렀다. 한데 처녀의 집안이 문제였다. 보잘것없는 상민의 집안인 데다가 가난한 집안의 딸이었다.

도련님의 집안은 아이까지 생긴 처녀를 모른 척하고 다른 명문가의 처녀와 혼사를 맺었다. 아이를 낳은 처녀에게는 돈을 몇 푼 주고, 다시는 도련님이나 아이를 찾으러 나타나지 않는다는 조건으로 아이만은 데려다가 호적에 올려주었다.

그러니까 한 여자는 자신이 낳은 아이를 도련님 집안의 아이가 되게 하는 조건으로 평생 숨어서 살아야 하는 신세가 되었고, 새로 혼인을 한 여자는 졸지에 자기가 낳지도 않은 아이를 자기 딸로 호적에 올리고 키우며 살게 되었다.

나는 그러한 조선 남자들의 행패가 이해되지 않았지만, 그런 행패를 숨죽이고 살면서 고스란히 감내하는 두 여자도 도무지 이해되지 않았다.

사람과 사람 사이에는 서로 간에 동등한 조건의 계약이 이루어져야 한다. 그게 진실한 사랑이든 한때의 불장난이든 사람과 사람 사이의 관계가 불평등한 관계가 되어서는 안 된다.

그게 있을 수 있는 일이라고 어쩔 수 없는 일이라고 우겨대는 신문은 대체 무엇인가. 그게 정말 옳다고 생각해서 하는 말들인가. 아니면 자기들에게 유리하게 이끌어 가려고 우겨대는 꼴인가.

조선의 사내들은 배울 만큼 배운 작자들도 많은데 사상이나 민족에 대해서 떠들 때는 그렇게 잘 떠들어 대면서 어찌 지극히 당연한 이치에 대해서는 모두 모른 체 일관하는가.

나는 그래서 더 최린을 고소해야만 했다. 그런데도 그 일로 인해서 나와 오빠 사이는 절대로 회복될 수 없는 지경에 이르렀다.

결국 나는 오빠가 주선한 양로원으로 가야만 했다. 작은 양로원에서 죽을 날을 받아놓은 노인들 틈에서 하루하루를 지냈다. 나 역시도 죽을 날을 받아놓은 것인지도 모른다.

날이 추워졌다. 몸도 마음도 지치고 힘들어서 더는 글도 쓸 수가 없었다. 먹여 주고 재워 주기는 했지만 내가 글을 쓰는 데 필요한 공책이나 연필 한 자루조차 얻을 수 없었다.

양로원의 직원들은 나를 그냥 늙고 병든 노인으로 취급했다. 아무짝에도 쓸모가 없는 잉여 인간으로 취급하는 것 같았다. 그래서 내게 몸을 가릴 헌 누더기와 이부자리 외에 다른 것을 줄 필요가 없다고 생각하는 것 같았다.

사실은, 내게 정말 그런 것은 이제 필요하지 않았다. 더는 글을 쓸 수도 없고 책을 읽을 수도 없었기 때문이다.

나는 작은 것을 보지 못한다.

내 생명은 서서히 꺼져가고 있었다. 다시 되살릴 불꽃은 커녕 이제는 내 몸을 덥혀주는 미미한 온기마저도 느끼지 못할 정도였다. 내게 남은 것은 그저 생각하고 기억하는 머리 한구석뿐이다.

이렇게 앉아서 죽고 싶지 않다. 내 머리가 기억하는 동안에 어디든 내가 기억하는 곳으로 가고 싶었다.

어디로 갈까.

아침부터 눈이 내렸다. 길을 나서기에는 아주 좋은 날이었다. 이런 날 가야 할 것 같다. 눈이라고 해야 차가운 싸라기가 바람에 날리는 정도지만 그래도 내게는 첫눈이다. 겨울이 일찍 오려나. 이제 막 십일월에 들어섰는데 눈이 오다니.

무엇을 챙겨야 하나 돌아보았다. 너무 한심하게도 아무

것도 내 것이 없었다. 입고 있는 옷 외에 넝마 같은 옷 한
벌이 있었다. 그게 전부였다.

보퉁이에 싸고 굵직한 나무지팡이 하나를 챙겼다. 그리
고 두툼하게 양말을 덧신고 안경에 고무줄을 달았다.

거울을 보고 섰다. 내가 나 같지 않다. 내가 이런 모습이
었던가.

하지만 모습이야 어떻든 이만하면 먼 길을 떠나는 데 부
족함이 없다. 마지막 길답게 아주 천천히 가야겠다. 돌아오
지 말아야겠다. 다시 돌아와서 자리에 누워 죽어가는 건
너무 끔찍하다.

난 걸어갈 거야.

저 세상 밖으로 걸어갈 거야.

아직 걸을 수 있을 때 걸어갈 거야.

유언

　　다비식이 열렸던 마당에는 이제 빗물로 인한 짙은 매연만이 감돌았다. 어디선가 빗줄기를 뚫고 날아다니는 새들의 지저귀는 소리가 들렸다.

　나는 나혜석이 남긴 원고의 마지막 장을 덮지 못하고 부슬대며 내리는 빗줄기를 멍하니 바라보았다. 차마 덮을 수 없는 것은 내 손이 떨렸기 때문이었다. 아니, 떨렸기 때문이라기보다는 빈 행간에서 어떤 결말을 찾고 싶었는지도 모른다.

　책의 마지막은 제대로 정리되지 않은 채였다. 앞뒤도 불분명했고 문장도 잘 연결되지 않았다. 이 부분은 물론 나혜석의 마지막 원고인 '나는 누구인가'를 정서한 것이지만 사토 야타 씨는 수없이 되풀이해서 읽고 난 다음 자신의 구술로 리에에게 받아 적게 했을 것이다.

나는 잠시 눈을 감고 추측해 보았다. 리에가 마지막 장을 받아쓸 때쯤 아마도 사토 야타 씨는 임종을 앞두고 있었을 것이다. 리에는 한마디도 놓치지 않고 받아 적으려 했겠지만, 사토 씨는 말도 어눌해지고 생각도 제대로 정리되지 않아 뜻 모를 말만 웅얼거렸을 것이다.

리에가 모치와 따뜻한 말차를 만들어 가지고 왔다.

"다 읽었어요?"

나는 아직 닫지 못한 마지막 장을 내려다보았다. 연필이 없다는 말. 그러니까 연필이 있는 한까지는 글을 놓지 않았다는 말이다.

"마지막 부분은 무슨 소리인지 잘 모르겠죠? 하지만 그게 좋아요. 더 알아서 무얼 하겠어요. 이제 그만 내려놓아요. 보여 주지 말 것을 그랬나 봐요."

나는 책을 내려놓지 못하고 만지작거렸다.

"떡 좀 들어요. 팥이 없는 대신 꽃향기가 난답니다. 닛코의 여관에서만 팔던 떡인데 이제는 어디서나 구할 수 있어요. 꽃향기가 좋아서 자주 사다 먹지요."

나는 떡을 내려다보았다.

"이상하잖아요."

"뭐가······?"

"할아버지께서는 그 후로 여기 적힌 일들에 대해서 알아보지 않으셨던가요?"

"많이 알아보셨대요."

"마지막 돌아가신 곳으로 나오는 자혜원인가……, 그곳은 가보셨던가요?"

"그랬다고 하셨어요."

"그 이후 이야기는 기록하지 않으셨네요."

"이후 이야기는 하기 싫어하셨어요. 아마도 할아버지의 기억 속에 영원히 살아 있는 나혜석으로 남겨 두고 싶으셨던 것 같아요."

나는 책장을 덮었다.

"마지막 부분에서 그 이후 이야기를 말씀하시지 않은 건 다른 이유가 있어서 아닐까요?"

리에는 잠시 머뭇대며 마당으로 눈길을 돌렸다. 무언가 확실하지 않은 이유가 있는 걸까. 아니면 그 이유를 모르는 것일까.

"할아버지는 실제로 나혜석 씨의 죽음을 쉽게 받아들이지 못하셨어요."

아, 그런 거였나. 하긴 내가 읽은 기록들로 보아도 나혜석의 죽음은 사망한 지 몇 해가 지나고 나서야 알려졌다. 그러니까 나혜석의 죽음을 실제로 확인한 사람은 아무도 없는 것이다.

"확실하게 사망했다는 증거는 어디에도 없었다고 해요. 자혜원으로 되어 있지만, 자혜원에서도 아무도 모르더라는 거예요."

"그래서 나중에 확신하면 정리하려고 그대로 두신 건가요?"

"할아버지의 말씀을 그대로 받아 적기는 했지만, 나혜석 씨가 직접 쓴 자서전 형식의 소설과 누군가에게 보내려고 쓴 편지 그리고 그 밖에 여러 종류의 글들은 그대로 두었어요."

그러고 보니 사토 씨의 말을 받아 적은 앞의 다른 부분은 모두 일본어였는데, 유독 '나는 누구인가'라는 제목의 글만은 한국어 그대로 필사만 했다.

"하지만 결국 할아버지도 나혜석 씨의 죽음을 확인하지는 못했어요. 물론 그렇다고 해서 살아 있다는 것도 확인할 수는 없었죠. 그렇게 그냥 유품들이라고 볼 수 있는 것들만 챙겨서 도쿄로 돌아오셨지요."

나는 사토 야타라는 사람이 궁금했다.

"그리고 어떻게 지내셨나요?"

"할아버지는 도쿄도 싫어했어요. 그래서 원래 우리 고향이던 이 집으로 들어와서는 그 후로 쭉 혼자 사셨지요."

리에는 이야기 끝에 슬며시 웃었다.

"그러고는 세상에 나오지 않고 고향 집에서 두문불출하

셨는데 가족들이 상의해서 동생의 둘째 아들인 저희 아버지를 양자로 보내셨지요. 외롭게 사시다가 돌아가시게 할 수는 없지 않으냐……, 그런 거였죠."

"가족들도 나혜석 씨에 대해서 알았나요?"

"당시에는 알지 못했어요. 저희 아버지가 여기로 와서야 알게 되었죠. 그전에는 오로지 전쟁으로 인해서 세상을 등진 것으로 생각했어요."

결국 나혜석 씨에 대해서 알게 된 건 나였어요. 난 할아버지를 좋아했죠. 아버지가 양자가 되어서 들어가셨어도 여전히 도쿄 생활로 바빴고, 할아버지는 혼자 지내는 걸 좋아했어요.

그런데 난 할아버지 집에 사는 게 좋았어요. 할아버지한테는 다른 사람과는 다른 묘한 분위기가 있었거든요. 국적도 일본인이 아니라고 하고 그래도 일본인인데 일본을 별로 좋아하지 않는다고들 이야기하는 걸 종종 들었어요.

난 할아버지의 조용하고 의연한 모습들이 참 좋았어요. 게다가 할아버지의 그림들이 좋았어요. 할아버지는 종종 그림을 그렸거든요.

그리고 할아버지 방에 들어가면 사면 벽을 꽉 채운 그림들이 있었는데, 그게 바로 나혜석 씨의 그림이었어요. 할아버지는 결국 나혜석 씨와 평생을 사신 거예요.

어릴 적에는 그런 걸 몰랐는데 내가 미술대학에 들어가면서부터 할아버지는 내 그림에 관심을 가지셨어요. 그리고 그때부터 내게 그림을 가르쳐 주고 수많은 화가에 관해서도 이야기해 주셨죠.

지금도 그때의 기분이 생생해요. 그렇게 열정적인 모습을 보인 건 처음이었고, 인생과 예술에 대해서 많은 대화를 나누기 시작한 것이 지금 생각해도 꿈만 같았어요.

나뿐 아니라 다른 가족들도 의아하게 생각했어요. 참 이상한 일이다. 할아버지가 너를 정말 사랑하시나 보다. 다들 그렇게 생각하고 좋아했지요.

할아버지에게 나혜석 씨에 대해서 처음 들은 건 내가 방 안의 그림들에 관해서 물었을 때였죠. 가족 중 누가 물어도 절대 대답해 주지 않던 할아버지셨어요. 그런데 어느 날 내게 그림의 주인에 관해 이야기해 주셨죠.

그날이 내가 태어나서 할아버지의 술 마시는 모습을 처음 본 날이었어요. 할아버지는 술도 담배도 입에 대지 않으셨거든요.

그날은 단풍 위로 눈이 내린 날이었어요.

할아버지는 학교에서 돌아온 나를 할아버지의 방으로 부르셨어요. 할아버지 방은 사실 방이라고 하기에는 아주

컸어요. 집 뒤편에 마치 온실처럼 만들어진 방이었거든요. 그러니까 집안사람들이 사는 집과는 아주 멀리 떨어진 다른 집처럼 보였죠.

집안사람들은 조심스러워서 할아버지 방에 함부로 들어가지 않았어요. 마음대로 들락댈 수 있는 건 집안에서 유일하게 나였죠.

할아버지는 나를 할아버지의 책상 앞으로 오게 해서 자신이 쓰시던 의자에 앉게 하고는 색이 바랜 보자기에 싸인 두툼한 책들을 보여 주었어요.

그러면서 나를 깜짝 놀라게 할 만한 말씀을 하셨어요.

"리에야, 이것이 할아버지가 사랑했던 사람이 쓴 글들이란다."

사실 어떤 옛날 사람이 쓴 원고들이라는 게 놀라운 게 아니었어요. 할아버지가 누군가를 사랑했다는 게 놀라운 거였지요. 그때까지는 할아버지가 누군가를, 그것도 이성으로서의 여자를 사랑했다는 게 상상도 할 수 없는 일이었거든요.

메마른 사람이라는 뜻이 아니라 약간 외톨이 같은 분이셨고 세상일에 무관심하고 사람들에 관해서도 무관심한 스타일이었으니까요.

가족들이 모여서 나랏일이나 세상 돌아가는 일을 이야기하면 할아버지는 거의 무반응이었어요. 옛날이야기라든가, 자기 생각도 전혀 이야기하지 않으셨죠. 그냥 빙긋이 웃고는 아주 가끔 한마디씩 하셨어요.

"인간들이 그렇지."

그랬던 할아버지께서 '사랑했던 사람'이라는 말을 하니까 놀랄 수밖에요. 원고들은 고인이 직접 쓴 육필들만이 아니었어요. 잡지에서 스크랩한 것들도 있고 허름한 메모 조각들도 있었죠.

나는 처음에는 할아버지가 이런 걸 왜 내게 보여 주나 싶었어요. 왜냐하면 그게 한국말로 쓰인 것들이 대부분이었거든요.

아, 일본어로 된 책자도 있기는 했어요. 신문 기사도 일본어가 있었어요. 하지만 대부분은 한국말이었어요.

"읽을 수가 없잖아요."

"배우렴."

왜 배워야 하느냐고 묻지 못했어요. 할아버지가 실망하실까 봐 그랬죠. 사실 난 한국에 대해서 아는 게 별로 없었어요. 심지어는 한국의 서울이 남쪽인지 평양이 남쪽인지도 잘 모르고 자라다가 고등학교 졸업하고서야 남쪽에 서울이 있다는 걸 알았으니까요.

한국에 관심을 가지기 시작한 것은 그때부터였어요. 할아버지를 실망시키지 않으려고 배웠다기보다는 도대체 할아버지 같은 사람이 사랑한 여자는 누구일까 하는 관심에서였고 그 여자가 한국 여자라니까 한국에 관심을 가지기 시작하고 한국말도 배우기 시작한 거죠.

그리고 그날부터 할아버지는 매일 조금씩 내게 당신 이야기를 하기 시작했어요. 그리고 나는 할아버지의 이야기를 글로 받아 적었고요.

왜냐하면 그때부터 할아버지는 그림을 그리지도 못하고 글을 쓰지도 못하셨거든요. 그러니까 할아버지가 내게 그런 걸 다 보여 주기 시작한 것은 당신이 이제는 글을 쓰지 못하기 때문이었어요.

우리 가족 누구도 그 사실을 알아차리지 못했었는데 할아버지는 아주 천천히 시력을 잃어 가셨던 것 같아요. 워낙 꼿꼿하게 행동하신 분이라 전혀 눈치챌 수가 없었어요.

언제부터였는지도 몰라요. 그저 가족들은 이제 건강이 악화되어서 몸이 서서히 무너져 가시는구나 생각한 거지요. 젊어서 워낙 고생을 많이 하셨기 때문이라고 하는데 사실 할아버지 이야기를 들으면서 나는 할아버지가 그렇게 고생을 하셨던 것으로는 보이지 않았어요.

할아버지는 그 시절의 많은 사람이 고생했던 것과는 달리 그다지 고생하지 않은, 말하자면 나약한 인텔리가 아니었나 싶어요.

흥미로운 건 할아버지가 한 사랑이 그냥 짝사랑이었다는 거예요. 그렇게 모든 걸 다 알고 나니까 갑자기 할아버지의 인생이 가여워지기 시작했어요.

어떤 여자를 사랑했고 그게 혼자만의 사랑이었다는 것 때문이 아니라 할아버지가 지나온 인생길이 너무나 쓸쓸하고 막막한 것이었기 때문이었어요.

우리 세대 중 누가 알겠어요? 전쟁이라든가 죽음이라든가 나라를 잃거나 빼앗는 따위의 일들을. 아마 여희 씨 세대는 더 모르겠지요.

나는 이해하기 시작했어요. 할아버지가 그동안 보여 온 태도가 어디에서 기인한 것인가를.

할아버지는 이 세상이 미웠던 거예요. 이 세상 사람들이 미웠던 거예요. 그게 일본인이든 한국인이든 남자든 여자든 죄다 미웠던 거예요. 그래서 하는 짓거리들이 싫고 생각들이 싫었던 거예요.

그렇게 세상과 등을 돌리게 된 할아버지의 인생을 나는 그제야 이해했어요. 사랑하는 여자를, 그것도 평생을 가슴에 품었던 여자를, 그렇게 무참하게 할퀴고 짓밟은 세상이 미워서 눈길조차 주기 싫었던 거겠죠.

가슴이 많이 아팠죠. 할아버지는 매일 내 가슴을 아프게 했어요. 매일매일 조금씩 이야기를 해 주고 나는 그 이야기들을 써 나가야 했으니까요.

거기 씌어 있는 할아버지의 이야기는 전부 내가 조금씩 받아 쓴 것들이에요. 그리고 다른 노트는 없어요. 그 노트에 써드리고 그대로 할아버지 방에 놓고 일어나고는 했죠.

"리에, 제대로 쓴 거니?"

할아버지는 언제나 그렇게 물었는데, 저는 그때 이 노트가 대체 무슨 소용이 있나 싶기도 했어요. 이제는 내가 제대로 썼는지조차 모르는데 말이에요.

방을 나설 때마다 슬그머니 할아버지를 돌아보면 할아버지는 제대로 보이지도 않는 노트를 가슴에 안고는 잠이 드시곤 했어요.

바보 같아 보였어요. 그래서 화가 나기도 하다가 안타깝기도 하다가……. 그 시절의 저는 할아버지 때문에 매일 슬펐죠.

그런데 참 이상도 하죠. 사람의 마음이라는 게 정말 알 수 없는 것 같아요. 그렇게 죽기 전에 차곡차곡 쓴 글을, 매일 가슴에 안고 잠이 들던 그 노트를, 이제 당신이 더 이상 살아 있을 희망이 없어지던 날에는 그만 태워 없애달라고 하는 거예요.

"리에, 내가 죽으면 이 노트를 없애 다오. 저 그림들도 다 함께."

나는 깜짝 놀랐죠. 그래서 따져 물었어요. 얼마나 소중한 그림들이고 글들인데 이제 와서 다 없애야 하느냐고요. 그럴 바에는 차라리 한국으로 보내자고 했어요. 책은 한국에서 싫다고 하면 일본에서 내가 출판하겠다고 했죠.

"넘겨주기 싫구나."

"그럼 넘겨주지 않으면 되잖아요."

"누구에게라도 주고 싶지 않아."

'누구에게라도'라는 말에는 나도 포함된 거였어요. 이 세상 누구에게라도, 그런 뜻이었어요. 이해할 수 있겠어요? 이 세상 누구라도 나혜석을 소유하지 못하게 하겠다는 말이죠. 세상이, 세상 사람들이 싫었던 거지요. 아무도 나혜석을 진정으로 이해해 줄 만한 사람은 없을 테니까.

난 그런 할아버지를 나름대로 이해했어요. 하지만 이해는 했어도 그대로 할아버지의 말대로 따를 생각은 없었어요. 그렇게 하기에는 너무나 그림들이 아깝고 노트의 사연이 안타까웠어요. 무엇보다도 그걸 가슴에 간직하고 살아온 할아버지가 불쌍해서 그렇게 하지 못했어요.

게다가 그림이나 글들이 너무 가치 있는 것들이라고 여겨져서 나는 어떻게 하면 할아버지의 말을 따르지 않을 수 있을까 궁리를 했죠.

나는 결국 죄송하지만, 할아버지를 속이기로 했어요. 똑같이 생긴 엉뚱한 노트를 구해다가 할아버지가 보는 앞에서 ─단풍나무 아래에서─ 태웠어요. 그리고 진짜를 숨긴 채 지내왔죠.

할아버지는 그림들도 꼭 태워 달라고 여러 차례 나를 들볶았지만, 그 얼마 후에 할아버지는 미처 그림들을 태우는 모습조차 보지 못하고 돌아가셨어요.

마지막 돌아가실 때에 내게 말했죠.

"리에, 그림들을 꼭 태워야 한다."

그때마다 난 약속했어요. 꼭 태우겠다고.

난 처음에는 약속을 지킬 마음이 없었어요.

그래서 할아버지께서 돌아가신 후에도 오랜 세월 동안 그림과 노트들을 간직하고 있었어요. 당시에는 내가 집안을 이끌고 있었기 때문에 식구들 가운데 누구도 그 문제에 대해서는 토를 달지 못했죠. 할아버지의 방은 나 이외에 아무도 손대지 못하게 하고 지냈으니까요.

나는 그때부터 할아버지 방을 나만 드나들면서 생활했어요. 할아버지는 유산으로 남긴 것이 없었지만, 그때 우리 집안은 꽤 부유했지요.

유신 시절에 정치하면서 돈을 모았다가 패전 이후에는 미국을 상대로 돈을 벌었어요. 손가락질을 받을 만한 여러 가지 방법으로 돈을 벌었지만, 돈이 명예도 지켜주었어요. 누구도 대놓고 함부로 하지 못하게 하는 위력이 있었지요.

그렇게 해서 지금 여희 씨 앞에 그림과 글들이 나타나게 된 거랍니다.

"왜 그동안은 그렇게 세상 몰래 간직하시다가 이제 와서 전시까지 하셨어요?"

"확신이 없었어요. 아깝다는 생각에 할아버지의 뜻을 따르지 않았지만 그렇다고 해서 덜컥 세상에 내놓기도 두려웠어요. 과연 할아버지의 뜻을 거스르는 게 옳은가 하는……."

"그렇다면 이제는 왜……?"

내 물음에 리에는 슬며시 웃었다.

"내가 좀…… 아파요."

아, 그러고 보니 리에의 얼굴에는 짙은 어둠이 깔려 있었다. 중병인가?

"그래서 이제 그만 평생을 미루어 왔던 일에 대해서 결정을 내려야만 했어요. 그냥은 도무지 불태울 자신이 없었고, 그렇다고 해서 할아버지의 뜻을 거스르고 세상에 나혜석 씨의 그림과 글들을 고스란히 넘겨주는 것은 더욱 내키지 않았어요."

리에는 나직하지만 소리가 들리도록 웃었다. 하지만 그 웃음이 내게는 허탈하게 들렸다.

"나와 할아버지가 서로 적절하게 합의를 한 게 아니겠어요? 전시회를 해서 내가 하고 싶은 대로 할아버지의 흔적을 남겨드리고 그다음에는 할아버지의 뜻에 따라 누구에게도 그림과 글들을 넘겨주지 않게 되는 거니까요."

나는 리에의 말을 이해할 수 없었다. 그렇게 장난처럼 결정해야 할 일은 아닐 것이다.

"믿어지지 않아요?"

나는 물끄러미 리에를 바라보았다. 태도로는 속마음을 파악하기 어려운 것이 일본 사람이다. 대체 이 여자는 무슨 생각으로 이러는 것일까.

"사실은 내 생각이에요. 나는 그동안 살아오면서 할아버지의 시선으로 세상을 보려고 들었죠. 그래서 나 역시 할아버지처럼 세상과 나 사이에 철조망을 가지게 된 사람인지도 몰라요. 덕분에 세상 속에 들어가 사는 사람들은 보지 못하는 것을 나는 많이 보아왔죠. 멀리 떨어져서 보니까 더 잘 보여요. 그래서 항상 세상 사람들의 내심을 지켜보게 되었죠. 나는 그림을 전공했지만, 이후로 그림을 그리거나 하지도 않았고 직장생활을 하지도 않았어요. 그림을 사고 파는 게 내 일이었지요. 그래서 나는 한국의 화단에 대해서도 잘 알아요."

그러니까 나에 대해서도 잘 안다는 뜻이었다.

"여희 씨 일에 대해서도 벌써 알고 있었어요. 어떤 사람의 일을 알려고 해서 알게 된 것이 아니라 그림이나 화단에 대한 이야기를 언제라도 모으고 수집해야 하니까요. 심지어 모조품 밀수에 대해서까지 다 정보를 모으죠."

내 이야기를 하고 싶지는 않았다. 남의 나라 사람의 입을 통해서 내 이야기를 듣는 것은 자존심이 상했다.

"그리고 내가 내린 결론은 아무에게도 넘겨주지 말자는 거였어요."

"한국 화단에요?"

"아니, 세상 사람들에게 말이에요. 그게 누구든."

"하나만 솔직하게 듣고 싶어요."

나는 가장 궁금했던 걸 물었다.

"그림들은 진품이던가요?"

리에가 웃었다.

"가짜라면 무엇 하러 태우겠어요?"

책을 두고 돌아서자니 발걸음이 떨어지지 않았다. 다비식이 열렸던 곳을 물끄러미 바라보고 서 있는 내게 리에가 말했다.

"그만 바라보세요. 그리고 잊어버려요. 세상은 변하지 않으니까 자기를 지켜요."

나는 리에를 돌아보았다. 리에의 말뜻을 이해하려고 잠시 그녀의 얼굴을 바라보았다. 어차피 달아나서 살고 있는데 그런 말 하실 필요 없지 않느냐고 하는 것 같았다.

나는 그녀의 손에 들린 노트를 바라보다가 아쉬운 발길을 돌렸다.

아마도 노트는 태워질 것이다.

그것은 리에가 쓴 노트이고 리에 이외의 누구도 그것을

달라고 할 권리는 없었다. 그러나 가지고 싶었다. 다시 읽어
보고 싶었다.

　나는 우산을 든 채 자꾸만 리에와 노트를 번갈아 보면서
길고 구불구불한 언덕길을 내려왔다.

장마

　　비는 매일 쉬지 않고 내렸다. 나는 비에 젖어 축
축한 거리에 어둠이 깔리기 시작하면 어김없이 스나쿠에
가서 술을 팔았다.
　　전시회에 대한 기사는 다시 들춰보지도 않았다. 다비식
이후로는 돌아보기도 싫은 게 나혜석에 대한 자료였다.
　　제일 큰 문제는 불면증이었다. 잠이 오지 않았다.

　　"그거 뭐야?"
　　손님이 슬쩍 건네주는 약봉지를 본 민서가 눈이 동그래
져서 물었다.
　　"약."
　　"무슨 약? 왜 손님한테 약을 받아?"

"저분은 의사야. 그래서 좀 부탁했어."

"약국에서 사는 것도 아니고, 병원 처방도 아닌 약이 뭔데?"

"자살이라도 할까 봐 그러냐? 미친년."

"수면제야?"

민서는 천생 기자다. 한마디만 들으면 순식간에 상황을 파악한다.

"그래. 도무지 잠이 안 와서."

"수면 유도제는 약국에서도 팔잖아. 유도제로 안 되는 거야?"

"안 되네. 잠을 못 자서 어지러워."

처음에는 수면 유도제를 먹고 잠을 청했지만, 점차 수면 유도제로는 어림도 없었다. 그다음에는 수면제가 필요했는데 수면제는 쉽게 처방되지 않았다.

그래서 단골손님 중에서 의사 하나를 잡고 간곡하게 부탁했다. 시간이 없어서 병원에 처방받으러 가지 못한다고 해 두었다. 그다지 나쁜 약은 아니지만 한 번에 다량을 주지 않겠다고 해서 조금씩 받고 있다.

"기사는?"

"아직."

내 시큰둥한 대답에 민서는 눈을 부라렸다.

"뭐? 이제 내야 해. 전시회도 끝났는데 어쩌자고 그래?"

"해 볼게. 어쨌든."

"주말 특집이야. 그 전에 넘겨라."

나는 맥주로 수면제를 삼켰다.

"야, 가게도 아직 안 끝났는데 그래도 돼?"

"그래도 돼. 전혀 잠 안 온다. 걱정하지 마라."

민서가 눈살을 찌푸렸다.

"우울증은 아니지?"

"아냐. 그냥 불면증이야."

손님들이 들어왔다. 민서는 백을 들고 일어나면서 손님들에게 상냥하게 웃어 주었다. 비위도 좋고 센스도 있다.

"갈게."

나는 민서를 보내고 난 후, 손님들이 자리에 앉기를 기다려서 술잔을 내놓았다. 머리가 깨어질 듯 아파서 도저히 손님들을 향해 웃어 줄 수 없었다.

내가 왜 이래. 나답지 않게. 세상 걱정 없이 살기로 해 놓고. 도대체 무슨 일이 내게 일어난 걸까.

나는 이래서는 안 된다고 생각해서 자꾸만 예전의 나로 돌아가려고 했다. 내 안에서 일어난 변화를 애써 누르려고 노력했다.

자료를 다시 들춘 것은 순전히 잠을 청하기 위해서였다. 일부러 손님 술을 빼앗아 마시고 수면제도 한 알 더 삼켰지만, 가게가 끝나고 새벽 거리로 나오면 정신이 멀쩡해졌다.

비라도 그쳤으면.

도시는 종일 비가 내려서 어디나 빗물에 잠겨 있다. 우산을 들고 철벅대면서 길을 걷다가 보면 어느새 내가 사는 집 앞에 도착한다. 나는 내 집에 도착한 것에 화들짝 놀라서 다시 뒤로 돌아 걷기 시작한다.

그렇게 물에 잠겨 스펀지같이 돼 버린 거리를 나도 물 먹은 스펀지가 되어서 하염없이 걷는다. 하늘이 뿌옇게 변하고 네온사인이 빛을 잃을 때쯤이면 이제 다시 집으로 향한다.

그러나 집이 눈앞에 나타나면 다시 어딘가로 돌아가고 싶어진다. 그렇다고 해서 날이 밝고 출근하는 사람들과 섞여서 걷고 싶지는 않다. 하는 수없이 엘리베이터를 탄다. 이상한 일이다. 엘리베이터를 타고 나면 엘리베이터 안에서는 잠들 수도 있을 것만 같다.

결국 집으로 들어가서 옷을 벗기 시작하면 머리가 아프기 시작한다. 머리가 아프고 힘들어서 옷을 벗는 간단한 일조차 하기 어렵다. 순전히 그래서 다시 기사를 들췄다.

그러자 처음으로 잠이 왔다. 정리하던 기사에 코를 박고 잠이 든다. 그렇게 꿈은 시작된다. 꿈속에서 나는 내가 나혜석이 되어 있음을 본다.

내 손이 떨린다. 눈앞의 풍경이 제대로 보이지 않는다. 흐릿하지만 아주 보이지 않는 건 아니다. 캔버스 앞에 있다. 붓을 든다. 그림을 그려야 하는데 손이 떨린다. 어깨에 힘을 주고 그림을 그리기 시작한다. 나를 그리는 거야. 이 풍경은 나야. 그림은 나야.

사람들이 줄지어 서서 나를 쳐다본다. 사람들로 인해 길고 긴 터널이 생긴다. 하지만 두려워서 걸어나갈 수가 없다. 어둡고 긴 터널을 지나야 밝은 풍경이 보일 텐데. 용기를 내야지. 용기를 내자.

사람들의 무서운 눈. 나를 노려보는 수많은 눈. 욕설들. 나를 윽박지르는 욕설들.

문득 눈을 뜬다. 꿈이 너무 생생해서 마치 내가 어느 세계로 빠져들었다가 나온 것만 같다. 다시 잘래. 너무 힘들어서 다시 자야만 해.

잠이 오지 않아서 다시 기사를 들춘다. 자료들을 읽어가면서 기사를 쓰기 시작한다.
그리고 곧 그만둔다.

전화를 걸었다.

"선배."

"엇?"

"왜 그렇게 놀라?"

놀라는 건 좀 너무하는 거 아닌가? 그래도 한때는 내 남자였던 사람이 내 전화에 이렇게 놀라는 건 좀 아닌 것 같다.

"기사는 다 썼어?"

"아니. 쓰기 싫어서 그만뒀어."

"음?"

이 남자는 항상 '응?'이나 '뭐?'가 아니라 '음?'이다. 그게 어떤 의미인지 모르지만, 항상 그렇게 자기 놀란 것을 표현한다.

"그냥 그렇다는 걸 말하려고 전화한 거야."

"그건 나한테 할 게 아니라 민서 씨한테 말해야지."

개자식.

"듣고 보니 그러네."

더 말하지 않고 전화를 끊었다.

그러고 보니 밤새 창을 두드리는 빗방울 소리와 전신줄을 흔드는 귀신 울음소리를 들었다. 단 한순간도 잠들지 못하고 뜬눈으로 밤을 새운 셈이다.

꼬박 하루를 굶었는데도 배는 고프지 않았다. 그래도 뭐든 먹어야지. 그렇게 생각만 했다. 생각만 그렇고 먹기 위해서 움직이는 건 싫었다. 방 안을 둘러보는데 먹을 만한 게 이제는 전혀 없다.

기운을 차리고 돈 벌러 나가야지. 그러려면 뭐라도 먹기는 먹어야 해. 몸을 움직이는데 머릿속에서 자갈이 굴러다니는 듯했다. 내 몸이 약간 비척거리는 느낌이 들었다.

물이라도 마시려고 하다가 그만 넘어져 버렸다. 널브러져서 멍하니 천정을 올려다보는데 휴대전화가 울렸다. 받기 싫은데. 아니, 받기 힘든데.

휴대전화는 계속 울렸다. 왜 저러는 거야. 두어 번 걸고 말 일이지.

억지로 다시 몸을 일으켜서 가까스로 휴대전화를 받았다. 모르는 번호였다.

"왜 그렇게 전화를 안 받아?"

"선배?"

"집 앞이야. 올라갈게."

나는 잠시 멍한 상태로 주저앉아 있다가 서둘러 일어났다. 이게 무슨 일인지는 모르겠다. 저 남자가 어떻게 내 집 앞에 나타난 거지?

방 안을 둘러보았다. 개판이네. 아무리 이제는 멀어져 간 사람이라고 해도 이런 모습을 보이는 건 싫은데 이미 집 앞이라니 치울 방법도 없다. 하긴, 지금 공항이니까 나중에 온다고 해도 치울 기력이 없다.

어쩌나 하고 엉거주춤 있는데, 이미 올라온 현우는 문을 두들겼다. 그리고 문을 열어 주려는 순간, 문이 저절로 열렸다. 내가 문을 잠그지 않았었구나. 멀거니 문을 바라보는데 현우가 들어섰다.

차갑고 날카로운 인상. 하늘이 무너져도 옷매무새를 고치며 고목 아래로 천천히 걸어갈 사람. 그리고 담배 한 대쯤은 태연히 물고 서서 하늘이 덜 무너지기를 기다릴 사람.

"왜 이래?"

그는 예상 그대로 차갑게 물었다. 그는 납치라도 하려는 듯 내 팔을 낚아채고 집 밖으로 나섰다.

국수 가락을 억지로 입안으로 밀어 넣었다. 앞에서 굳은 얼굴로 지켜보고 앉은 현우는 갑자기 보호자처럼 굴었다.

"다 먹고 이야기하자."

나는 국수 가락을 겨우 다 입안으로 밀어 넣었다.

"국물도 좀 마시고."

국물을 마셨다. 뜨거운 국물이 찌르르 가슴을 울리고 퍼져나갔다.

"자, 이제 물 마셔."

나는 눈을 크게 뜨고 현우를 쳐다보았다. 이 남자 왜 이러는 거람? 갑자기 자기가 예전처럼 내 남자라고 착각이라도 하는 건가?

"물."

나는 현우를 말끄러미 바라보면서 물을 마셨다. 그리고 물 잔을 탁 소리가 나게 탁자에 내려놓았다. 현우가 그제야 정색을 하고 물었다.

"무슨 일이야?"

"그냥 기사가 써지지 않아서 그래."

"기사 이야기가 아니고."

'아니고'라니? 나는 이 남자가 뭘 묻는 건가 싶어서 멀뚱히 바라보았다.

"수면제 먹고 있지?"

아, 민서가 말했구나. 그렇다고 해서 갑자기 만사 제쳐놓고 도쿄까지 날아왔다는 말이야? 언제부터 날 그렇게 생각했어. 나 도쿄로 달아날 때는 그렇게나 무섭게 다시는 보지 않겠다고 으르렁대던 남자가 왜?

"왜 그러냐니까?"

"수면제는 잠 안 올 때 먹는 약이야."

"왜 잠이 안 오는데?"

"글쎄?"

"기사는 왜 못 쓴 거야?"

나는 입을 다물었다. 거기에 대해서는 할 말이 없다. 아니, 말하기 시작하면 너무나 길고 장황하고 이해도 하지 못할 것 같다.

"말해 보라니까."

"길어."

"길어도 돼."

"이해 못 할 거야."

"들어야 이해든 오해든 할 거 아니야?"

"참 긴 이야기인데……"

나는 현우를 바라보면서 잠시 이 남자는 내 몸을 기억은 하고 있을까 싶은 의문이 들었다. 나와의 섹스, 벌거벗고 뛰어다니면서 치던 장난, 서로 보디페인팅을 해 주던 아틀리에.

창고를 개조해서 쓰던 아틀리에의 낡은 주물난로와 녹슨 벽과 지붕, 같이 키우던 히말라야고양이, 이제는 떠나 버렸지만. 그렇게 나와 함께 지냈던 시간을 어떻게 기억하고 있을까.

"무슨 생각해?"

"어떻게 온 거야?"

내 물음에 현우가 황당하다는 듯 웃었다.

"일찍도 물어본다."

"현우 씨는 기사가 그렇게 중요해? 거기서 밥 벌어 먹고 사니까?"

"왜 그렇게 꼬인 거야?"

현우는 담배를 피워 물고 잠시 내 얼굴을 바라보며 맛있게 몇 모금을 빨았다. 이 남자 담배 끊지 않았던가?

"네가 불면증이라고 해서 왔다."

"민서랑 통화했어?"

"음?"

피식. 나도 모르게 웃음이 나왔다.

"걱정한 거야? 선배가 나를?"

현우는 차갑게 나를 바라보았다. 그래, 아니겠지. 날 걱정한 건 아닐 거야. 이 남자는 한 번 헤어진 연인에 대해서 그렇게 쉽게 다시 돌아올 스타일이 아니지.

"가자."

"어디로?"

"어디든."

현우는 내 대답을 듣지도 않고 계산대로 가서 국수 값을 계산했다. 나는 멍하니 그를 바라보다가 그의 모습이 가게 밖으로 사라지자 그제야 일어나서 그를 쫓아갔다.

밖은 다시 저녁 어스름이 밀려들고 있었다. 습기를 머금은 바람이 간간이 불어와서 여름날치고는 선선한 날이었다.

"요코하마로 갈까?"

"요코하마?"

나는 가슴이 두근두근 뛰기 시작했다. 요코하마라니. 미라지 21의 붉은 벽돌로 된 창고를 개조한 레스토랑에서 그와 나는 죽일 듯이 싸웠다. 그리고 그걸로 서로 헤어져서 다른 길을 걸었다.

"거기는 왜?"

현우는 대답 대신 내 손을 잡았다. 손을 잡히는 순간, 나는 갑자기 이 년 전의 그 순간으로 돌아가기라도 한 듯한 착각에 빠져서 아무 거부감도 느끼지 못하고 그가 이끄는 대로 걸어갔다.

바닷가는 비바람이 몰아쳐서 인적 하나 없었다. 그저 어두워지는 주변을 밝히는 가로등들만이 부두의 황량하고 쓸쓸한 거리를 비추고 있었다.

택시에서 내려 우산을 받쳐 들고 바닷가 길을 따라 걷다가 언제나 함께 오던 붉은 벽돌로 된 레스토랑에 들어갔다.

창가에 마주 앉아 맥주를 시키고 비 내리는 바다를 바라보았다.

"민서와 통화한 게 아니잖아."

창밖을 바라보며 맥주를 마시던 현우가 시선은 그대로 창밖에 둔 채 말했다.

"뭐가?"

나는 그의 말이 무얼 뜻하는지 알 수 없었다.

"전화는 직접 해놓고 왜 그러는 거야?"

"내가?"

나는 영문을 몰라서 현우를 쳐다보는데, 현우는 왜 이러냐는 듯한 시선으로 나를 쳐다보았다. 이게 어떻게 된 일일까?

"내가 선배한테 전화했다는 말이야?"

"술 취해서 전화한 거야? 그런 것 같지는 않았는데?"

"내가 전화해서 뭐랬는데?"

"울더라."

"울었구나."

나는 현우의 시선을 피해 고개를 숙였다. 전화해서 울다니. 바보같이.

"그래도 내리 울다가 내뱉은 한마디가 정말 좋았어."

"내가 뭐랬는데?"

현우는 말을 끊고 나를 물끄러미 바라보았다. 나는 그의 입술을 바라보며 내가 무슨 말을 해서 이 남자가 기분이 좋았는지를 곰곰이 생각했다. 사랑한다고는 안 했겠지. 설마.

"그림 찾는 일이 쉽지는 않을 거야. 그렇게 말했어."

나는 소스라치게 놀랐다.

"그림을 어쩐다고?"

"그림을 찾고 싶다고 말했어. 그래서 잠을 자지 못하는 거라고 했어."

"그림을 이제 와서 어떻게 찾아?"

현우는 내 눈을 빤히 들여다보며 말했다.

"내가 삼 년 전에 했던 말 기억해?"

삼 년 전. 그때 현우는 나를 무수히 설득했다. 그림을 되찾는 게 맞다. 네 그림이고, 네가 이미 전시했던 그림이 아니냐.

그림을 찾는 방법을 의논한 것도 기억난다. 변호사를 사고 재판을 하고 받은 돈을 만들어서 돌려주면 된다. 대출도 받고 주변에 손도 벌리면 된다.

거기까지는 좋았다. 내가 망설이는 사이에 이 남자는 대뜸 신문에 기고해 버렸다. 그 일로 인해서 한국의 미술계가 홀딱 뒤집히고 나는 천하에 죽일 년, 사기꾼 년이 되어서 일본으로 도망쳐 버렸다.

공항에서 마지막으로 잡으러 온 이 남자를 보았을 때 나는 이 남자가 무서웠다. 그래서 쫓기듯이 출국장으로 들어서 버렸다.

그때 나를 찾아서 사방을 두리번거리면서 돌아다니던 이 남자의 모습을 기억한다.

그리고 또 도쿄에서 그를 다시 만난 날, 너무나 차가워진 그의 태도가 무서웠다. 애당초 남남이었던 남자보다 더 무섭게 느껴지는 그 모습에 나도 아예 마음을 닫아버렸다.

그렇게 해서 서로 남이 되어 버린 남자.

그런데 내가 그런 끔찍한 말을 했다는 게 말이 되나.

"갑자기 왜 이럴까 많이 생각했어. 혹시나 해서 민서 씨한테도 전화했지."

"민서가 뭐래?"

"쇼크 상태라더라."

나는 말없이 맥주를 마셨다. 쇼크 상태라는 말은 맞는 말이었다. 나혜석을 알고, 그녀에 대해서 알고 겪고 생각하면서 마치 내가 눈밭에 쓰러져 얼어 죽는 듯한 고통을 느꼈다.

세상은 참 비정하고 악의로 가득하다는 절망감에 가슴이 떨렸다.

그럼에도 나혜석처럼 맞서지 못하고 달아난 내가 너무 비참했다. 나혜석은 21세기가 아닌 그 먼 옛날에 세상과 맞서 싸우다가 쓰러져 죽었다.

누가 더 비참한가.

내가 더 비참하고 굴욕적이라고 느꼈다. 나는 왜 나혜석처럼 용기를 가지고 당당하게 걸어가지 못했나. 세상의 시선과 악의에 왜 대항하지 못했나.

무엇이 그렇게 아깝고 두려웠을까. 더 잃을 것은 어차피 없는데. 이미 갈기갈기 찢겨졌는데. 더 망가질 것도 없는데 왜 그렇게 허겁지겁 달아나고 말았던 걸까.

불면이 시작되었다.

딱히 내 비참함으로 인해서가 아니라, 나혜석을 들여다보는 것이 내 상처를 들여다보는 것과 같아서 더욱 아팠다. 그리고 그런 상태에서 여름의 장마가 다 지나도록 몸살을 앓았다.

"지금이라도 용기를 낼 거라고 믿고 왔다."

현우의 말에 나는 깜짝 놀랐다. 그를 쳐다보자 예의 냉정한 얼굴을 하고 차가운 눈빛으로 말했다.

"내가 도와줄게."

"그, 그런다고 해서 그림이 찾아질 리 없잖아."

"소송해야지."

"이길 수 있을 것 같아?"

"이기든 지든 넌 해야만 해."

나는 침을 꿀꺽 삼켰다.

"그래야 다시 예전의 너로 돌아갈 수 있는 거야. 세상에 당당하게 설 수 있는 거야."

"장렬하게 전사하라는 말로 들린다."

"그럴지도 모르지."

현우는 담담하게 말했다.

"그때는 같이 죽어 줄게."

귀국

아침 일찍 민서가 차를 몰고 나타났다. 마치 작당이라도 한 듯이 현우는 나를 민서의 차에 밀어 넣고 도쿄 도심으로 들어갔다.

지난밤의 숙취와 생각지도 못했던 현우와의 잠자리로 인해 나는 지끈거리는 머리를 부여잡고 차멀미에 시달렸다.

세 사람은 입을 꾹 다문 채 아무 말도 하지 않았다. 어디로 갈 것인지에 대해서도 말하지 않았다.

차는 도심의 한복판으로 들어가더니 마침내 눈에 익숙한 건물 앞에 멈추었다.

"들어가자."

민서는 평소처럼 수다스럽지 않았다. 무슨 일이든 시작하면 정신없이 몰아치던 태도도 보이지 않았다. 그냥 내 손을 꼭 잡고 건물 안으로 들어갔다.

안에는 이미 이야기가 다 되어 있었던지 녹음기와 카메라가 세팅되어 있었다. 인터뷰해서 기사를 싣겠다는 게 민서의 생각이었다. 다른 직원들은 보이지 않았다.

"휴일이야. 내가 직접 인터뷰할 거야. 사진은 현우 씨가 찍고."

현우가 카메라를 들고 섰다.

"앉아."

나는 두근대는 가슴을 진정시키려 애쓰면서 민서 앞에 앉았다.

"이제 시작한다. 이건 우리나라의 오래된 화단의 비리를 폭로하는 거야. 그러니까 네가 주인공이 아니라 화단 이야기를 하는 거야. 그중에 네가 피해 당사자가 되는 거니까 나중에 문제가 일어나도 넌 그저 인터뷰를 했을 뿐이야."

민서의 이야기는 겁먹지 말라는 거였다. 겁이 어떻게 안 나. 나를 달아나게 한 이 사회의 거대한 시스템이 얼마나 무서운 건지 알면서.

"처음 전시회를 연 상황을 설명해 주시겠어요?"

"교수님 추천으로 지평회에 들어가서 그곳 사람들과 함께 탁수환 화백님 아래에서 사사하였어요."

졸업하고 얼마 안 됐다. 그때까지 나는 그림에만 미쳐 있었다. 그러나 나이도 어리고 내세울 만한 경력도 없는 내가 기댈 곳은 없었다. 기댈 곳이 있으리라고는 기대도 하지 않았다.

그림만 그리고 있을 수도 없었다. 집안 형편이 일찍부터 기울었고 아버지는 아예 어렸을 때 세상을 떠나셨다. 형제도 없이 어머니와 단둘이 사는 형편이니 일단 먹고살아야 그림도 그릴 수 있었다.

큐레이터로 자리 하나를 얻었지만 그나마 임시직이었고 남자친구라고 있었지만 자기 앞가림하기도 바쁜 사람이었다. 바로 내 앞에서 카메라를 들고 선 남자.

그런데 그때 눈이 번쩍 뜨이는 제안이 들어왔다. 열심히 그림만 그릴 수 있게 해 줄 테니까 그림에 매진하라는 제안이었다.

제안을 한 사람은 유명 갤러리의 사장이었다. 그는 화단의 실력자인 탁수환 화백의 스폰서였으며 이름이 꽤나 알려진 여러 화가를 쥐락펴락한다고 알려진 사람이었다. 잘은 모르지만 대단한 재력가로 소문나 있었다. 고급 차를 몰고 다니고 큰 갤러리를 가졌다고 했다. 나이가 마흔이 넘었다고 들었는데 실제로 만났을 때, 서른이 갓 넘었을 정도로 젊어 보였다.

그는 열심히 그림을 그리면 다 알아서 뒤를 돌봐 주겠다고 했다. 나는 정말 고마워서 열심히 그림에만 매달렸다.

그즈음에는 나 혼자 그림에 몰두할 수 있도록 지리산 근처
에 작은 오두막도 하나 마련해 주었다.

그때는 그게 무엇을 뜻하는지 몰랐다. 그저 내 재주를
보고 밀어주면 크게 된다 싶어서 투자하는 것으로 알았다.

그렇게 해서 이 년을 지리산 자락에서 보냈다. 그리고 내
그림은 30호에서 100호까지 무려 오십여 점이 모였다.

어느 날 갤러리 사장은 내게 전시회를 해 보지 않겠느냐
고 제안했다. 갤러리를 대여하는 비용은 이 정도 그림이면
팔아서 충당해도 충분하다는 이야기였다. 외상으로, 그것
도 시세의 반값으로 갤러리를 빌려주겠다고 했다.

나는 덥석 그 제안을 받아들였다.

전시회는 일주일을 하기로 했는데 내 전시회에 온 사람
은 아무도 없었다. 유명한 갤러리인데도 손님은 아예 없었
다. 갤러리는 너무 한적한 곳에 있었고 내가 아는 관객이라
야 엄마와 남자친구를 포함해서 겨우 몇 사람이 왔을 뿐이
었다.

다녀갈 줄 알았던 탁수환 화백님이나 교수님은 말할 것
도 없고 심지어 갤러리의 사장조차도 얼굴을 비치지 않았
다. 갤러리 사장은 아예 연락조차 되지 않았다.

전시회는 참담하게 끝이 나고 그제야 나타난 갤러리 사
장은 실망한 표정으로 대관료를 내야 한다고 했다. 재단이
기 때문에 자기 마음대로 할 수 없다고 했다.

그리고 그 해결책은 그림을 완전히 처분하는 수밖에 없다고 했다. 대관료에 얼마간의 돈을 더 붙여서 줄 테니까 그림에 대한 일체의 권리를 포기하라고 했다.

나는 선택의 여지가 없었다.

아깝지만 그림 일체를 그에게 넘겼다. 그리고 다시 한 해가 지난 후에 나는 출판사에서 삽화를 맡아다가 그리면서 간신히 밥을 먹고 있던 어느 날에, 놀라운 소식을 접했다.

탁수환 화백이 전시회를 연 것이다.

내 그림들로 전시회를 열었고 그림들은 호당 천만 원을 넘기고 있었다. 전량이 팔려서 어마어마한 그림 값이 되었다. 나는 억울함에 미칠 것 같았지만, 그들에게 철저하게 속았다는 걸 알았지만 이미 엎질러진 물이었다.

그런데 진짜 사건은 바로 정현우로부터 터졌다. 현우는 내가 소송을 걸기를 바랐다. 그림을 되찾자고 나를 설득했다. 나중에는 윽박지르기까지 했다. 하지만 나는 자신이 없었다. 그래서 속만 끓이고 있었다.

그 사이에 현우는 대뜸 그 내용을 기사로 만들어 실어버렸다. 당시에 현우는 작은 지방의 신문사에 다니고 있었다.

지방의 신문사라지만, 인터넷판이 있기에 그 반향은 놀랄 만큼 컸다. 그리고 화단의 원로들이 일제히 들고일어났다.

적반하장이었다. 탁수환은 명예훼손으로 고소하겠다고 으름장을 놓았다. 가장 두려운 것은 내 이야기는 듣지도 않고 일방적으로 매도하는 매스컴과 엄청난 돈을 다 배상해야 한다는 갤러리 고문 변호사의 협박이었다.

감당하기 힘든 질책과 악성 댓글과 소송의 압박이 나를 조여 왔다. 현우는 대처하려고 준비 중이었지만 나는 급격하게 자신감을 상실했다.

갤러리의 사장이 보낸 변호사는 잘못된 기사라고 발표만 하면 모든 것이 제자리로 돌아온다고 설득했다. 나로서는 선택의 여지가 없었다.

잘못된 기사라고, 내 뜻이 아니라고 발표한 순간에 현우는 희생양이 되어서 신문사에 사표를 내야만 했다.

나는 모든 것을 망치고 일본으로 건너와 버렸다.

"이 기사가 나갈 수 있을까?"

인터뷰하느라 지쳐 버린 내가 커피를 마시면서 민서를 바라보았다. 현우는 차마 돌아볼 수 없었다. 인터뷰하느라 당시의 상황을 되씹었고, 그 가운데 가장 피해를 본 건 현우라는 걸 새삼스레 깨달은 탓이다.

"나갈 거야."

민서는 야무지게 말했다.

"우리 신문사에 나가지 못하면 다른 인터넷신문사라도 찾아서 내보낼 거야. 그러니까 마음 단단히 먹어."

그럴 작정이다. 마음 단단히 먹고 싸울 것이다. 그래서 억울하게 숨어서 사는 이 생활을 끝장내고 현우라도 명예를 회복하도록 할 작정이다.

"소송도 걸겠지?"

"당연히 걸 거야. 처음에는 회유하겠지만 그게 통하지 않으면 본격적으로 소송을 걸어서 널 밟으려고 들 거야."

나는 현우를 돌아보았다. 현우는 카메라를 만지다 말고 나를 바라보며 차갑게 말했다.

"죽어도 서서 죽는 거야. 알지?"

나는 고개를 끄덕였다.

"자, 이제 기사가 뜨고 딱 사흘이 지나면 우리가 귀국한다. 아마도 난리가 나 있겠지. 이제는 예전처럼 달아나서는 안 돼."

"알고 있어."

나는 수도 없이 들여다보았던 나혜석의 사진을 떠올리면서 입술을 깨물었다.

현우는 먼저 한국으로 돌아갔다. 현우는 현우대로 내가 쓴 나혜석에 대한 기사를 실을 작정이었다. 기사 내용은 내가 겪은 그대로였다. 내 생각은 피력하지 않았다. 다만 내가 왜 다시 심경의 변화를 일으켰는가는 그 기사가 말해 줄 것이었다.

그러니까 양쪽으로 작전을 짠 셈이다.

학교에 가서 휴학계를 내고 스나쿠의 마마에와 만나서 갑자기 귀국하게 되었다고 양해를 구한 다음 집으로 돌아오는데 민서가 전화를 했다.

"인터넷 검색해 봤어?"

"아직."

"대박이다."

"기사를 실은 거야?"

"당연히 실었지. 나혜석 이야기도 나가서 반향이 장난 아니다."

아, 이대로 성공하는 걸까.

"그런데 이제부터야. 상대들도 만만치는 않으니까. 일단은 네가 더 불리한 상황이야. 전번에도 일어났던 일이니까 절대 더는 좌시하지 않겠다고 난리다."

그렇겠지. 전번보다 더하겠지.

"왜 대답이 없어? 또 쫄았냐?"

"아니. 검색해 보고 대책을 세울 거야. 다시 전화할게."

나는 전화를 끊고 집으로 달려 올라갔다.

노트북을 켜고 인터넷에 접속하자 민서 말대로 난리가 나 있었다. 아무 상관도 없는 사람들이 서로 싸우고 있었다.

현역 큐레이터라고 하는 작자들도 나섰고 전혀 화단에 대해서 모르는 사람들도 사기다, 원래 있어 온 비리다, 맹렬하게 싸웠다.

댓글이 이만 개가 넘었다.

이번에는 현우가 신문사와 동시에 기념사업회에 올린 '아르코에게' 기사를 찾았다. 역시 엄청난 댓글이 줄줄이 매달려 있었다.

이 정도면 성공인가. 그런데 기사 내용이 달라지고 있었다. 슬슬 나를 사이코패스로 취급하는 듯한 정신분석학자들의 이야기가 나오더니, 급기야 꽃뱀에 공갈범 아닐까 의심하는 논조가 등장했다.

나는 기사를 하나하나 읽으면서 가슴이 두근두근 뛰기 시작했다. 그러나 예전처럼 겁이 나서 가슴이 뛰는 건 아니었다. 예전과는 달리 전의가 불타오른다고나 할까, 이상하게 흥분하고 있는 나를 느꼈다. 인터넷 기사를 읽으면서 나도 모르게 나혜석의 사진을 손끝으로 만지작거렸다.

그래. 어쩌면 나도 당신처럼 수많은 짱돌에 맞아 쓰러져 죽을지 몰라. 그래도 할 거야.

비가 그쳤다. 비행기에서 내려다본 고국의 풍경은 맑고 쾌청했다. 장마는 그치고 가을이 시작되는 계절이었다.

"기대하지 마."

민서는 선글라스를 추어올리며 말했다.

"뭘?"

"아무도 나와 있지 않을 거야. 그네들은 그 정도 파워를 가지고 있어."

"기대 안 했어. 이미 기사가 사라지기 시작한걸?"

"당연히 문화 예술계를 뒤집을 기사로 도배가 시작되었지."

"정치가도 아니고……, 그 사람들 힘이 그 정도였어?"

"알면서 왜 그래? 요즘은 권력보다 무서운 게 돈이야. 갤러리를 하는 사람들이 전부 재벌가의 마나님들이나 2세들인 거 몰라?"

그랬지. 아무리 숙맥이라도 큐레이터를 했던 내가 그 정도는 모르지 않지. 그러나 입국장을 거쳐서 로비로 나서자, 민서의 예상은 틀렸다.

기자들이 잔뜩 몰려들어서 카메라와 마이크를 들이댔다. 민서는 예상 밖이라는 듯 놀랐고, 나는 담담하게 상황을 받아들이려고 노력했다.

현우가 기자들을 헤치고 튀어나왔다.

"끌어모을 수 있는 데까지 모았어. 돈으로 안 통하는 인터넷판 신문들이 꽤 있다는 게 얼마나 다행이냐?"

기자들은 열심히 질문했다. 주로 심경의 변화에 대한 것이었다. 그리고 앞으로의 소송에서 이길 자신이 있는지를 물었다.

나는 진실은 밝혀져야 한다고, 밝혀질 것을 믿는다고 당당하게 말했다. 기자들은 사건의 내용에 대해서는 묻지 않았다. 이미 기사로 나왔고 앞서 나왔던 기사가 다시 재조명되었기에 새삼 물을 것도 없었다.

나는 그림을 되찾고자 하는 게 아니라 우리나라 화단의 오래된 관행을 고쳐서 정의를 실현하고 싶다고 말했다. 다시는 나 같은 억울한 피해자가 나오지 않기를 바라는 마음이라고 했다.

현우와 민서는 아주 만족한 미소로 내 곁을 지켜 주었다. 두 사람은 내가 다시 예전처럼 배상에 대한 압박을 받지 않도록 마음을 써 주었다.

그러니까 그림을 찾겠다고 나서지 않는 것이다. 명예훼손으로 상대들이 소송을 걸어오는 걸 기다리는 게 우리들의 작전이었다.

그 작전은 잘 맞아떨어진 듯했다.

상대들은 내가 귀국도 하기 전에 이미 변호사를 선임해 놓고 기다리고 있었고, 현우는 재판에 대비해서 자료를 한껏 모으는 중이었다.

진실

　　예상대로 소송이 시작되었다. 명예훼손과 그림의 소유자에 대한 재판이 벌어졌다. 길고 긴 싸움이지만 결코 길다고 느낄 수 없는 사투였다.

　명예훼손에 관한 본격적인 법정 심리가 벌어지던 날, 나는 내 치부를 다 드러낼 각오로 나섰다. 검사는 내게 진실성이 없다는 걸 부각시키려고 무섭게 다그쳤지만, 나는 이미 아무것도 두려운 것이 없었다.

　심리가 거듭될수록 내 진실은 밝혀지게 마련이었다. 전시회를 연 것도 사실이고 내가 지리산 자락에서 이 년 동안 그림을 그린 것도 사실이기 때문이다. 다만 그림들이 내 그림이 맞느냐를 놓고 벌이는 공방이었다.

탁수환 화백은 직접 증언대에 앉아서 그림들은 자신이 그렸고 조수로 일한 내가 보수를 정당하게 받고 그림에 대한 권리 일체를 내어 주었다고 강변했다.

　　"그저 조수에 불과하다면서 어째서 그런 각서를 받아야 했나요?"
　　"바로 지금처럼 공동 작업이라고 우기는 경우가 있어서입니다."
　　"그런 경우가 자주 있나요?"
　　"논문이든 그림이든 가끔 욕심을 내는 친구들이 있어서 사회적으로 물의를 일으키고는 했으니까요."
　　"하지만 지금 피고는 그 그림들이 증인과의 공동 작업이 아니라 순전히 자기 혼자 그린 그림이라고 주장하고 있는데요?"
　　"말이 안 됩니다. 내가 작업하는 걸 본 많은 내 제자들이 있고 또 내 그림이 아니라면 그렇게 유명한 갤러리에서 전시회를 열어줄 리가 만무하지 않겠습니까? 게다가 수집가들이 얼마나 눈이 매서운데 가짜 그림을 그렇게 거액을 주고 사겠습니까?"
　　"피고가 먼저 전시회를 열었다는데 그 그림들을 본 적이 있습니까?"
　　"아니, 없습니다."

"조수로까지 일하던 제자의 전시회인데 가보지 않으셨군요?"

"따로 전시회를 여는 줄은 몰랐습니다."

"이야기를 전하지 않았던가요?"

"그랬나? 하여간 제자들이 졸업하고 나면 몇 년 내에 다들 전시회를 한 번씩은 여니까요."

"그냥 작은 갤러리에서 연 것도 아니고 친분이 있던 사람의 갤러리에서 열리는데도 모르셨다고요?"

"열렸는지 어땠는지 정확하게 기억이 나지 않지만, 여하튼 가 보지 않은 건 사실입니다. 가 보았으면 기억을 할 테니까요."

"가 보지 않은 것은 맞는 것 같습니다. 피고는 직접 찾아가서 와 달라고 청했더니 꼭 오겠다고 하고는 오시지 않았다고 합니다."

"그랬나요? 뭐……, 참석하려다가 그날에 무슨 일이 있었겠지요."

"지리산 자락에서 그림을 그렸다고 하는데, 그곳에서 공동 작업을 하신 건가요?"

"아니, 지리산 자락에서 그리지 않았습니다. 제 아틀리에가 있는데 어째서 그런 곳에 가서 그리겠습니까?"

"그렇다면 지리산의 작업실에 대해서는 아는 바가 있으십니까?"

"금시초문입니다."

"피고의 말로는 그곳도 역시 갤러리 사장이 빌려 주었다고 하는데요?"

"글쎄……, 그 양반이 내게는 그런 이야기를 하지 않아서요. 저는 전혀 모르고 있었습니다."

"그럼 갤러리 사장은 왜 원고도 모르게 작업실을 빌려주었을까요?"

"그야 모르지요. 허허. 남녀 간의 일인데……."

나 역시 증인석에 앉아야만 했다. 아니, 나는 오히려 앉기를 바랐다. 남녀 관계로 몰고 가는 것도 나는 감내할 작정이었다. 원고 측은 주로 남녀 관계에 초점을 맞추어서 나를 방탕한 여자로 만들려는 것 같았다. 말하자면 꽃뱀 말이다.

"전시회를 연 갤러리의 강기국 사장과는 어떤 사이셨나요?"

"아무런 사이도 아닙니다."

"아무 사이도 아닌데 작업실을 빌려 주나요?"

"내 그림이 마음에 든다고 투자할 가치가 있다고 했습니다. 호의로 받아들였습니다."

"아무 대가도 없이 말입니까?"

"내 그림을 전시하고 판매 수익을 갖겠다고 했습니다."

"전혀 알려지지 않은 신인한테 작업실까지 줄 때에는 다른 이유가 있을 거라고 생각 안 하셨습니까?"

"무슨 뜻이신가요?"

"바꿔서 묻겠습니다. 강기국 씨가 지리산의 작업실에 들르신 적이 있나요?"

"있습니다."

"몇 번이나 들렀습니까?"

"횟수를 기억하지는 못합니다."

"이의 있습니다."

우리 측 변호사가 이의를 제기했다. 검사의 질문은 사건 본안과 관련 없으니 제지해 달라는 것이었다. 하지만 판사는 이의제기를 묵살했다. 관련이 있을 수 있다는 것이었다.

"들러서 주로 무슨 일을 했습니까?"

"무슨 일이라니요?"

"그러니까 뭐 그림 그리는 일을 돕는다든가, 혹은 같이 식사한다든가……."

"그림을 돕지는 않았고 식사는 했습니다."

"작업실에서요?"

"작업실이기도 했고 함께 나가서도 했습니다."

"술을 드시기도 했고요?"

"그랬습니다."

"그 이상의 관계이기도 했나요?"

"무슨 뜻이시죠?"

"사업으로 바쁘신 분이 그 먼 곳까지 다녔다면 뭔가 특별한 이유가 있지 않을까 생각해서 묻는 말입니다."

"특별한 건 모르겠네요."

"혹시 두 분은 연인 관계라던가, 그러니까 내연의 관계가 아니었나요?"

"그런 관계는 아니었습니다."

"그러니까 두 분이 서로 어떤 남녀 간의 관계는 전혀 없었다고 생각해도 되겠습니까?"

"전혀 없었다고는 할 수 없지만 그게 연인 관계라든가 내연의 관계라고는 생각하지 않았습니다."

"그렇다면 어떤 관계라고 보아야 할까요?"

"아무 관계도 아니라고 말씀드렸잖아요?"

"성적인 관계가 있었지만 아무 사이도 아니다? 그런 말씀이신가요?"

"그게 이상한가요?"

방청석이 술렁거렸다. 그리고 우리 측 변호사가 사건과 상관이 없는 질문이라고 강력하게 항의하자 판사는 이번에는 검사의 질문을 제지했다. 검사의 심문은 거기서 끝이 났다.

갤러리의 대표는 증인석에 앉기를 거부했다. 그는 외국
에 나가서 바쁘다는 핑계로 나타나지 않았다. 명예훼손으
로 고발을 한 사람은 탁수환 교수였으므로 문제가 되지 않
았다. 그래서 재판은 그냥 진행되었다.

매스컴은 역시 내 기대를 저버리지 않고 내 방탕함을 대
서특필했다. 논조들도 다양했다. 옳고 그름을 논하기에 앞
서 현 세태를 걱정하고 사회의 미래까지 걱정하고 있었다.

우리 쪽에도 유리한 증언이 있었다. 최승진이라는 신예
미술 평론가였다. 현우 친구의 친구라나, 그는 자발적으로
증언대에 섰다. 부탁을 받은 것은 아니었다. 그는 내 전시회
와 탁수환 화백의 전시회를 함께 둘러본, 손가락으로 꼽을
만한 몇 사람 가운데 하나였다.

"각각 다른 이름으로 열린 두 전시회를 둘러보고 사실
깜짝 놀랐습니다. 나중에 공동 작업이라는 이야기를 들었
습니다만 이건 아니다 싶었죠. 화단 경력 삼십 년이 넘는
분과 대학을 졸업한 지도 얼마 안 되는 사람이 공동 작업
을 한다는 게 이해할 수 없다는 거죠. 예술, 특히 미술에서
는 있을 수 없는 일입니다. 대학교수들의 제자 논문 표절로
도 말썽이 끊이지 않고 있습니다만 만약 공동 작업이 사실
이라 해도 이건 그보다 훨씬 더 심각한 문제죠. 진여희 씨

가 작품을 넘기는 조건으로 돈 몇 푼을 받았다는 게 잘못이기는 하지만 그 작품들로 자기 이름의 전시회를 연 탁수환 교수의 잘못이 그보다 더 크다고 생각합니다."

최승진의 증언에다가 우리에게는 또 하나의 강력한 무기가 있었다. 지리산 작업실에 현우가 놀러 온 날, 내 그림 앞에서 현우와 내가 기념촬영을 한 사진이 있었던 것이다. 그 사진 하나로 우리는 유리한 고지에 섰다.

"피고의 증거로 보아 근거 없는 주장이 아니므로 명예를 훼손했다고 볼 수 없다. 그러나 그림의 소유권에 대해서는 본 재판의 심리 사항이 아니므로 판결에서 제외한다."

판결은 싱겁게 끝이 났다. 그리고 나는 그림에 대해 소송을 하지 않았지만, 이제 그림이 누구의 것이라는 건 세상 사람들이 모두 알게 되었다.

주요 신문과 방송들은 일제히 입을 닫았지만, 인터넷 신문사들은 화단의 비리에 대해서 많은 지면을 할애했다.

물론 그 기사들의 댓글은 여전히 찬반이 갈리면서 나에 관한 입에 담지 못할 수많은 이야기도 나돌았지만, 나는 무시해 버렸다.

내가 원한 건 바로 내가 그림을 그리는 화가라는 사실을 세상에 알리는 일이었다. 그리고 또한 내가 그린 많은 그림이 세상에 존재하며, 이제 곧 그 그림들의 진짜 주인이 누구라는 것도 알려지는 일이었다.

그에 따르는 많은 희생은 그래서 감수할 수 있었다. 사랑했던 사람 현우까지도.

홀로 서기

"이제 뭘 할 거야?"

현우는 초췌한 모습으로 창가에 앉아 커피를 마시면서 물었다. 강하고 차디찬 남자였지만, 이번 일은 많이 힘들었던 것 같다.

"그림 그릴 거야."

재판하는 동안 해가 바뀌었다. 그동안은 현우와 많이도 만났지만, 서로의 사이는 예전 같지 않았다.

내가 갤러리의 사장과 관계를 가졌다는 것이 현우에게는 충격이었다. 그리고 옛날에 내가 왜 앞뒤 가리지 않고 달아나게 되었는지도 이해한 듯하다.

"선배는?"

"나야 하는 일이 있잖아. 나혜석의 그림들에 대해서 더 많이 알아볼 필요가 있다고 느꼈어."

"가짜들을 찾아내겠다는 거야?"

"꼭 그런 게 아니라 숨어 있는 그림들이 더 있는지 어떤
지……, 아니 그보다도 우리가 모르는 어떤 사연들이 더 있
지 않을까 싶어서 말이야."

나는 쓸쓸한 창밖을 돌아보았다.

"올겨울은 참 춥다."

나도 모르게 중얼거렸다. 창밖에서 앙상한 나뭇가지들이
겨울바람에 흔들렸다.

"그래도 좋았어. 선배하고 같이 싸울 수 있어서."

나는 현우를 돌아보며 웃었다. 현우도 싱긋 웃어 주었다.

"그래. 하지만 이제는 홀로 서기를 해야지."

"알아."

나는 현우를 물끄러미 바라보면서 고개를 끄덕였다.

"미안해."

현우가 고개를 숙이고 쓰디쓰게 웃었다. 나는 그의 모습
을 바라보다가 눈물이 날 것 같아서 고개를 숙인 채 말했다.

"나 먼저 나갈 거야. 따라 나오지 마, 선배."

현우가 고개를 들어 나를 바라보았다. 나는 애써 웃는
얼굴로 말했다.

"누가 날 내버려 두고 가버리는 게 싫어서 그래."

현우는 말없이 나를 바라보았다. 절대 울 남자 아니다.

"갈게."

나는 발딱 일어났다. 그래야 할 것 같아서였다.

민서는 일본으로 돌아가면서 나 때문에 신문사에서 잘리면 내가 그만둔 스나쿠에서나 일해야겠다고 했다. 그러면서 현우를 놓치지 말라고 했다.

놓아주어야 한다.

나는 그렇게 결정했다. 내 욕심으로 함께 아픔을 공유할 필요는 없다. 내 길은 나 혼자 걸어갈 것이고, 저 남자는 자기 길을 갈 것이다. 아픔 없이.

나는 현우를 다시 뒤돌아보지 않았다. 커피숍 문을 열고 나서는데 겨울의 찬바람이 뼛속 깊이까지 밀고 들어왔다. 무릎이 조금 떨리는 듯하다.

괜찮아.

나는 하늘을 올려다보았다. 눈발이 슬금슬금 날리기 시작했다. 그래, 겨울은 원래 추운 거야. 나혜석이 보았던 눈발이 내 눈에도 비쳐들었다.

나도 나혜석, 당신처럼 당당하게 걸을 거야.